# LE CLUB DES BRAVES

VALÉRIE LEMELIN

# TABLE DES MATIÈRES

# REMERCIEMENTS

Un grand merci à ma sœur Jessie pour les illustrations et l'aide à l'écriture de ce roman.

Elle a été ma toute première lectrice en plus d'être celle qui m'a poussée à faire de cette histoire un livre.

Un merci spécial à mon copain Olivier pour son soutien, ses conseils et ses encouragements tout au long de la réalisation de ce rêve. Je n'y serais pas arrivée sans toi.

Sans oublier Sandra, ma précieuse amie et fabuleuse correctrice.

Merci aussi à mes amis, à ma famille et à vous de prendre le temps de me lire.

Bonne lecture.

Lexi

Alex

Guillaume

Derek

Elisabeth

Markus

# UN DÉFI PAS COMME LES AUTRES

# UN DÉFI PAS COMME LES AUTRES

## Les défis du week-end

Alex a toujours suivi Lexi comme son ombre. Plusieurs se sont souvent amusés en entendant leurs prénoms, d'autant plus que les deux gamins sont nés la même année. Bien qu'ils n'aient que deux mois de différence, à douze ans, Lexi juge important de préciser qu'elle est l'aînée. C'est peut-être aussi ce qui explique son caractère plus dominant.

Alex appartient au même groupe d'amis que Lexi : le « *Club des Braves* » qui est constitué de six membres dont Guillaume, Markus, Élisabeth et Derek.

C'est samedi. En ce beau début d'après-midi ensoleillé du mois de juillet, le petit groupe est en caucus-mission dans le sous-sol chez Guillaume. Séparé en groupes de deux et formant ainsi trois équipes, chacune d'entre elles doit attribuer un défi à une équipe opposée. Le premier duo à réussir sa mission remporte la victoire grandiose et éphémère du week-end.

Les groupes formés et le caucus terminé, les papiers indiquant le défi à relever sont distribués aux équipes pour les missions. Markus est avec Élisabeth, Derek avec Guillaume et Alex fait équipe avec Lexi, l'adolescente aux commandes. Celle-ci est devenue de plus en plus meneuse au fil des ans, ce qui convient très bien à Alex qui n'aime pas trop prendre des décisions. Sa coéquipière déplie rapidement le papier, le déchirant même un peu sous l'excitation.

Derek et Guillaume se précipitent rapidement à l'extérieur et enfourchent leurs vélos.

— C'est pas vrai ! s'exclame Lexi après l'avoir lu. Elle s'élance à leur poursuite, le papier se chiffonnant dans sa main droite. Hey ! Attendez !

— Quoi ? … quoi ? s'écrit Alex en s'élançant à son tour avant de revenir précipitamment chercher son calepin et son crayon oubliés sur place.

Quand Alex la rejoint, Lexi a parcouru une bonne dizaine de mètres. Elle hurle sur Guillaume et Derek.

— Revenez. C'est pas juste ! s'époumone-t-elle.

— C'est si terrible que ça ? demande Alex en s'immobilisant près d'elle. Lexi continue de fixer les deux silhouettes à vélo.

— C'est sûrement l'idée de Derek ça ! Il trouve toujours le moyen de contourner les règles, dit-elle, en sortant son cellulaire de sa poche. Elle appuie rageusement sur quelques boutons, colle l'appareil à son oreille et se tourne vers Alex. Ses cheveux se mêlent à son visage par le vent. À partir de maintenant, on instaurera une nouvelle règle : nous lirons les défis avant de partir.

Une musique à la Superman, appartenant au cellulaire de Derek, se fait entendre dans la cave maintenant vide.

— Aaaw ! rage Lexi en coupant la communication. Elle remet le papier à Alex et replace ses cheveux derrière ses oreilles. Une lueur malicieuse se glisse dans ses yeux bleus.

— Tu sais quoi ? Je suis sûre qu'on peut y arriver. Je serais bien contente de le remettre à sa place.

Alex déplie le papier froissé et ses yeux s'arrondissent.

**« Faire sortir Vieille Branche de chez elle pour au moins... quinze minutes. »**

# C'est peine perdue

Les deux autres équipes ont quitté depuis un bon moment et Alex et Lexi sont toujours assis dans l'herbe chaude devant l'entrée du sous-sol de Guillaume. Cette dernière arrache des touffes vertes par poignées en silence.

— On va se chercher de la crème glacée ? suggère

Alex.

Lexi ne lui répond pas. Elle ne veut pas de crème glacée. Markus et elle sont arrivés derniers le week-end passé, vingt-cinq minutes après les autres, et elle a nourri, durant toute la semaine, l'espoir de prendre sa revanche. Alex n'attache pas autant d'importance aux choses qu'elle. N'obtenant toujours pas de réponse à sa question, il se met à gratter une vieille blessure sur son genou droit.

— Arrête, tu vas ouvrir la plaie ! le sermonne Lexi en lui lançant une poignée d'herbe. Je propose que nous allions quand même espionner Vieille Branche… peut-être qu'on trouvera l'inspiration divine qu'il nous faut.

— OK. Cool. Bonne idée ! J'apporte mes jumelles d'espionnage !

Depuis qu'Alex s'est découvert une passion pour les histoires de détectives, il tente d'utiliser son matériel le plus souvent possible et cela exaspère Lexi. Ils n'ont pas besoin de jumelles pour espionner Vieille Branche ! Mais s'obstiner avec Alex lui ferait perdre plus de temps alors elle laisse tomber.

— Awww… comme tu veux, soupire-t-elle en se levant. On se rejoint au parc.

Elle enfourche son vélo et s'élance, ses longs cheveux châtains flottants derrière elle dans le vent, alors qu'elle pédale à toute vitesse.

## L'idée d'Alex

Vieille Branche habite une humble petite maison verte sur la rue de la côte. Coincée entre la demeure modernisée de son voisin notaire et celle beaucoup moins luxueuse de la vétérinaire, sa demeure crée un parfait équilibre. Avec sa maigre pelouse et sa grande rocaille de fleurs, elle ne fait ni trop chic, ni trop pauvre.

Les deux jeunes adolescents ont leur point d'observation de l'autre côté de la rue, dans le parc, en bas de la côte. Assis sur le banc de bois le plus rapproché de leur cible, Lexi fait semblant de lire le cahier de notes d'Alex qui, lui, observe la maison derrière ses jumelles toutes les cinq minutes.

— Tu as l'air débile ! lui souffle Lexi sans le regarder, les yeux plongés dans le carnet.

Alex l'ignore.

— Je peux la voir devant sa télévision, la taquine-t-il. Il ne s'est jamais senti à l'aise de se moquer de Vieille Branche, qui lui inspire plutôt de la pitié, mais cela fait toujours rire Lexi. Elle mange des bonbons à la menthe roses et verts tout en se berçant dans sa chaise grinçante avec son chat.

— Pfff, fait Lexi qui n'a pas le cœur à rigoler.

— Non, pour vrai, elle ne bouge vraiment pas...Tu crois qu'elle pourrait être morte ? ajoute-t-il après un silence, en ajustant les lentilles de ses jumelles.

— T'es pas drôle, Poirot, soupire Lexi, en fermant le carnet et en s'affaissant sur le banc. Elle l'appelle comme ça depuis qu'il a commencé à dévorer les romans d'Agatha Christie.

En fait, Alex ne discerne rien de l'intérieur de la maison de Vieille Branche. Que du noir ! Mais ils savent tous les deux qu'elle est chez elle. Vieille Branche ne sort jamais. Tout lui est livré à sa porte… Même le médecin vient à domicile. Et sa pelouse, c'est Max, le frère aîné d'Alex, qui l'entretient tous les dimanches.

— Elle est seule, lui a dit Max un soir. Elle n'est juste pas à l'aise de quitter sa maison. C'est une dame très gentille, mais angoissée. Vous devriez arrêter de vous moquer d'elle. Il avait fait une pause avant d'ajouter : Et son nom n'est pas Vieille Branche mais Madame HINS !

La porte de la voisine s'ouvre et la vétérinaire en sort. Alex l'observe à travers ses lunettes grossissantes en bombant le torse. Il adore l'espionnage et ses jumelles lui offrent une vue parfaite. Vêtue d'un jean décontracté, d'une chemise carreautée nouée au niveau du nombril et de lunettes fumées, la voisine de Vieille Branche s'apprête à refermer la porte derrière elle quand un petit chien à longs poils sort en courant de sa maison. Il passe rapidement entre les jambes de sa maîtresse, manquant de la faire tomber, et s'élance en direction du terrain voisin.

— Oh ! s'écrie la vétérinaire sous le choc. Bobby, revient ici tout de suite… Bobby !

— J'ai une idée, marmonne Alex en abaissant ses jumelles sans lâcher la scène des yeux. Mais elle me paraît un peu… cruelle, ajoute-t-il, en appuyant sur le dernier mot et en lançant, du même coup, un regard lourd de sens à son amie.

Celle-ci se redresse subitement et l'interroge silencieusement.

— Vieille Branche a un chat, non ? termine-t-il.

## Tu es un génie, Poirot !

— C'est une idée terrible, horrible… FOLLE ! s'exclame Lexi, faisant les cent pas nerveusement devant le banc du parc, alors qu'Alex gratte la plaie de son genou à nouveau. Mais essayons-la et voyons ce qui arrivera, ajoute-elle, son visage se fendant d'un large sourire.

Ses yeux pétillants et ses pommettes constellées de taches de rousseur amplifient son expression malicieuse. Lexi attrape Alex par les épaules.

— La tête de Derek et Guillaume quand ils verront que nous avons réussi ! Ce sera la meilleure mission réussie à VIE !

Lexi fixe un point au loin, s'imaginant mentalement la scène. *Ce serait bien de remettre ces deux-là à leur place pour une fois.* Lexi se querelle souvent avec Derek dont elle juge les idées trop rebelles et farfelues. Comme Guillaume est très proche de Derek, il se laisse entraîner dans ses plans grotesques. Si Alex et elle réussissent ce défi, Derek et Guillaume seraient sans doute admiratifs devant cet exploit insurmontable !

S'ils y parviennent, ils pourraient s'en vanter longtemps, c'est sûr !

— Je ne suis plus convaincu qu'on devrait… c'était une idée en l'air, hésite Alex.

— Non ! Tu es un génie, Poirot ! corrige-t-elle en le lâchant et en recommençant à faire les cent pas. Mais comment on s'y prend pour lui voler son chat ?

Alex pousse un soupir. Il n'a jamais su se battre contre l'optimisme et la détermination de Lexi.

## Visite à Vieille Branche

— Je n'aime pas ça, … vraiment pas ça ! murmure Alex entre ses dents, alors qu'il marche seul en direction de la maison de Vieille Branche.

Lexi est partie la première, empruntant la rue derrière celle de la côte. Entre les deux, une petite ruelle permet d'accéder au terrain arrière des bâtiments, donc à la petite maison verte également. D'après Lexi, peu de gens empruntent ce passage, alors il sera facile pour elle de passer par là sans se faire remarquer.

— Pourquoi ce n'est pas moi qui m'occupe du chat ? l'a interrogé Alex.

— Parce que tu n'as pas d'animaux. Moi j'ai un chat. Je sais comment m'y prendre avec eux, a-t-elle répondu.

Ils ont convenu qu'Alex patienterait quinze minutes

avant de se mettre en route pour frapper à la porte de la maison verte. Il est donc passé rapidement chez lui déposer ses jumelles, tout en réfléchissant à une excuse pour divertir la vieille dame pendant « *le crime* ».

Il ignore toujours quoi faire alors qu'il arrive devant chez elle. Il dépose son vélo au ralenti, son cerveau roulant à toute vitesse. De la sueur perle sur son front. Il gratte à nouveau sa plaie en fixant la porte verte. Ses dents claquent et ses mains tremblent légèrement. Puis, du liquide chaud lui coulent entre les doigts. Il baisse les yeux et voit que du sang s'écoule de son ancienne blessure. Parfait. Mieux que l'excuse des toilettes.

C'est avec un genou ensanglanté et le ventre noué qu'Alex sonne chez Vieille Branche.

Il attend et hésite à s'enfuir, mais ses jambes sont clouées sur place. « *Au diable les défis du week-end !* pense-t-il. *Pourquoi ne se contentent-ils pas des promenades en vélos, comme les autres adolescents du coin* » ?

— Max ?

La voix enrouée fait sursauter Alex. Derrière la porte entrouverte, Vieille Branche le fixe. Vêtue d'une salopette rouge foncé tachetée de gris sur un T-shirt rose à fleurs, elle lui sourit. Ses cheveux gris sont maintenus en chignon pas très serré, car plusieurs mèches en sont sorties.

— Tu es en avance d'une journée, ajoute Vieille Branche, avant d'ajuster ses lunettes. Oh... Excuse-moi, je t'ai prise pour quelqu'un d'autre. Je ne reçois pas beaucoup de visiteurs, rit-elle gaiement. Elle s'essuie les mains, tachées de la même mixture grise que sa salopette.

— Je, je… bafouille le garçon. D'un geste automatique et nerveux, sa main se porte à son genou.

— Ah, mais tu t'es blessé ? continue Vieille Branche en voyant le sang. Ne sois pas si gêné ! Entre, il faut désinfecter ça !

Sur ces mots, elle s'éloigne de la porte et marche d'un pas lent à travers le salon.

— Tu veux bien refermer derrière toi, petit ? Je vais chercher mon désinfectant, ajoute-t-elle en disparaissant dans le couloir sur sa droite.

Alex pousse doucement la porte de la maison verte et ferme les yeux. Il n'y a jamais mis les pieds auparavant. Le « *Club des Braves* » a souvent fabulé sur l'intérieur de ce bâtiment et le garçon est partagé par l'excitation de découvrir enfin ce qui s'y trouve et la peur de briser à jamais le mythe qu'ils ont si longtemps entretenu.

Alex retient son souffle et observe enfin. Le « *Club des Braves* » avait tout faux : au lieu des animaux empaillés, des vieilles antiquités rafistolées, couvertes de toiles d'araignées et des vieux livres de potions et chaudrons, le salon est décoré de jolis meubles en bois d'acajou, d'un beau plancher de bois franc et orné de splendides vases remplis de fleurs colorées. Un escalier massif devant lui, en bois également, permet d'accéder à l'étage et un léger parfum de vanille embaume la pièce.

Alex s'avance davantage dans la maison, regardant

partout autour de lui. Il essaie de mémoriser chaque détail afin de pouvoir tout décrire aux autres plus tard. La voix de Vieille Branche lui parvient alors du fond de sa salle de bains.

— Où ai-je mis le désinfectant ? Il y a un grincement d'armoire. Pas ici. Oh ! Je ne sais même plus s'il m'en reste !

Puis, le garçon aperçoit sa complice à travers la fenêtre à demi-ouverte de la cuisine attenante au salon et, du même coup, le chat qui le toise assis au milieu de la table. C'est un animal à longs poils beiges, aux oreilles noires et aux yeux d'un bleu très pâle. Lexi siffle doucement et le félin se tourne vers elle, queue levée. Elle mime alors le geste de déposer quelque chose sur le bord de la fenêtre. Le chat ne bouge pas pendant un moment, puis reporte son attention sur le visiteur masculin. Alors que Lexi tape légèrement sur la vitre, le chat l'ignore et saute de la table pour s'approcher d'Alex.

Celui-ci se tourne vers Lexi, coupable et impuissant. Les deux échangent un regard inquiet. Lexi disparaît aussitôt de la fenêtre. Tout naturellement, le garçon se penche et tend la main vers la boule de poils beige. L'animal le renifle et commence à se frotter affectueusement contre lui.

— Pssst, siffle Lexi, maintenant cachée dans l'embrasure de la porte encore ouverte. Vite, files-le-moi !

— Tu es chanceux, petit, il me reste un fond de bouteille, intervient la voix au fond du couloir, suivi d'un grincement d'armoire.

— MAINTENANT ! ordonne Lexi, dans le dos d'Alex.

Sans trop réfléchir, le garçon soulève rapidement la bête, le glisse à l'extérieur et referme la porte, étouffant du même coup le petit cri de l'animal.

— Voilà qui devrait faire l'affaire, dit Vieille Branche en réapparaissant au salon. Tu peux venir t'asseoir. Ça ne sera pas long. Deux minutes tout au plus.

Alex prend place dans le premier fauteuil disponible et, alors que Vieille Branche applique le médicament sur sa plaie, il ne peut s'empêcher de penser qu'il vient de commettre la plus grosse erreur de sa vie.


## Le gros problème

Lexi pense exactement la même chose, assise sur les larges marches en pierre devant chez elle. Son cœur bat vite, elle sent une énorme boule se former dans sa gorge et elle a les nerfs à vif. Elle fixe le coin de la rue, impatiente de voir apparaître Alex.

Le voyant enfin arriver, elle se lève d'un bond. Ses yeux se mouillent de larmes à nouveau et elle se prend la tête entre les mains.

Sous la panique, elle agrippe Alex aussitôt qu'il s'arrête devant chez elle. Celui-ci la regarde un moment, stupéfait. Son regard passe du visage apeuré de Lexi aux griffures sur ses avant-bras. Lexi ne lui laisse pas le temps de la questionner.

— Alex ! Je l'ai perdu ! Il n'a pas arrêté de se débattre et m'a griffé ! Il faut le retrouver ! dit-elle d'une voix tremblotante.

## Une autre visite à Vieille Branche

— Il n'y a aucune raison de paniquer, dit Alex à Lexi pour l'apaiser, même s'il pense évidemment le contraire. Les deux roulent en direction de l'endroit où Lexi a perdu le chat. Il ne doit pas être bien loin; on n'a qu'à s'en tenir au plan, si on ne le retrouve pas.

Alex tente de cacher son affolement, mais l'angoisse lui serre la poitrine. Le plan était de faire sortir Vieille Branche pour qu'elle cherche son chat. Celui-là même qui, au bout de quinze minutes, n'aurait malheureusement pas été retrouvé, mais qui serait réapparu plus tard aux bras des deux adolescents, comme par enchantement. Au fait, l'animal aurait secrètement séjourné quelque temps chez Lexi. Maintenant, il est réellement perdu. Et s'ils ne le retrouvent pas ? Comment expliquer ce qu'ils ont fait ?

La visite chez Vieille Branche joue en boucle dans la tête d'Alex. Elle a été si gentille avec lui. Elle prépare actuellement des biscuits à la vanille, ceux qu'elle préfère entre tous, et lui a proposé de revenir plus tard pour en avoir un.

Elle s'est excusée d'être ainsi vêtue. Que ses samedis sont dédiés à la création de vases en céramique pour deux fleuristes de Montréal. Quand Alex lui a avoué être le frère de Max, Vieille Branche lui a affirmé être très heureuse du travail de ce dernier et lui a tendu un livre qu'il doit rendre à Max en lui disant qu'elle l'avait adoré. Alex s'imagine maintenant Vieille Branche et Max, son grand frère peu bavard et toujours vêtu de noir, s'échangeant des opinions littéraires devant une tasse de thé par un dimanche ensoleillé. Absurde !

Lexi s'arrête dans la rue voisine de celle de la côte. C'est ici que le chat lui a sauté des bras et s'est enfui en direction de la maison sur la droite. Après avoir questionné les voisins et fouillé les alentours sans succès, les deux adolescents n'ont d'autre choix que d'aller sonner chez Vieille Branche. Peut-être qu'avec un peu de chance, le chat a su retrouver son chemin et dort au chaud sur un des fauteuils du salon. Ils doivent aller vérifier.

Vieille Branche leur ouvre la porte à peine deux secondes après qu'Alex ait sonné. Celui-ci sursaute encore, bousculant Lexi derrière lui. Cette dernière tripote les longues manches de son chandail qui camoufle les griffures coupables sur ses bras. Une légère odeur de brûlé s'échappe de la maison.

— Ah Alex ! s'exclame Vieille Branche, la main sur la poitrine. Aurais-tu vu sortir mon chat Buster tout à l'heure ? Je l'ai perdu, je ne sais pas où il est.

Son visage est rouge et ses yeux mouillés. Elle tient un mouchoir dans son autre main.

— Nooon, murmure Alex entre ses dents. Ses épaules s'affaissent en comprenant que leur dernier espoir s'est évaporé : le chat n'est pas rentré.

— Tu n'aurais pas laissé la porte ouverte trop longtemps quand tu es entré ? le questionne-t-elle, le regard inquiet.

— Nooooon, s'entend dire Alex encore moins fort.

— Je l'ai cherché partout, sanglote la vieille en s'appuyant à la porte.

Puis, reprenant son souffle, elle s'écarte pour les laisser entrer.

— Tu venais sûrement pour un biscuit à la vanille, dit faiblement Vieille Branche en s'assoyant dans le fauteuil où Alex s'était installé quelques minutes auparavant. Celui-ci s'avance doucement sur le pas de la porte, mal à l'aise en se tripotant les mains. Il est suivi par son amie qui, pour sa part, se contente de regarder ses pieds.

— Je suis désolée mon petit, ils sont brûlés. Ce n'est pas dans mes habitudes. Puis, après un moment de silence, elle ajoute : mais où est ce FOUTU chat ?!

Ses épaules se relâchent soudainement et elle éclate en sanglots étouffés. Son corps est pris de petites secousses et elle porte le mouchoir à ses yeux.

— Il ne quitte jamais la maison car il a peur de l'extérieur. Je ne comprends pas. Vieille Branche relève la tête doucement vers eux et tend une main dans leur direction. Est-ce que vous pouvez m'aider à le retrouver ? Faire des rondes autour d'ici ? Il n'est sûrement pas très loin.

Alex acquiesce de la tête, même si sa complice et lui

ont déjà fait deux fois le tour du pâté de maisons. Il sent les larmes lui monter aux yeux et détourne stratégiquement le regard pour que Vieille Branche ne s'en aperçoive pas. Il se maudit intérieurement de cette idée débile qui était la sienne !

— J'ai déjà perdu mon chat une fois, lance timidement Lexi derrière lui. En fait, c'est le chat de ma sœur, et… j'ai eu beau le chercher pendant longtemps, il n'est sorti de sa cachette que lorsqu'il a entendu la voix de Sarah… C'est toujours elle qui s'en occupe vous voyez, alors… Eh bien, je crois que ce serait mieux que vous veniez avec nous pour l'appeler. On aura plus de chance de le retrouver comme ça, non ?

C'était cela le plan initial d'Alex. « *Sa brillante idée* ». Maintenant, devant le regard épouvanté de Vieille Branche, il aimerait disparaître. Mais comme ils n'ont pas retrouvé le chat, ils n'ont pas eu d'autre choix que de revenir à leur idée de base.

— Oui, oui. C'est une très bonne idée, petite. Quel est ton nom ?

— Lexi.

— Lexi ! Alex et Lexi ! Eh bien ! Laissez-moi prendre mon chapeau. Il fait soleil et je dois faire attention, termine Vieille Branche en se levant.

Alors que Vieille Branche s'éloigne pour farfouiller dans la garde-robe d'entrée, Alex prie pour ne pas retrouver le chat écrasé dans une rue, car cela jamais, jamais, il ne se le pardonnerait.

# Allons chercher de l'aide

— Buster ! crie Vieille Branche. Buster, viens… viens mon chat.

Vieille Branche marche entre Alex et Lexi depuis maintenant seize minutes, les tenant chacun par un bras. Les regards des jeunes adolescents se croisent dans son dos : ils ont réussi leur défi, mais la joie n'y est pas. Buster ne s'est toujours pas montré le bout du nez et Lexi sent que la vieille dame désespère de plus en plus à chaque pas.

Ils ont parcouru la ruelle arrière et la rue voisine, le cœur de Lexi manquant un bond à chaque jonction, craignant d'apercevoir une petite boule de poils beiges inerte sur le chemin. Toujours rien jusqu'à présent mais le remord continue de la ronger. Elle n'en peut plus de rester sur place, elle doit agir et vite.

— On pourrait aller voir au parc. Peut-être que quelqu'un l'a vu là-bas, suggère-t-elle, sachant que ce n'est qu'un prétexte pour s'éloigner.

— Oui, tu as raison, lui répond Vieille Branche. Est-ce que tu pourrais y aller petite ? J'aimerais qu'Alex marche avec moi vers l'étang. Tu veux bien Alex ? J'avais l'habitude d'y aller souvent, autrefois.

— Euh oui, bien sûr, madame… Hins, bafouille le garçon.

— Marguerite, répond Vieille Branche, en lui adressant un sourire.

— D'accord, Marguerite alors.

Alex sourit timidement. Lexi se doute qu'il n'a aucune envie d'aller à l'étang, qu'il souhaiterait continuer les recherches. Elle n'a pas le choix : ils tournent en rond et elle doit faire quelque chose. Elle s'éloigne donc en courant chercher sa bicyclette, laissant Alex seul avec Marguerite.

Cependant, Lexi ne va pas au parc comme prévu. Au lieu de cela, elle fait un détour stratégique vers le sous-sol de Guillaume. Les autres sont tous déjà rentrés, ayant fièrement accompli leurs défis.

— Bon il était temps ! s'exclame Guillaume devant l'entrée de Lexi. Il échange un regard furtif avec Derek qui affiche un petit sourire en coin.

— Où étiez-vous passés ? demande Markus, ses lunettes glissant sur le bout de son nez.

Deux roses au sol symbolisent sa victoire avec Élisabeth. C'était bien le défi qu'elle leur avait lancé avec Alex : cueillir deux roses rouges dans le jardin de la vieille Linette. Derek, quant à lui, donne un léger coup de pied au vieux nid d'oiseaux décrépit qui pourrissait au sommet de l'arbre du jardin communautaire depuis maintenant deux ans.

— Alors vous deux… Vous avez réussi ? s'informe Derek sur un ton moqueur ignorant la question posée par Markus.

— Oui et non… Ce n'était pas une bonne idée ! … Nous n'aurions pas dû faire ça ! commence Lexi, essoufflée en se prenant la tête et en faisant les cent pas à nouveau. Remarquant son malaise, les membres du groupe font un pas vers elle. Même Derek perd son sourire devant la mine angoissée de son amie. Nous lui avons enlevé son chat… l'idée était de la faire sortir pour l'appeler mais...

— Faire sortir qui ? l'interrompt Élisabeth.

Le ton de sa voix laisse suggérer qu'elle connaît déjà la réponse, mais qu'elle doit l'entendre. Clairement l'idée ne venait pas de son équipe, mais ça, Lexi le savait déjà.

Lexi s'arrête de marcher pour regarder Élisabeth. Elle a honte d'avoir accepté ce défi. Elle aurait dû se rebeller pour en avoir un autre et Élisabeth aurait forcément été de son avis. Les mains sur les hanches, les sourcils levés et la tête inclinée sur le côté laisse entrevoir le volcan qui boue déjà à l'intérieur du petit corps athlétique d'Élisabeth.

— Vieille Branche ! souffle Lexi à mi-voix.

— C'est pas vrai ! Ce n'est pas équitable comme défi ! s'indigne aussitôt Élisabeth, adressant un regard assassin à Derek et Guillaume qui ne tardent pas à se défendre.

— Stop ! s'écrie Lexi, alors que le ton monte d'un cran dans le sous-sol. J'ai besoin d'aide…

Silence. Les regards se tournent vers elle.

— Parce que nous avons VRAIMENT perdu le chat.

# Au parc avec Marguerite

Alors que le « *Club des Braves* » amorce leur ronde dans le quartier, Alex et Marguerite arrivent tout près de l'étang. La vieille dame prend appui sur le dossier du banc le plus près, mais ne s'assoit pas. Elle observe. Elle n'a pas cessé de tourner la tête à gauche et à droite durant tout le trajet, se remémorant même chaque rue à prendre. Elle s'est également souvenue du sentier caché servant de raccourci.

Alex s'arrête à côté d'elle, les mains dans les poches de son jean, fixant un point au loin. Il a de plus en plus de mal à regarder Marguerite, car la douleur de la vieille dame le met face à sa propre culpabilité. Il n'a jamais été bon pour cacher ses émotions. Il aimerait tout lui révéler, lui dire qu'il est désolé, mais tout cela ne serait pas suffisant pour mériter son pardon.

Deux canards se promènent à la surface de l'eau reflétant les derniers rayons du soleil. Alex vient rarement à l'étang. Sa mère l'y amenait lorsqu'il était petit pour qu'il s'amuse avec son bateau à moteur, mais, à part quelques bancs dispersés autour de l'eau, il n'y a pas grand-chose à voir. Pourtant, Marguerite semble éblouie.

— Ça n'a pas changé, c'est comme dans mon souvenir, affirme-t-elle, se couvrant la bouche, émue.

Elle demeure silencieuse un moment afin de respirer l'air frais de l'étang et retenir un sanglot.

— J'ai l'impression qu'il s'est écoulé toute une vie depuis la dernière fois que je suis venue ici, continue-t-elle après avoir libéré ses lèvres.

— Vous voulez vous asseoir ? lui propose Alex fixant toujours l'horizon.

— Ah non, je ne suis pas encore si vieille ! Merci mon garçon, mais…

Elle ne termine pas sa phrase. Un sourire se dessine sur ses lèvres pour disparaître aussitôt. Elle replonge dans ses pensées, ses yeux vagabondant d'un endroit à un autre.

— J'ai tellement de souvenirs ici… Tu vois le banc, là-bas, de l'autre côté ? Elle tend le doigt devant elle. Celui en face de nous ?

Alex suit la direction qu'elle lui indique.

— Oui.

— Eh bien, ça, mon petit, c'est l'endroit même où mon merveilleux Édouard m'a demandé de l'épouser.

Du coin de l'œil, Alex aperçoit Marguerite mettre la main sur son cœur, une larme coulant sur sa joue. Elle se tient toujours au banc devant elle. Alex se décide enfin à la regarder, au moment même où la main libre de Marguerite vient se poser sur une bague invisible à son annulaire gauche. Bizarre. Pourquoi ne la porte-elle plus ? Alex se souvient alors qu'il avait dérangé la vieille dame en pleine séance de poterie. Elle l'a sûrement mise en sécurité le temps de travailler ou bien…

— Est-ce qu'il est… ? commence le garçon, n'osant pas finir sa phrase.

— Oui, il nous a quitté il y a sept ans déjà. Le pauvre ! Il était si malade que j'ai été soulagée de le voir partir. C'est lui qui avait adopté Buster. Trouvé sur la rue en revenant du travail. Cet entêté de chat s'était battu et était très mal en point. C'est madame Rioux, ma voisine, qui l'a soigné. Il n'avait jamais voulu remettre les pattes dehors… jusqu'à aujourd'hui.

Alex avale difficilement sa salive et détourne la tête, espérant de tout cœur que Buster soit retrouvé bientôt et toujours en vie. Il ignore ce qu'a élaboré Lexi mais, pour partir aussi vite, elle devait avoir un plan et il a confiance en elle.

— Bon, rentrons maintenant. J'ai eu ma dose d'émotion pour aujourd'hui, affirme Marguerite. Elle prend le bras d'Alex et les deux font demi-tour. J'aimerais bien revenir ici bientôt et m'asseoir sur le banc dont je t'ai parlé. Reviendrais-tu avec moi ?

— Oui, oui… je viendrai, répond à contrecœur Alex se demandant s'il sera en mesure de revisiter la vieille dame si on ne retrouve pas son chat. De plus, les remords sont d'autant plus grands puisqu'il commence sincèrement à éprouver de l'affection envers elle.

— Parce que, vois-tu, Édouard a gravé nos initiales sur ce banc, ce soir-là et… j'aimerais vérifier, ajoute-t-elle sur un ton cachottier.

Ils font encore quelques pas avant que Marguerite ne brise le silence.

— Tu sais, peut-être que la disparition de Buster m'a apporté quelque chose de bien, finalement, affirme-t-elle en tapotant le bras d'Alex. Rappelle-moi de le remercier si on le retrouve.

## Les recherches continuent

Lexi explore à nouveau le même pâté de maison. Elle traîne des pieds à côté de son vélo. Voilà bientôt deux heures qu'on n'a pas vu Buster. En revanche, elle a songé à un nouveau plan. Elle a apporté avec elle un sac de gâteries pour chats, emprunté à sa sœur Sarah, qu'elle secoue constamment. Elle a cessé d'appeler Buster toutes les cinq secondes; elle se contente uniquement d'agiter le sac. Son pas se fait plus lent et ses yeux lui piquent.

Élisabeth, Derek et Markus questionnent les voisins alors que Guillaume a entrepris de vérifier chaque arbre du quartier. Pour l'instant, cela ne semble pas donner de résultat. Alex avait raison : c'était une idée débile, songe-t-elle en bottant un caillou qui ricoche plus loin devant elle.

— Et moi qui ne pensait qu'à ma petite victoire personnelle... murmure-t-elle entre ses dents.

Miaow....

## Une bonne nouvelle

Alex marche toujours avec Marguerite. Les derniers mots qu'elle a prononcés lui ont fait l'effet d'un baume sur le cœur. Il se sent plus léger et son pas est moins lourd. Il s'apprête à poser une question à Marguerite, à savoir pourquoi elle ne sort pas, quand la vieille dame se remet à parler. Elle explique que les rayons UV l'ont longtemps fait souffrir mais qu'étrangement, aujourd'hui, elle ne souffre pas. Alex se questionne à savoir ce que cela peut bien vouloir dire quand il aperçoit Élisabeth approcher sur son vélo. Elle s'immobilise devant eux.

— On a retrouvé le chat ! annonce-t-elle tout sourire.

— Ah mon dieu ! Où était-il ? questionne Marguerite en accélérant le pas.

— Chez le voisin. Sous le balcon.

Ils sont tout près de chez Marguerite. En pénétrant dans la ruelle derrière les maisons de la côte, Alex aperçoit Lexi au loin. Elle est immobile sur son vélo et parle avec Markus qui nettoie ses lunettes avec une lingette. Alors que Marguerite lâche son bras pour avancer vers la petite boule de poils beige qui mange tranquillement sur le sol, Alex s'approche d'Élisabeth qui roule lentement près de lui.

— Lexi nous a tout raconté, murmure cette dernière.

Il n'y a aucun reproche dans sa voix, mais Alex s'en trouve gêné. Il garde le silence.

— C'était stupide comme défi de toute façon ! ajoute-t-elle pour le soulager. C'est Derek et Guillaume qui devraient se sentir coupable.

Alex n'est pas réellement de cet avis. Il lui faudra du temps pour se le pardonner. Plus loin devant eux, Marguerite s'agenouille près de Buster et commence à le câliner affectueusement.

— Aller Alex ! Arrête de t'en faire ! Buster a été retrouvé non ? C'est ce qui compte.

L'animal a été retrouvé sous les marches du voisin, recroquevillé dans la pénombre. Lexi a pu le faire sortir en utilisant la ruse de la gourmandise. Marguerite les a remerciés en leur promettant des futurs biscuits à la vanille et est rentrée chez elle sans plus attendre, son animal dans les bras.

Aussitôt la porte de la petite maison verte refermée, Élisabeth est à nouveau entrée en guerre avec Derek et Guillaume, chacun des deux garçons se blâmant mutuellement d'avoir trouvé l'idée le premier. Alex, qui a repris son vélo, roule avec Lexi. Les deux jeunes demeurent silencieux, traînant derrière le groupe. Ils sont encore agités par les événements de la journée, mais soulagés malgré tout. Le « *Club des Braves* » se disperse en bas de la côte, chacun des membres rentrant chez lui.

## Quoi de neuf Sarah ?

Lexi ferme prudemment la porte d'entrée et tend l'oreille. Elle n'entend rien, sauf des raclements de casseroles dans la cuisine sur sa gauche. Sa mère est une vraie pie, un moulin à paroles. Quand elle n'a pas le téléphone vissé à l'oreille, Maureen a tendance à se parler à elle-même ou bien à ses plantes, qu'elle oublie trop souvent d'arroser par manque d'attention. Peut-être est-elle en train d'écouter quelqu'un à l'autre bout du fil. Lexi reste silencieuse et attend encore quelques secondes afin de s'assurer de son absence.

Rien. Des bruits d'ustensiles, un tiroir qu'on ouvre et le son d'un ouvre-boîte. Sarah ! Sa sœur ne sait faire que des pâtes à la sauce tomate. Cela signifie que leur mère n'est pas là.

Lexi entre dans la cuisine et se laisse tomber sur une des chaises en bois entourant la table en soupirant.

— Partie tu-sais-où… Encore ! dit Sarah en remuant ses macaronis.

— J'imagine ! Je suis contente de me sauver de son blabla, parce que je suis crevée. Lexi s'empare d'une fourchette et la mordille.

Leur mère s'est mise dans la tête le mois dernier de retrouver l'amour. Elle part tous les soirs de week-end rencontrer un nouveau prétendant découvert en ligne. Lexi pense surtout qu'elle se cherche une nounou pour s'occuper de ses filles pendant qu'elle travaille. Maureen a toujours un emploi du temps super chargé. Lexi se sent comme un boulet entravant son pied.

— Trop crevée pour de la crème glacée ? demande Sarah en faisant un clin d'œil à sa petite sœur.

Lexi lâche soudainement la fourchette, devenue sans intérêt, et s'empresse d'ouvrir le congélateur.

— Hé hé ! s'exclame Sarah. Viens manger tes pâtes d'abord.

— Je n'ai pas si faim ! dit Lexi en reprenant sa place,

bras pendant. J'ai eu la plus dure journée de ma vie aujourd'hui.

— Allez, balance tout, demande Sarah en déposant les assiettes de pâtes à la sauce tomate.

Lexi s'apprête à tout lui raconter mais s'interrompt : le chat roux de Sarah vient de s'installer sur les genoux de cette dernière et se met à ronronner. Sarah lui gratte gentiment la tête. Lexi en a la gorge serrée.

— Nah ! Trop long, trop fatiguée, ment-elle en simulant une grimace.

— Ha ha ! C'est bien la première fois que tu perds ta langue, toi.

— Je te conterai tout demain, au déjeuner, promet Lexi avec un large sourire, en aspirant quelques nouilles. Elle aura tout le temps ce soir pour se créer une histoire à lui raconter, autre qu'un vol de chat.

— En attendant, MOI, j'ai un scoop ! Sarah se penche vers sa sœur et prend un air satisfait. Et je le tiens confidentiellement de Madame Courtière Lalonde elle-même.

Sarah appelle souvent leur mère ainsi, car Maureen déteste son prénom et avait catégoriquement refusé de le mettre sur son panneau de vente, utilisant seulement son nom de famille.

— Il paraît que…, continue Sarah, laissant durer le suspense, la maison JAUNE sera bientôt vendue... Tu sais la maison JAUNE ? finit-elle en ouvrant de grands yeux ronds.

Lexi manque de s'étouffer avec sa bouchée de nouilles.

— Pourquoi ? Comment est-ce possible ? s'exclame Lexi, interloquée, à travers ses toussotements.

La Maison Jaune est inhabitée depuis des années. Elle est comme un monument historique dans cette ville.

— Justement, c'est ça le mystère : Pourquoi ? J'ai bien essayé de lui tirer les vers du nez, mais maman ne m'en a pas dit plus que ça. Devant le visage figé de sa cadette, Sarah ajoute : Je croyais que tu en serais plus ébranlée, que tu te serais déjà emparée de ton téléphone pour le dire à ta bande.

— Pas aujourd'hui… pas aujourd'hui, murmure Lexi.

Elle ne veut pas troubler davantage ses amis. Ils ont eu leur lot d'émotions pour la journée. Elle préfère garder la nouvelle pour elle. Du moins, pour ce soir.

## La colère de Max

Alex, quant à lui, dévore son assiette. Il n'a jamais eu aussi faim ! Il est fatigué et émotionnellement vidé. Il n'a jamais raffolé du ragoût, mais ce soir, il le trouve délicieux.

— Ouah ! Ralentis un peu, Alex ! rigole sa mère, qui lui remplit son verre d'eau. Je croyais que tu serais déçu par le menu de ce soir, alors je t'ai acheté ton dessert préféré. Désolée mon chéri, j'aurais aimé le faire moi-même, mais faute de temps, on se contentera de l'épicier.

La mère d'Alex est infirmière à domicile et a été appelée d'urgence cet après-midi. Son père, à sa gauche, le regarde sans rien dire. Il fait drôle à voir dans son T-shirt décontracté du week-end, troué un peu sous les aisselles, et son short beige. Difficile à croire qu'il est banquier la semaine, vêtu d'un chic veston-cravate. Max, en face, dévisage Alex. Il est, comme toujours vêtu de noir, d'un *hoodie* à capuchon sombre trop grand avec le logo sportif de son gym imprimé sur le devant et un jean troué, noir également.

— Pourquoi tu me regardes comme ça ? lui demande Alex, la bouche pleine.

Sa mère prend place à sa droite, ajustant sa jupe avant de s'asseoir, et interroge Max en levant un sourcil.

— Madame Hins est sortie dehors aujourd'hui, non ? Avec toi. La rumeur court en ville qu'elle a perdu son chat.

— Oui, j'ai entendu parler de ça à l'épicerie, en effet. Vous savez si elle l'a retrouvé ? questionne la mère d'Alex en prenant sa fourchette.

« *Décidément tout se sait dans ce petit quartier* », pense Alex.

— Je me demandais si votre *gang* avait un rapport avec tout ça ? Vos fameux « *défis du week-end* » débiles ! continue Max sur sa lancée, s'avançant vers Alex en dessus de la table. Aie donc le courage de l'avouer !

— MAX ! coupe le père des deux garçons. Calme-toi. Un chat qui disparaît, ce n'est la faute de personne.

Alex reste muet, les yeux rivés sur Max, la fourchette retombant lentement dans son assiette. Son frère a raison sur deux points : il en est effectivement responsable et Alex n'osera jamais avouer une telle chose à voix haute.

— Oui, répond-t-il timidement à la question de sa mère. On l'a retrouvé sous le balcon du voisin.

— C'est bien ça, déclare son père.

Max ne dit rien. Il a réussi à faire perdre l'appétit à Alex. Du coup, le ragoût reprend une forme brune gluante insipide. Il boit une gorgée d'eau pour se débarrasser de l'arrière-goût.

— Je suis contente d'entendre ça, continue sa mère, suspicieuse, prononçant lentement chaque mot, scrutant ses fils à tour de rôle. La tension est encore palpable entre eux. Puis, après un léger silence : Tu dis qu'elle a elle-même cherché à l'extérieur, Max ? Ce serait bien la première fois qu'elle sort depuis un long moment. Cela doit lui avoir fait du bien.

Alex pense soudainement aux paroles de Marguerite : « *Tu sais, peut-être que la disparition du chat m'a apporté quelque chose de bien, finalement. Rappelle-moi de le remercier si on le retrouve* ».

Alex prend une bouchée de son ragoût. Il aimerait en faire part à Max, qui semble n'avoir rien perdu de sa fureur. Pourquoi lui en veut-il autant ? Les avait-il vus lors du vol de l'animal ? Le goût de la honte se mélangeant à celle du ragoût noue la gorge d'Alex. Il ne peut plus rien avaler, ni rien dire.

Le cœur serré, Alex évite son frère pour le reste de la soirée. Il prolonge sa douche et s'enferme dans sa chambre, mais Max finit quand même par le surprendre alors qu'il se brosse les dents.

— Tu sais qu'elle est malade ? dit-il doucement, sa colère semblant s'être calmée. Un médecin lui a un jour prescrit une mauvaise pilule, ce qui a rendu sa peau très sensible au soleil et aux rayons UV. S'il fait gris, c'est moins intense, mais elle en souffre quand même. C'est pour ça qu'elle ne sort pas...

Max reste silencieux et s'appuie sur l'encadrement de la porte. Alex crache le contenu de sa bouche dans le lavabo. *C'est donc à cela que Marguerite faisait allusion tout à l'heure.*

—Je ne suis pas supposé te raconter ça, continue Max alors qu'Alex nettoie sa bouche avec l'eau du robinet. Je ne comprends pas, Buster ne sort jamais, même quand il en a l'occasion.

Max croise les bras sur sa poitrine et Alex a la forte impression qu'il attend des aveux de sa part.

— Je ne savais pas qu'elle... Alex ne termine pas sa phrase, malaisé.

— Ouais, en tout cas... Max lève son index vers lui. Ça reste entre nous, d'accord ?

Alex hoche la tête. Max reste un moment à le fixer.

— Merci de l'avoir aidé ! Bonne nuit !

Max regagne sa chambre et Alex en fait autant. Sur le bureau, le livre que Marguerite lui a remis lui rappelle les événements de la journée. Il devra le redonner à Max demain. Alex songe, qu'hier encore, Marguerite lui était presque qu'inconnue. Elle est malade. *Comment va-t-il faire pour tenir sa langue* ? Il n'est pas bon menteur. Surtout qu'il s'est engagé à revoir la vieille dame et de retourner au parc avec elle.

# LE SECRET DE LA MAISON JAUNE

# LE SECRET DE LA MAISON JAUNE

## Un drôle de réveil

Les juges approchent de la table de Derek. Ils sont trois au total. Trois hommes sévères en complets-cravates dans les tons de noir à blanc. *Un peu de couleur ne leur ferait pas de tort*, pense Derek. Le gymnase scolaire est bondé de gens que l'adolescent ne connaît pas. Au-dessus de la porte d'entrée, une banderole affiche « *Concours international des sciences et de la technologie* ». *Cela doit être sérieux.* Sur sa table, un robot de taille moyenne s'active à préparer lui-même des hamburgers miniatures. Derek se questionne à savoir quelle note il obtiendra pour cette invention et espère que ces messieurs ne lui demanderont aucune explication sur sa fabrication. Puis, il pouffe de rire lorsque sa petite création magique éclate des sachets de ketchup et moutarde sur les beaux vêtements sobres des membres du jury. *Un peu de couleur, ça ne fait de mal à personne, non ?*

— DEREK ! s'écrit l'un d'eux avec, bizarrement, la voix de sa mère. DEREK !

Derek ouvre les yeux. Sa mère se tient sur la première marche de l'escalier menant au sous-sol. N'osant pas franchir une marche supplémentaire, elle est pliée en deux afin de pouvoir voir son fils. Derek refuse que l'on pénètre dans son antre pour des raisons qu'il juge personnelles.

— Ton cellulaire sonne, lui dit-t-elle en lui pointant l'appareil qui hurle des notes d'une vieille chanson du dessin animé *Spiderman*. Je ne comprends pas comment tu fais pour dormir aussi profondément, ajoute-t-elle avant de disparaître dans le haut de l'escalier.

Derek pousse un soupir et tend la main vers son cellulaire. Il ne sait même pas quelle heure il est. Lexi. *Que veut-elle ?* Il accepte l'appel tout en se redressant péniblement sur son lit et en se passant une main dans ses cheveux mi-longs.

— Mouais !

— Il était temps ! Derek formule un « *quoi* » qui n'est pas entendu du tout par Lexi qui continue de parler. Tu n'as pas répondu à mon message d'hier sur le groupe.

Derek émet un grognement. Il avait effectivement entendu les notifications de quelques textos en soirée la veille, mais, étant occupé à son projet, il a remis de répondre à plus tard. Résultat : il a oublié.

Lexi hausse la voix.

— Derek, t'as pas intérêt à te rendormir ! Réunion

chez toi dans une heure.

Derek est brutalement réveillé : ce ne doit *pas* être chez lui. *Est-ce que les autres sont déjà en chemin ?* Il balaie vite la pièce du regard; son bureau est enseveli de matériels et de papiers qu'il n'a pas pris le temps de ranger.

— Euh... Pas chez moi, t'souviens?

— J'avais oublié. Ta *chambre est ton domaine privé bla bla...*On ne peut pas faire une exception ? (Elle baisse le ton de sa voix). Chez moi, il y a Maureen.

— Oh ! J'adore ta mère, j'arrive tout d'suite, rigole Derek qui saisit l'occasion de s'en sortir.

— Awww ! C'est toujours comme ça avec toi, capitule Lexi qui n'a pas le courage de lutter. J'écris aux autres.

Derek raccroche et pousse un soupir de soulagement avant de s'écrouler sur l'oreiller.

## L'entraînement du matin

Quand le téléphone sonne chez Élisabeth, elle est déjà dans le garage attenant à la maison, en train de s'étirer les jambes avant l'entraînement du matin. Son père ne lui permettant pas de dormir passer 6 h 30, la jeune fille ne se souvient plus du matin où elle a pu faire la grasse matinée. Être entraîneur professionnel exige beaucoup de son père et il se doit de se tenir en forme pour montrer l'exemple.

— Bonjour, David à l'appareil.

Le père d'Élisabeth répond toujours de cette manière au téléphone au cas où il s'agirait d'un de ses clients. Élisabeth s'arrête un moment et, curieuse de savoir de quoi il en retourne, s'aventure prudemment vers la porte entrebâillée qui donne du garage, devenu salle d'entraînement, à la cuisine. Elle espère une urgence qui annulerait la séance. Elle a encore mal aux jambes dû à l'entraînement d'il y a deux jours dans lequel son père lui a imposé son nouveau programme plus dur, plus intense mais heureusement plus court. Cependant, la jeune fille n'a pas cette chance, et son père lui fait signe de continuer. Elle s'exécute en soupirant silencieusement.

Son cellulaire vibre sur la petite table basse du garage. Élisabeth s'empresse de regarder le message. Lexi mentionne, sur leur conversation du « *Club des Braves* », que la réunion aura lieu chez elle au lieu de chez Derek. *Il trouve toujours un moyen d'esquiver celui-là*, pense Élisabeth alors que son père formule un « *Au revoir* » de la cuisine. Elle remet précipitamment son cellulaire en place et continue ses étirements comme si elle ne s'était jamais arrêtée.

Son père la rejoint au garage. C'est la pièce la plus fraîche pour l'effort physique. D'ailleurs, il a depuis longtemps aménagé l'espace pour en faire un gymnase. Il y a des poids, des cordes, des élastiques, des tapis, un vélo stationnaire, des ventilateurs, des poignées de suspension et même une poutre en bois pour Élisabeth. Elle n'oubliera jamais la fierté de son père quand elle lui avait révélé vouloir prendre des cours de gymnastique, il y a deux ans. Ce qu'elle regrettait aujourd'hui car, depuis ce jour, il s'était donné comme mandat que, grâce à lui, elle serait la meilleure. « *Ne me déçoit pas* » est ce qu'il lui dit avant chaque tournoi.

La jeune athlète étire une jambe, puis l'autre, imitée par son père.

— Allez, on ferait mieux de s'y mettre si tu ne veux pas être en retard. Jogging aujourd'hui. Notre tour habituel.

— Mais tu sais que je dois être partie pour huit heure !

— On a amplement le temps. Allez, ma fille. Hop ! Hop !

Son père part en premier. Élisabeth se mord la langue : elle ignore comment son père arrive toujours à respecter l'horaire de ses clients mais jamais le sien. Le tour habituel leur prend habituellement une bonne heure et il est déjà passé 7 h. Élisabeth bout intérieurement : elle déteste plus que tout être en retard. Il lui faudra prendre son mal en patience car son père n'aime pas quand elle « *rouspète* » et l'entraînement risque alors d'être prolongé et plus difficile.

Elle s'élance derrière lui, grimaçant sous la douleur de l'élancement dans ses deux mollets.

## Rencontre chez Lexi

— Allez, on commence ! J'raconterai tout à Guillaume après, s'impatiente Derek.

— Non et il manque aussi Lizzy, fait remarquer Lexi sans lever les yeux du plan crayonné qu'elle tient entre ses mains. Tu peux arrêter ça ?

Derek, tapotant un stylo sur le coin du bureau, interrompt son geste et place ledit stylo sur son oreille. Il commence à se balancer d'avant en arrière sur la chaise de bureau de Lexi. Celui-ci est toujours impeccablement bien rangé contrairement au sien.

C'est un minuscule meuble blanc avec trois tiroirs sur le côté droit. Sur le dessus, une lampe, quelques livres, un verre contenant des stylos (dont celui qu'il a coincé à l'oreille), des crayons et deux petits toutous : une abeille bizarre et un cheval ou poney, il ne sait pas trop. La voix de Guillaume le sort de ses pensées. Il ne l'a pas entendu arriver.

— Bon, je sais, je suis encore le dernier, fait son ami en déposant son sac à l'entrée de la chambre de Lexi. Il tient de son autre main le chat de Sarah.

— T'étais où, Goglu ? l'interroge Derek.

Guillaume déteste qu'on l'appelle comme ça. Ils ont trouvé ce surnom par hasard dans un des romans obligatoires de leur cours de français. Un des personnages y étant décrit ressemblait trait pour trait à Guillaume. Ils étaient tous d'accord à l'époque sauf le concerné bien sûr.

Guillaume s'installe, le chat sur les genoux.

— Arrête avec ça ! Je suis passé nourrir Gilbert, je m'inquiétais pour lui, affirme Guillaume en s'avançant vers le lit à côté d'Alex qui lui fait une place. Le cadre de fenêtre étant occupée par Lexi, la chaise de bureau par Derek et le *bean bag* par Markus, il ne reste plus grand espace libre dans la chambre.

Gilbert est le nom du furet que Guillaume a rescapé d'un accident de la route. Sa mère étant hyper allergique à tout ce qui possède du poils, l'amoureux des animaux ne peut en avoir aucun. Refusant de se séparer de son Gilbert, il l'a tout simplement caché sous la véranda de la mystérieuse Maison Jaune.

— C't'un furet. Il n'va pas mourir pour quelqu'heures sans nourriture, gros débile, ricane Derek en lui tirant la peluche abeille au visage.

— Hey, je ne suis pas le dernier. Où est Lizzy ?

Derek entend enfin cogner à la porte en bas alors qu'il attrape le toutou que Guillaume lui lance. Des murmures se font entendre pendant un moment. Lexi se lève en soupirant et s'arrête à l'entrée de sa chambre. Derek remet l'abeille à sa place.

— On est tous là, Lizzy. Maman, laisse-la monter !

— Ne prends pas ce ton avec moi, Lexi Leblanc, la voix offensée de Maureen leur parvient du premier étage. C'est chez moi ici jeune fille !

Lexi, retourne s'asseoir près de la lucarne-fenêtre en silence. Derek continue de se balancer.

— Je suis là ! Élisabeth entre dans la chambre, jette son sac à côté des autres et se couche à même le sol. Je suis crevée.

— Ton père encore ? Pourquoi tu ne lui dis tout simplement pas que c'est trop pour toi ? demande Guillaume en lui donnant de légers coups de pieds. Wouah ! Tu pues ! Tu t'es lavée au moins ?

Élisabeth tourne lentement la tête vers lui et pouffe de rire. Guillaume se lève et tente de se trouver un autre endroit. Alex, crayon et bloc-note à la main, rit aussi mais reste à sa place.

— C'est vrai que tu pues !

Derek éclate de rire aussi.

— BON ! On se la fait cette réunion ! rigole Élisabeth, pour changer de sujet.

— Merci Lizzy, s'écrie Lexi. Que fait-on au sujet de la Maison Jaune ?

Tous demeurent silencieux. Markus se redresse dans son *bean bag*. Silence. Chacun réfléchit de son côté. Derek allonge ses jambes et met ses mains derrière sa tête. Le mystère de la Maison Jaune l'a toujours intrigué.

C'est un vieux bâtiment laissé à l'abandon depuis des années. C'était un homme du nom de Gustavo Monte, un homme à tout faire, qui y habitait autrefois. Il l'avait construite avec une équipe très réduite, provenant d'une ville éloignée, refusant catégoriquement toute aide supplémentaire. Une vieille légende affirme que c'est parce qu'il y avait fait construire une pièce cachée. Un petit endroit secret dont lui seul et son équipe en connaissaient l'entrée. On raconte que cette mystérieuse cachette dissimulerait sans doute sa fortune ou un trésor inestimable.

Malheureusement, le pauvre Gustavo périt dans un accident de la route, à l'âge de quarante-sept ans, emportant avec lui la clé de l'énigme. Le drame s'étant déroulé aux États-Unis et ayant été d'une force terrible, l'identification du corps fût laborieuse et la demeure resta à l'abandon pendant des années. La maison, autrefois splendide et rayonnante, n'est maintenant plus qu'une vieille carcasse en ruine. La pauvre demeure appartient maintenant à la seule fille de Gustavo, une certaine Olivia.

Les adultes ne portent plus guère attention à cette maison et à sa légende. L'ayant visitée clandestinement dans leur jeunesse et n'ayant rien trouvé de concret, ils croient plutôt à une fausse rumeur afin d'exciter les enfants curieux. Ils adorent malgré tout entretenir ce vieux mythe. C'est la raison pour laquelle l'étrange maison suscite toujours autant l'intérêt, résistant tant bien que mal à l'épreuve du temps, telle une vieille dame courbée par le secret contenue dans son ventre. Un secret qui leur sera à jamais caché s'ils ne trouvent rien avant la vente de la propriété. Le temps est compté.

Ils ont passé la semaine encore à chercher et à passer la maison au peigne fin pour en sortir encore les mains vides. Pour Derek, il semble que cela fait une éternité qu'ils fouillent sans jamais rien trouver. Ils s'y étaient attardés un peu l'été dernier et avaient fini par mettre les recherches de côté. *Peut-être que la pièce cachée n'est qu'un mythe après tout ?* Jusqu'à l'annonce de Lexi en début de semaine. Ils doivent donner un dernier effort avant qu'elle ne soit mise en vente et qu'ils ne puissent définitivement plus y entrer.

— J'ai regardé le plan une partie de la nuit, continue Lexi, et les trois seuls endroits où peut se trouver cette pièce, c'est près des deux garde-robes au premier, celui au deuxième étage dans la grande chambre ou bien près de l'armoire de la cuisine. On a inspecté ces endroits je ne sais plus combien de fois. Markus, tu es sûr de ton plan ?

— Ouais, j'ai fait au minimum trois vérifications. Toujours la même chose. Pas d'erreur.

— On va refouiller ? s'exclame Élisabeth en se redressant. On a peut-être manqué quelque chose les dernières fois.

— Moi, vous savez ce que j'en pense, dit Markus. Vous l'avez exploré de fond en comble cette maison.

Derek lève les yeux au ciel.

— On n'va pas débattre encore là-dessus, Markus ! Tu viens ou tu n'viens pas, c'est tout.

Markus n'a jamais voulu mettre les pieds dans la Maison Jaune sous prétexte que « *cet espace ne nous appartient pas* ». Il est très pointilleux là-dessus.

Alors que ses amis se disputent à nouveau à savoir quelle est la prochaine étape, Derek fixe le bureau de Lexi d'un regard vide. Il a la vague intuition qu'ils sont vraiment en train de louper quelque chose d'important. Markus a raison : ils l'ont fouillé trop longtemps cette maison ! Même leurs parents ont fait des recherches sans rien trouver. Ses yeux se posent sur un minuscule cadre noir qui était caché derrière les peluches. Elle contient la photo d'un homme barbu assis dans un canot de pêche. Le père de Lexi.

C'est la seule photo que Lexi ait gardé de son père. Il est parti alors qu'elle n'était encore qu'une jeune enfant. Elle a souvent formulé le désir de le revoir et lui demander des explications sur son absence mais, avec le temps, ses demandes ont diminué. Elle n'en parle pratiquement plus. Pourtant le cadre, camouflé derrière les peluches, est toujours là accumulant la poussière. *Est-ce que Lexi fantasme toujours sur le retour de son père ou l'a-t-elle seulement oublié là ?*

BINGO !

— Je... commence Derek n'osant pas fixer Lexi. Il se lève soudainement et tape son stylo dans sa main droite. J'crois qu'on devrait arrêter d'fouiller et p't-être s'intéresser plus à ce Gustavo, non ? Qu'est-ce qu'on sait sur lui? Presque rien...

— Qu'est-ce que tu veux dire ? questionne Guillaume en fronçant les sourcils.

Derek ouvre la bouche mais c'est la voix de Markus qui en sort.

— Ça veut dire que si on apprend à mieux connaître son propriétaire, nous serons mieux informés sur l'endroit où chercher. Futé ! Il tend le poing à Derek qui joint son poing en retour.

— Je ne vois pas en quoi ça pourrait nous aider. La fouille, c'est mieux, non ? suggère Élisabeth. Je suis sûre qu'on y arrivera cette fois !

— On a déjà essayé plein de fois Lizzy… commence Lexi.

— On ne perd rien à essayer une autre méthode, dit Alex. Moi, je suis d'accord avec Derek.

Après un moment, ils entreprennent d'effectuer des recherches : Guillaume et Markus s'informeraient aux voisins toujours présents : Lexi rendrait visite au vieux prêtre Raymond puisqu'il connaît tout sur tout le monde; Élisabeth interrogerait Linette, l'ancienne libraire où se rendait régulièrement Gustavo; Alex questionnerait Marguerite puisqu'il a rendez-vous avec la vieille dame pour aller au parc alors que Derek sonderait l'ancien serrurier, le dernier employeur de Gustavo. Le plan est de se rejoindre plus tard en après-midi, à la Maison Jaune directement, dans l'espoir d'y voir un peu plus clair.

## Que fait Sarah ?

Élisabeth sort de la douche et se sèche rapidement avec la serviette bleue que Lexi lui a donnée. L'eau lui a fait du bien. Elle aurait dû se laver rapidement avant de partir ce matin, mais entre le risque d'empester ou d'être en retard, le choix est simple : elle préfère la ponctualité.

Des bruits d'ustensiles et d'assiettes parviennent à ses oreilles et Élisabeth sait, sans la voir, que Maureen se meut dans la cuisine, le cellulaire sur l'épaule. Elle entend même la conversation de la salle de bains.

— Non, je te jure. Il se faisait crier dessus par sa femme, la caissière le dévisageait... Oui ! .... Une vraie scène de film...Attends... mon eau bouille là ! ...

Elle se sent bien chez Lexi car elle retrouve, le temps d'un court instant, une présence maternelle. Son père n'est pas doué pour la cuisine. Tout ce qu'il sait faire, c'est réchauffer des plats préparés d'avance par sa femme ou bien commander du restaurant.

Tout en brossant ses longs cheveux brun foncé, Élisabeth se contemple dans le miroir. Comme elle aimerait se débarrasser de ses gros sourcils épais et de ses larges oreilles qui lui donnent l'air d'un garçon ! Maureen lui dit souvent qu'elle serait belle en robe, que l'on verrait davantage ses formes. « *Les filles doivent se mettre en valeur. Il n'y a pas de honte à montrer ses courbes* ». Élisabeth s'observe. Ses seins ont commencé à se développer. *Cela jamais !* La jeune fille enfile son short et son T-shirt trop large et hoche la tête en signe d'approbation à son propre reflet. L'allure garçonne lui va mieux.

Élisabeth sort de la salle de bains en s'épongeant une dernière fois les cheveux avec sa serviette. Connaissant la maison sur le bout des doigts, elle longe habilement l'étroit couloir qui mène à la porte d'entrée. Les autres membres du « *Club des Braves* » sont déjà partis à leur mission, il ne reste plus qu'elle. La jeune fille s'arrête néanmoins pour saluer Maureen.

Comme elle le soupçonnait, Maureen, en tablier, le téléphone à l'oreille, toujours élégante dans sa robe turquoise, sent un à un les sachets d'épices qu'elle garde dans l'armoire. Élisabeth admire Maureen. Qu'elle soit en pyjama ou en tailleur, Maureen resplendit. *Dommage que Lexi ne se rende pas compte de la chance qu'elle a*. Maureen la remarque et Élisabeth lui fait un léger signe de la main. La mère de Lexi lui répond par un sourire charmeur et lui envoie un baiser. Élisabeth lui sourit, continue son chemin et se fige.

— Chut ! S'il te plaît, ne dis rien, chuchote Sarah, un doigt devant la bouche.

Celle-ci se tient devant le petit meuble en acajou de l'entrée, invisible de la cuisine, une main encore plongée dans le sac à main de Maureen tandis que l'autre maintient son téléphone portable au-dessus de l'objet.

Élisabeth hausse les sourcils en guise de question à Sarah. Celle-ci baisse davantage la voix de sorte que la jeune fille doit lire sur ses lèvres : *Peux pas t'expliquer maintenant*.

Élisabeth entend alors les talons hauts de Maureen se rapprocher et, une seconde plus tard, cette dernière sort la tête de la cuisine. Élisabeth, sans réfléchir, saute en vitesse et s'assied sur la petite table pour dissimuler la sacoche et la main coupable de Sarah toujours à l'intérieur. Sarah, elle, cache son autre main derrière son dos.

— Du porc ou du bœuf sauté les filles ? leur demande Maureen. Éli, tu restes manger avec nous ce soir ma puce, le ton de sa voix laisse suggérer une affirmation plus qu'une question.

— Bœuf ! répondent rapidement celles-ci en chœur, raides comme des piquets.

— Oui, Céline, j'ai entendu... attend une seconde, reprend Maureen dans le combiné. Puis, elle pointe Élisabeth du doigt, lui faisant signe de descendre de la table, avant de repartir en cuisine. Oui, désolée, alors, c'est ta coiffeuse qui t'a raconté ça ?

Élisabeth s'exécute. Sarah soupire.

— Je t'en dois une ! lui murmure Sarah avant de continuer ses photos de l'intérieur de la sacoche de Maureen.

Élisabeth n'y comprend rien. Elle s'avance davantage et découvre que Sarah prend des clichés de l'agenda de sa mère. Sarah tourne une, puis deux pages, qu'elle immortalise avant de remettre son cellulaire dans la poche arrière de son jeans.

— Je t'expliquerai plus tard peut-être, chuchote-t-elle avant de prendre la fuite par l'escalier.

Élisabeth est pensive. Dans la sacoche de Maureen, elle aperçoit une lettre pliée en deux légèrement ouverte. L'adresse de la Maison Jaune est inscrite en caractères gras. Du doigt, elle entrouvre le papier.

La mise en vente se fera dans quinze jours !

## Des initiales sur un banc

Ils sont enfin sur le petit sentier-raccourci qui mène au parc. Derek marche devant, Alex et Marguerite avancent à petits pas derrière lui. Maniant un bâton de bois comme une épée, Derek livre bataille aux arbres et aux hautes herbes sur son chemin comme s'il leur ouvrait ainsi le passage. Le serrurier n'étant malheureusement pas chez lui, l'adolescent a jugé bon d'aller aider Alex qu'il soupçonne de ne pas vouloir interroger la vieille.

Derek, en revanche, est persuadé que l'âge de Marguerite pourrait correspondre à celui qu'aurait eu Gustavo. Il a hâte de poser des questions à Vieille Branche. Il espère surtout qu'elle leur sera utile. Il a d'ailleurs tenté de la questionner dès son arrivée surprise devant chez elle, mais la vieille ne parlait que de son chat et de ses biscuits à la vanille qui, selon lui, sont immangeables. *L'idiote doit avoir mélangé le sel avec le sucre.* Derek a compris par les regards appuyés d'Alex qu'il allait devoir patienter avant de la mettre sous les feux du projecteur.

Arrivé au parc, Derek prend position sur le banc le plus près, à l'ombre. Il doit se relever à l'arrivée des deux autres car Marguerite préfère aller s'asseoir sur celui opposé au lac. En face. Celui au soleil. Derek n'y comprend plus rien mais suit en silence, non sans avoir lever les yeux au ciel. *Quelle mégère !*

— Mon dieu, cela fait une éternité ! dit Marguerite en s'assoyant sur le fameux banc. Alex s'assied à côté d'elle alors que Derek se tient debout derrière. Il s'amuse à faire de petits trous dans la terre en y tournant et y enfonçant le bout de son arme en bois.

— J'avais oublié à quel point c'était beau, continue Vieille Branche.

Derek fait une grimace que personne ne voit. *Si elle*

*aime sortir, pourquoi ne le fait-elle pas ?* Il se demande aussi à quoi lui sert cet accoutrement débile de temps de pluie : un long manteau à manches longues qui lui descend aux genoux, de hautes bottes en caoutchouc noires, gants, grand chapeau et de larges lunettes de soleil par-dessus ses verres épais. Il n'arrive pas à cerner Vieille Branche. *Elle est si étrange !* À voir Alex aux petits soins pour elle, il comprend bien que son ami s'est pris d'affection pour la vieille dont ils se moquaient encore ensemble il y a seulement une semaine. D'accord, samedi dernier, la culpabilité le rongeait mais le chat a été retrouvé, il ne lui doit plus rien. Pourtant, Alex tient la main gantée de Marguerite dans la sienne.

— C'est quand la dernière fois où vous êtes venue ici ? demande-t-il.

— Oh ! Je ne m'en souviens même plus, rigole-t-elle en lui tapotant la main. Je ne pensais même jamais y revenir. Elle prend une longue respiration, semblant apprécier cette odeur de verdure qu'il y a dans l'air et le léger vent sur son visage. Quelle chance d'avoir perdu ce chat pour quelques heures tout de même ! J'ai vécu dans la peur trop longtemps. Je réalise maintenant qu'il y avait plus de peur que de mal en fin de compte. Mais je dois tout de même être prudente.

Marguerite se penche alors tout doucement en avant et touche quelque chose à l'extrémité du banc de bois.

— Elles sont toujours là, après tout ce temps.

Derek tend le cou. Les lettres sont abîmées, rayées, mais il peut lire les initiales EH+MT et une année 1963 gravés dans le bois probablement à l'aide d'un canif.

— C'est quoi ? demande Derek.

Marguerite se tourne alors vers lui. Ils ne se sont pas parlé depuis le départ de sa maison.

— Tu es un petit Roy, n'est-ce pas ? lui demande-t-elle en retirant ses lunettes de soleil.

Leurs regards se rencontrent.

— Hein ? Derek fronce les sourcils.

Silence. Marguerite plisse les yeux derrière ses lunettes de vue. Ils sont d'un bleu intense. Derek retient son souffle et son cœur bat vite : il ne sait pas pourquoi la vieille le dévisage ainsi.

— Derek, c'est bien cela ? Derek Roy ? demande-t-elle au bout d'un moment.

— Euh, oui, fait celui-ci, hésitant, se demandant s'il lui avait déjà dit son nom. Il y a quelque chose de troublant dans les yeux de Vieille Branche. Celle-ci se détourne en remettant ses lunettes de soleil et Derek respire à nouveau.

— Eh bien, ça, Derek, ce sont les initiales de mon époux et moi, le jour de nos fiançailles. Édouard Hins et Marguerite Terrien. C'est ici même qu'il m'a demandé ma main.

Elle leur raconte comment, par une sombre journée d'automne, elle avait perdu à la fois son travail de caissière au marché du coin et échoué l'examen le plus important de l'année scolaire. Ce qui signifiait pour elle devoir habiter plus longtemps chez ses parents et retarder sa scolarité d'un an. Elle avait honte et ne cessait de pleurer. Les yeux gonflés de larmes intarissables et n'ayant pas la force d'affronter la colère de sa famille, elle s'était réfugiée au parc. Sur ce banc. Sous la pluie. Édouard était venu la rejoindre. Sous la protection de son immense parapluie et sous la chaleur de son blouson dont il lui avait entouré les épaules, elle sanglotait. Ils se fréquentaient depuis un an et deux mois. « *Viens vivre avec moi Marggy* » lui avait murmuré Édouard. « *Nous serons à l'étroit mais il y a assez de place pour toi chez moi* ». Marguerite avait lentement levé la tête et rappelé à son doux Édouard que ses parents n'accepteraient jamais s'ils n'étaient pas mariés. Le jeune homme avait alors fait mine d'ouvrir sa veste et avait éclaté de rire, oubliant qu'il ne la portait plus. Marguerite avait tout de suite compris : elle avait fouillé la poche intérieure de la veste d'Édouard pour en retirer un écrin bleu royal. Édouard, entre temps, avait posé son genou au sol. « *Ne vous en faites pas, votre père a accepté de me donner votre main. Et vous, acceptez-vous ?* »

— Passionnant. Connaissiez-vous Gustavo Monte, par hasard ? Derek, qui a continué d'enfoncer son bâton dans le sol durant l'histoire de Marguerite, lève la tête subitement. La phrase est sortie de ses lèvres sans qu'il puisse la retenir davantage.

Les yeux d'Alex s'arrondissent de surprise. Silence. Vieille Branche, une main sur la poitrine et encore égarée dans le passé, demeure pensive puis sourit après un moment. Elle en rit même. Décidément, les émotions de la vieille ne font aucun sens pour Derek.

— Gustavo ! Bien sûr que je le connaissais : on était

de la même école. Marguerite s'interrompt. Derek et Alex sont pendus à ses lèvres. L'école buissonnière, si vous voyiez ce que je veux dire ? confie Marguerite sous le ton de la cachotterie en leur jetant un regard espiègle.

## Entretien avec Maureen

Assise à la table de la cuisine, Élisabeth dévore une barre chocolatée offerte par Maureen et observe discrètement la mère de Lexi manier les ustensiles. Toujours au téléphone, celle-ci coupe habilement des carottes sur une planche à découper derrière l'îlot.

Une cuisine chaleureuse, grande et spacieuse. Avec de magnifiques armoires en bois sculpté et un comptoir de marbre, elle donne l'impression d'avoir une vie, une histoire. Pas comme le décor froid gris et blanc dans lequel mange habituellement Élisabeth. Une marmite pleine de viande hachée crépite sur le feu derrière Maureen. Celle-ci s'en approche de temps en temps afin de bien mélanger le tout, ajouter un peu d'épices et laisser l'odeur emplir ses narines. Ses cheveux châtain-blond, qu'elle a récemment fait couper aux épaules, lui donnent une apparence encore plus légère et épouse à merveille la jolie forme ovale de son visage.

Chaque fois qu'elle regarde Maureen, Élisabeth ne peut s'empêcher de penser à sa propre mère. Lauren lui manque. C'est une amoureuse des voyages. Elle laisse le soin à son mari l'éducation de leur adolescente et le soin de leur maison alors qu'elle navigue sur les océans pour servir de la nourriture et des boissons en tout genre à des voyageurs occasionnels. Par contre, lorsqu'elle est là, Élisabeth ne l'échangerait pour rien au monde.

Élisabeth envie Lexi : Maureen est aussi une travailleuse acharnée mais elle rentre tous les soirs à la maison. La fillette hume l'odeur des doux parfums qui se mélangent et embaument la cuisine. Cela l'apaise. Maureen prépare souvent deux ou trois plats à la fois pour prévenir ses futures absences ou ses heures de rentrées tardives. La jeune fille mord à nouveau dans le délicieux chocolat; son père ne lui permet que rarement de manger ces « *saletés* ».

— Céline, je dois te laisser, termine Maureen en fixant Élisabeth. Oui, je te rappelle demain. Sans faute. Bisous ! Maureen raccroche et pointe le petit couteau qu'elle tient à sa main droite vers la jeune fille. Hmmm, toi, il y a quelque chose qui te tracasse. Parle, maintenant.

Élisabeth pouffe de rire.

— Merci pour le chocolat, est tout ce qu'elle trouve à répondre.

— Tss, tss, ce n'est pas ça, continue Maureen en déposant son couteau et en s'essuyant les mains sur son tablier. Si c'est ton père, sache que tu es la bienvenue ici quand tu veux, ma puce. Tu sais ce que je pense de ces entraînements. Si c'est la seconde option à laquelle je pense, viens ici, que je te fasse un gros câlin.

Élisabeth s'exécute. Maureen sait à quel point sa mère lui manque. À bien y penser, elle adorerait avoir Maureen comme mère. Cette pensée lui fait mal. La jeune fille se détache de Maureen, qui lui donne un baiser au sommet de la tête, et termine en une grosse bouchée son chocolat.

— Je dois y aller, fait-elle la bouche pleine.

— OK. Et que faites-vous cet après-midi, jeune athlète ? Maureen attrape une poêle dans le bas de l'armoire de l'îlot.

Élisabeth hésite. Elle ne peut pas avouer à Maureen qu'elle doit aller interroger la vieille Linette, l'ancienne libraire. Au lieu de cela, elle répond seulement qu'ils se sont uniquement donnés rendez-vous à la Maison Jaune. Maureen s'arrête net, la poêle en suspens.

— Tiens, ça fait un moment que je ne vous entends plus parler de cette maison. Maureen semble suspicieuse. Elle observe Élisabeth, une lueur malicieuse dans le regard et un sourire en coin. Ma plus vieille a parlé à ce que je vois.

Élisabeth se mord la lèvre inférieure.

— Ne t'en fais pas. Je sais comment sont mes filles. Les pommes ne tombent pas si loin de l'arbre comme on dit, non ? rigole Maureen. Elle se retourne pour mélanger de nouveau la viande et, cette fois, y goûter. Tu sais... hmmm délicieux ! Tout ça me rappelle ma jeunesse. Mon dieu que nous avons cherché cette mystérieuse et mythique pièce cachée. L'endroit était différent à l'époque. Maureen agite la cuillère de bois en pointant Élisabeth. Je trouve dommage que sa fille n'ait rien voulu garder de tout ça. Elle a tout remis à une œuvre de charité il me semble.

Élisabeth se rapproche de Maureen : elle avait oublié que Maureen était présente lorsqu'on avait vidé la maison.

— Il y avait quoi à l'intérieur ?

Élisabeth, les yeux ronds, s'installe sur un tabouret près de l'îlot en face de Maureen. Celle-ci lui sourit, ravie.

— J'ai capté ton attention, hein ? Silence. Maureen se remet à couper une carotte. Eh bien, tout ce qu'il y a habituellement dans une maison, mais ce qui m'a le plus marqué, c'est, de un, la passion marquée du proprio pour la sculpture du bois et, de deux ...

— C'est lui qui a fait les sculptures à l'intérieur de la maison ? l'interrompt Élisabeth, surprise.

Elle avait déjà remarqué les magnifiques paysages travaillés à même le mur de la Maison Jaune. Elle ignorait toutefois que c'étaient les œuvres de Gustavo lui-même.

— Oui, bien sûr, continue Maureen. Gustavo sculptait énormément. Un homme très habile de ses mains. Il aurait fait un bon ébéniste. Pourtant, il travaillait dans un magasin, je ne sais plus où. Comme serrurier, je crois. C'est lui qui a travaillé les armoires derrière moi. Elles étaient là quand j'ai visité la maison. J'ai adoré.

Élisabeth se lève pour observer de plus près. Maureen enchaîne.

— Et de deux, il y avait tous ces casse-têtes. Il y en avait partout. Encadrés aux murs, plastifiés sur la table du salon. Des paysages pour la plupart, ceux qui sont difficiles à faire. Des cubes Rubiks.

Maureen baisse un peu la voix.

— Il m'a paru bien triste ce Gustavo, bien solitaire.

Élisabeth passe son index sur les décorations du bois. De loin, on ne peut voir que de longues et fines tiges de feuilles s'entrelacer et se détacher. De plus près, le spectacle est presque hypnotique. Elle ose à peine cligner des yeux. La jeune fille semble voir des têtes animales faites de feuillage. Des yeux qui vous fixent. Une tête d'oiseau. Un corbeau peut-être.

— Et l'extérieur ? demande-t-elle, battant des paupières et faisant disparaître les animaux, à l'exception du corbeau qu'elle voit toujours. C'était comment ?

Élisabeth se rassoit face à Maureen.

— L'extérieur, hmmm, Maureen lève les yeux au plafond un moment. L'extérieur, je ne me souviens pas beaucoup. Il y avait du bois c'est sûr. Un amas. Je ne sais pas s'il avait l'intention de construire quelque chose avec tout ça. Il a été enlevé, après un moment.

— Et lui ? Gustavo ? Comment il était ?

— Dis donc, j'ai droit à un vrai interrogatoire ! taquine Maureen en redéposant son couteau sur la planche. Puis, posant ses coudes sur l'ilot pour se pencher vers Élisabeth, elle poursuit : Alors, sergente Lizzy, je ne connaissais pas personnellement ce Gustavo. Il n'était pas vraiment de notre âge, à moi et mes copines, tu vois. Plus âgé. Mais physiquement, il était grand et maigre avec un looong nez (Maureen en mime à peu près la mesure ce qui fait glousser Élisabeth), il s'habillait toujours en noir, très discret. Renfermé je dirais et il lisait beaucoup.

Maureen ébouriffe les cheveux de la jeune fille.

— Ce que je peux te révéler aussi c'est que ce sont malheureusement vos dernières tentatives : la maison sera mise en vente bientôt. Elle pose un baiser sur le front d'Élisabeth. Allez, file.

— Merci Maureen.

Élisabeth saute du tabouret de bois, jette son emballage chocolaté à la poubelle à l'entrée de la cuisine et s'apprête à partir.

— Attends, lui ordonne Maureen. Élisabeth revient sur ses pas. La mère de Lexi ouvre la plus haute armoire sur sa gauche et sort une autre tablette de chocolat qu'elle lance à la fillette. Pour plus tard.

Avec un clin d'œil, elle lève son index.

— Ne dis surtout pas à Lexi où je les cache... et aussi, je dois passer à la Maison Jaune vers 15 h 30, je t'aurai averti.

Maureen lui fait un sourire complice et retourne à sa marmite. Élisabeth, heureuse d'avoir eu cette conversation avec Maureen, prend note qu'ils devront être partis avant 15 h 30 puis se faufile à l'extérieur.

# Le passé de Gustavo

Derek est sans voix.

— L'école buissonnière ? répète Alex.

— Oui, bien sûr. En fait, Gustavo était la raison principale de mon échec scolaire cette année-là. Marguerite rit coquinement. C'était le nouveau au collège. Il avait emménagé depuis quelques mois avec sa mère dans un petit appartement miteux près de l'église. Un vrai petit rebelle. Il s'habillait tout en noir et se dessinait des tatous à l'encre sur les bras durant les cours. Il fumait évidemment. On l'avait jumelé avec moi croyant que je pourrais l'assagir. Mais, malheureusement pour eux, c'est l'inverse qui s'est produit. La parfaite petite étudiante est devenue délinquante.

Marguerite se tournent vers Alex et Derek en riant, les deux mains entrelacées sur ses maigres genoux.

— Enfin, « *délinquante* » est un gros mot, continue-t-elle. J'ai seulement manqué quelques classes et cessé de réviser tous les soirs. Vous voyez, Gustavo n'était pas de ceux qu'on oublie facilement.

— Pourquoi ? demande Derek.

Il n'imagine pas du tout la jeune Marguerite fréquenter un garçon rebelle et manquer les classes, mais plutôt comme une personne solitaire suivant les règles à la lettre sans jamais se poser de questions.

— Eh bien, c'est dur à expliquer. Marguerite retire ses lunettes. Elle fixe Derek à nouveau et réfléchit un moment. Le garçon, silencieux, fronce les sourcils. Il aimait se mettre dans des situations dangereuses, reprend-t-elle d'une voix calme. Disons... eh bien... disons, qu'il avait besoin d'attirer l'attention sur lui et que... c'est en faisant des mauvais coups qu'il y arrivait.

Elle ne lâche pas Derek des yeux. C'est la deuxième fois que Vieille Branche le regarde aussi longuement. Le jeune garçon a l'impression qu'elle tente de lui dire quelque chose et ne comprend pas de quoi il s'agit. Il trouve la dame un peu bizarre, elle commence à le mettre mal à l'aise. Alex, qui n'a rien remarqué, rompt son moment de malaise.

— Pourquoi il était comme ça ?

— Oh, Marguerite se tourne vers Alex en remettant ses lunettes de soleil, au soulagement de Derek qui demeure sous le choc encore un instant. Pour beaucoup de raisons liées à son passé. Gustavo m'a confié une fois avoir été victime d'un vol à domicile. Il devait avoir sept ou huit ans, à l'époque. Il habitait toujours en Espagne. Deux hommes cagoulés ont fait irruption chez ses parents lors d'un souper en famille. Si je me rappelle bien, l'un des deux bandits aurait tout de suite plaqué un couteau sous sa gorge de petit garçon. On les avait ensuite ligotés et enfermés dans le placard de la chambre principale. Dans le noir, Gustavo avait pleuré tout comme sa mère. Après avoir rempli leurs sacs des biens les plus précieux de la famille, les deux complices avaient saccagé la maison. Puis, ils sont retournés à la chambre et ont ouvert la porte du placard dans lequel ils se trouvaient. Le plus sadique des deux s'était approché à nouveau de lui et, en lui tirant les cheveux en arrière, avait posé, pour la deuxième fois, l'arme sur sa gorge. Ses parents hurlaient sous leurs bâillons. Durant un temps qui lui avait semblé interminable, Gustavo avait entendu son père pleurer pour la première fois et avait vu le bandit, qui se tenait au-dessus de lui, sourire. C'était l'ultime menace du brigand qui avait enfin baissé son couteau. Les deux voleurs avaient ensuite pris la fuite, les laissant là, tous les trois, à trembler dans le noir parmi les débris. Gustavo m'a avoué qu'il n'oublierait jamais le regard mauvais de l'homme. Pas plus que les pleurs de son père et la sensation de la lame froide sur sa peau. Le pauvre en a beaucoup souffert : il était convaincu que les deux hommes étaient des connaissances de ses parents puisqu'ils savaient exactement où se trouvaient les objets de valeur. Après cela, il ne fit confiance pour ainsi dire à personne.

— Mais ... mais vous étiez amis, non ? Il avait confiance en vous ? questionne Derek, de plus en plus passionné par l'histoire de Gustavo et Marguerite.

— Oui, pendant un certain temps avant que je ne cesse de le fréquenter. Pour mon propre bien. Je lui ai brisé le cœur malgré moi ce jour-là. Le jour où j'ai décidé de reprendre ma vie en main et accepté la demande d'Édouard. Marguerite, émue, touche du doigt les initiales gravées dans le temps. Il était hors de lui quand je lui ai appris la nouvelle. On s'est violemment disputés chez sa mère et le lendemain, j'ai retrouvé nos initiales raillées et un corbeau gravé juste à côté. Le corbeau le représentait, c'était une blague entre nous. Le corbeau est noir, libre comme l'air et se méfie des humains. Édouard n'en a jamais rien su.

Derek se penche à nouveau vers l'avant. Il est

difficile d'apercevoir le corbeau car le bois s'est troué à cet endroit au fil des ans. Il croit malgré tout voir une tête et un bec.

— Qu'est-ce qui s'est passé entr'vous... ensuite ? demande-t-il.

— Oh! Marguerite scrute le lac. Nous nous sommes perdus de vue un moment et le temps a fait le reste. On ne demeure jamais fâché éternellement, sourit Marguerite, les yeux pétillants de larmes fixés sur le lac. Nous nous rencontrions parfois, nous nous échangions des sourires ou de légers signes de la main. Nous avons discuté quelques fois autour d'un café. Il changeait toujours d'emploi. Il avait toujours été tête en l'air et ne restait jamais longtemps à la même place. Il a œuvré un moment en construction, puis en électricité et comme serrurier. Et, il sculptait aussi... énormément. Et, sur chacune de ses sculptures, il y cachait un corbeau. Un corbeau aux yeux noirs. « *Sa signature* » qu'il disait.

Derek se tourne vers Alex. Les deux adolescents se regardent, les yeux ronds comme des billes.


## Bataille à la Maison Jaune

Élisabeth pédale en direction de la Maison Jaune. Elle est passée rendre visite à Linette, prétextant vouloir son opinion sur les meilleurs livres à suspense pour adolescents. Elle a habilement amené sur le tapis une certaine rumeur (inventée d'elle-même) selon laquelle l'ancien propriétaire de la Maison Jaune était, en plus d'être manuel, également auteur. Comme Élisabeth s'en attendait, Linette l'a tout de suite démenti en déclarant que Gustavo était seulement un bon lecteur. Il lisait des romans d'amour, des témoignages dramatiques et surtout des livres d'apprentissage sur la rénovation. « *Rien de bien passionnant* » lui a-t-elle dit.

Élisabeth passe devant la Maison Jaune et s'arrête pour la contempler. Éloignée de la rue par une pelouse trop garnie et un vieil arbre centenaire, la demeure lui paraît triste. Elle semble vouloir se cacher derrière les hautes herbes qui l'entourent. Une petite clôture de bois, écrasée sous le poids du temps et les rudes hivers, peine encore à délimiter le sentier enseveli qui mène à la porte d'entrée. Pourtant, malgré la peinture jaune décrépie et le manque de matériaux par endroits, elle a tout de même préservé un petit peu de sa coquetterie d'autrefois. Bâtie sur deux étages, la modeste habitation a été construite en bois avec une toiture en bardeaux. Bien que le toit ait vraiment besoin d'être refait, la galerie avant, protégée d'un petit toit indépendant, elle, semble être demeurée intacte.

— AHHH !

Élisabeth sursaute. Le cri semble provenir de derrière la maison. La jeune fille s'élance sur sa bicyclette et emprunte le petit sentier de terre qu'ils utilisent toujours pour se rendre à la Maison Jaune sans être vus. Ses doutes sont fondés : il se passe quelque chose d'inquiétant derrière celle-ci. Une silhouette est couchée au sol et entourée de trois garçons. Elle les reconnaît immédiatement : Lukas et sa bande. Élisabeth prend de la vitesse, son cœur bat vite et elle serre les guidons de sa bicyclette si fort que ses jointures blanchissent. Elle distingue Guillaume en boule sur le sol. Ils sont trois à le marteler de coups.

Dans sa course, elle aperçoit à peine Derek et Alex arriver en sens inverse, le premier sautant de son vélo pour se lancer dans la bagarre. Alex, avec sa silhouette plus mince, scrute les environs pour trouver de l'aide.

Élisabeth arrive enfin, lâche son vélo qui tombe au sol avec fracas, et pousse Garry dans le dos. Celui-ci titube vers l'avant sous le choc de l'impact, se retourne brusquement et lève le poing droit qu'Élisabeth s'empresse d'empoigner et de lui tordre dans le dos. De sa main libre, Garry agrippe ses longs cheveux bruns frisés et Élisabeth lâche prise. La jeune fille, la tête sur le côté et tentant de se dégager, aperçoit Guillaume, toujours en boule au sol, se protégeant le visage des coups de pieds de Patrick, et Derek un peu plus loin, la main de Lukas enserrée autour de la gorge. Lukas lâche soudainement Derek : Alex vient de lui foncer dessus avec sa bicyclette. Derek tombe au sol en toussant alors que Lukas s'en prend maintenant à Alex. En une fraction de seconde, Élisabeth balance vivement son pied droit en avant, atteignant Patrick au ventre mais libérant Guillaume, et ramène la jambe en arrière, heurtant de plein fouet le genou gauche de Garry, qui plie sous la douleur.

— AÏE ! hurle-t-il en titubant, les mains sur le genou. Il relève la tête vers Élisabeth qui lève les poings. Une lueur de haine brille dans les pupilles du garçon. Puis, il fixe un point derrière Élisabeth. Allez les gars, on y va ! La jeune fille se retourne et voit Lexi arriver au loin. ALLEZ, ON SE CASSE !

Lukas donne un dernier coup de pied à Derek, qui se courbe sous l'impact, la respiration courte. Lexi s'arrête derrière la maison.

Garry et Patrick s'éloignent dans la ruelle. Lukas s'immobilise devant Lexi. Les deux adolescents se dévisagent rageusement. Derek, dont la respiration s'accélère, tente de se relever pour affronter Lukas mais Guillaume le retient in extremis. Lukas leur lance à tous un dernier petit sourire avant de rejoindre ses comparses.

Élisabeth se masse le crâne. Elle remarque que Guillaume est couvert de terre et d'égratignures (il aura probablement des blessures apparentes le lendemain) et que Derek a la lèvre inférieure qui saigne. Élisabeth est folle de rage. Ce n'est pas de l'entraînement de son père qu'elle aurait besoin mais des cours d'autodéfense. Lukas et sa bande sont plus vieux et plus forts qu'eux. Mais ils ne sont que trois. Le « *Club des Braves* » a le pouvoir d'être six. L'union fait la force, comme on dit.

— Ça va ? demande Lexi.

Alex se relève péniblement alors que Markus fait son entrée.

— Whouho ! Qu'est-ce qui s'est passé ?

— Je suis arrivé en premier et j'ai sorti Gilbert. Guillaume tente de retenir tant bien que mal le furet paniqué qui se débat dans tous les sens. Chut ! Chut ! C'est fini... La bande de Lukas est sortie par une fenêtre arrière de la Maison Jaune et ...

— Qu'est-ce qu'ils faisaient là ? s'étonne Markus en

réajustant ses lunettes.

Guillaume répond par un haussement d'épaules.

— Je ne sais pas, je n'ai pas eu l'occasion de leur demander entre deux coups de pieds.

Élisabeth demeure silencieuse et fixe la Maison Jaune. Est-ce possible que Lukas et sa bande aient aussi entendu parler de la future vente ?

— On y va, s'exclame Derek en s'essuyant la bouche du revers de la main, les yeux pétillants. Si j'me trompe pas, on a d'corbeaux à découvrir.

— Des corbeaux ? se questionne Élisabeth.

## À la recherche d'un corbeau

Le « *Club des Braves* » entre dans la Maison Jaune par la fenêtre arrière de la salle de bains. Derek ne sent plus la douleur de sa lèvre, il s'élance vers la sculpture en bois la plus grande : celle qui longe l'escalier menant à l'étage.

Élisabeth affirme avoir vu un corbeau sur les armoires sculptées de Maureen. *Ce doit être un signe.* Un indice. Le seul qui lui semble potable. Guillaume et Markus n'ont rien découvert de particulier si ce n'est que Gustavo portait toujours le même pendentif autour du cou et qu'il aimait les *puzzles*. Rien d'intéressant là-dedans. Lexi n'a pas tiré grand-chose du prêtre : il ne voyait que rarement Gustavo dans son église à part durant la dernière année avant sa disparition. Il n'était pas très social, le prêtre ne l'ayant jamais vu s'éterniser après la messe, fait qu'Élisabeth a aussi rapporté en mentionnant également l'intérêt de l'homme pour les rénovations. Ce qui n'est pas étonnant puisqu'il a travaillé dans la construction un moment. *Non, tout est sûrement lié au corbeau. Il le faut.*

Derek scrute la sculpture incrustée dans le mur sur le côté droit de l'escalier. Une majestueuse œuvre d'art selon lui. Il n'a jamais cessé de l'admirer. Il ignorait que Gustavo lui-même l'avait réalisée. *Ce gars-là était un artiste, un vrai !* pense l'adolescent, n'osant toucher le bois que du bout des doigts.

— Je n'ai vu aucun corbeau dans la cuisine, déclare Lexi.

— Rien non plus au salon, pour l'instant, continue Guillaume. Il reste la salle de bains si tu veux regarder Lexi.

Lexi et Guillaume se sont partagé le rez-de-chaussée alors qu'Élisabeth et Alex fouillent l'étage du haut où se trouvent trois chambres et une autre salle de bains. Markus, fidèle à lui-même, patiente dehors. Élisabeth s'est précipitée vers la plus grande chambre, directement à droite en haut de l'escalier. Imitant Derek, elle observe la longue sculpture verticale qui est gravée sur le mur à côté du placard à vêtements. Alex, en haut de l'escalier, n'a pas commencé à chercher.

— Je ne trouve pas ma loupe. Quelqu'un l'a vue ?

Alex entreprend de vider son sac. Derek soupire et continue son travail. La fresque est longue et très détaillée. Il est vrai qu'il aurait bien besoin d'une loupe.

— Je l'ai, s'exclame Alex en s'engouffrant dans la pièce qui sert de chambre secondaire puisqu'elle est plus petite.

Derek se concentre à nouveau. Il plisse les yeux pour mieux voir. Il a vu cette œuvre encastrée des milliers de fois, mais maintenant il y cherche quelque chose de précis. Malgré tout, les paroles de Lukas, murmurées seulement à son intention alors qu'il le tenait fermement par la gorge, lui reviennent : « *Tu passeras le message à ton imbécile de frère de nous rendre ce qu'il nous doit* ». Derek se passe une main sur la gorge. Il n'a aucune idée de ce que cela veut dire. Son frère William faisait partie de la bande à Lukas. Ces derniers ne s'en étaient jamais pris à eux du temps qu'ils étaient amis avec Will. Depuis l'accident de son frère, il y a un an et demi, ils ne ratent pas une occasion de leur taper dessus. Est-ce Will qui les protégeait tout ce temps-là ?

L'image de Marguerite lui revient aussi en mémoire. Il se souvient de la sensation de malaise qu'il a ressenti quand elle l'a regardé. *Bizarre. Avait-elle essayé de lui faire passer un message ? Le pensait elle aussi troublé que Gustavo ?* L'adolescent secoue la tête. Il s'est sûrement imaginé des choses. « *Bon, maintenant, concentre-toi. Passons au choses sérieuses* », se dit-il en continuant ses recherches.

## Un corbeau

Élisabeth est fatiguée. Elle examine la fresque sculptée dans le mur depuis au moins une heure et toujours pas de signe de corbeau. Elle s'écroule sur le plancher de bois.

— Du nouveau pour vous ? crie-t-elle à travers la maison.

Des « *non* », « *rien* » et des soupirs lui font réponses. Élisabeth ferme les yeux. Elle commence à avoir faim. Il ne faudrait pas qu'elle oublie d'aviser son père que Maureen l'a invitée à souper.

— En passant Lexi, je suis invitée chez toi ce soir, lance-t-elle. Des pas se font entendre dans les escaliers et, même sans la voir, Élisabeth sais que c'est Lexi sur le pas de la porte.

— Génial ! Maureen t'a invitée ?

— Pourquoi, tu ne l'appelles pas « *maman* » ou « *ma mère* » comme tout le monde ?

— OK, alors : « *ma maman chérie* » t'a invitée ? pouffe Lexi en s'assoyant près d'Élisabeth qui rit à son tour.

— Oui et j'ai vu quelque chose de bizarre ce matin.

Élisabeth se relève et raconte à son amie comment elle a surprise Sarah en train de prendre des photos de l'agenda de Maureen. Lexi fronce les sourcils en signe d'incompréhension.

— J'imagine que tu ne sais pas pourquoi elle a fait ça ? termine Élisabeth.

— Non. C'est bizarre ça ! C'est sûrement en lien avec son futur projet « *piercing* ». C'est la façon dont ma sœur procède : elle accuse Maureen de quelque chose, et si ce qu'elle dit s'avère vrai et que Maureen s'en trouve coupable, Sarah obtient ce qu'elle veut en retour. Et ce qu'elle veut plus que tout ces derniers temps, c'est son fameux « *piercing* » au sourcil dr...

— Y'A UN CORBEAU !

C'est la voix de Derek. Élisabeth bondit sur ses jambes et s'empresse de le rejoindre, Lexi sur les talons.

## La découverte

Derek glisse les doigts sur la forme du volatile alors que ses yeux tentent de garder le focus. En effet, les ornements de plantes et animaux l'entourant se combinent et laissent entrevoir, dans les espaces vides, une forme d'oiseau en plein vol. Un corbeau. Un corbeau à l'œil noir !

Le jeune garçon se fait bousculer de tous les côtés. Élisabeth, Lexi et Alex s'entassent dans les escaliers sur sa gauche pour regarder l'endroit où Derek a toujours le doigt. Guillaume, sur sa droite, n'a aucune compétition. Alex vient donc se placer à côté de ce dernier. En fait, le corbeau se trouve sur la fresque tout en bas de l'escalier, presque collé à la moulure du mur. Derek ignore ce qu'il doit faire. Il parcourt la forme de l'oiseau du doigt avant d'appuyer dessus. Un déclic, suivi par des cris.

Derek saute de la première marche qui s'est mise à bouger d'un coup. La moitié de l'escalier est en train de se soulever vers le haut aussi vite qu'une porte poussée par le vent, obligeant Élisabeth et Lexi à remonter. Des grincements métalliques se font entendre en même temps que des cris d'excitation, et la porte secrète s'arrête à l'horizontal, révélant un immense trou noir.

— Woohaaaa ! C'pas possible ! s'exclame Derek les deux mains sur la tête.

Il reste figé, incapable de bouger.

— On a réussi ! murmure Alex d'une petite voix.

Guillaume crie de joie et court alerter Markus. Derek et Alex sautent sur place, battant l'air du poing et se tapant dans le dos.

— Hey, c'est pas juste ! se plaint Lexi de l'autre côté. On fait quoi nous ?

— On va essayer de le refermer pour que vous puissiez descendre.

Alex s'approche de la sculpture murale.

— Non ! Derek lui empoigne le poignet. Et si ça n's'ouvre plus après ? C'est p'être notre seule chance Poirot.

Derek relâche Alex, espérant qu'il ait compris. Il y a un silence.

— Derek a raison, lance Élisabeth. On va continuer d'examiner la sculpture de la chambre. Il y a peut-être deux entrées.

Derek entend alors leurs pas s'éloigner au deuxième étage. Il se passe la main dans les cheveux en scrutant l'obscurité du regard.

— J'en r'viens pas ! J'en r'viens pas ! Qu'est-ce qu'on

attend ?

— Il nous faut vite des lampes de poche, affirme Guillaume dans son dos, surexcité.

— Pas l'temps pour ça ! Derek se lance déjà dans le noir.

— Derek, attends. Ça peut être dangereux, dit Alex.

Pour toute réponse, Derek se retourne pour leur faire un bref sourire de défi avant de disparaître. Il attend ce moment depuis trop longtemps.

— Derek, on ne sait pas ce qu'il y a là-dedans, continue Alex, et j'ai ma lampe de poche en haut.

Derek entend à peine ce qu'Alex dit ensuite. Son cœur bat fort dans ses oreilles alors qu'il avance à petits pas maladroits sans rien y voir. Il n'a pas peur : il se meurt d'excitation.

## Les recherches continuent

Élisabeth a le souffle court. Elle est sur la pointe des pieds et ses doigts bougent rapidement sur l'œuvre sculptée sur le mur de la chambre. Elle a dû manquer quelque chose tout à l'heure. Lexi revient près d'elle (elle était allée glisser la lampe d'Alex sur la rambarde de l'escalier) et, à genoux, se remet à chercher.

Élisabeth plisse des yeux et tente d'apercevoir un corbeau camouflé dans le bois. Comme elle l'a vu dans la cuisine de Maureen. Il doit y en avoir un quelque part. Elles vont sûrement y arriver. À condition bien sûr qu'il y ait quelque chose à trouver.

# La pièce cachée

Derek voit un halo de lumière s'approcher et illuminer la pièce secrète. Il a des toiles d'araignées accrochées au visage et aux vêtements mais il continue d'avancer. Il n'arrive toujours pas à le croire : c'était donc vrai, la pièce secrète est bien réelle !

Le faisceau de lumière d'Alex éclaire l'endroit et Derek perd son sourire. Presque entièrement vide, si ce n'est de la présence d'un vieux classeur rouillé au coin gauche de la pièce, une ampoule noircie qui pend en son centre, de vieilles étagères en bois sur lesquelles trônent des boîtes de conserve et un vieux sac de couchage au sol. Tout ça pour cela ! Pour rien ! Pas de trésor, d'objets de valeur, ni de laboratoire secret. Que du vide et une forte odeur de renfermé.

Derek botte de la poussière et entreprend de fouiller les murs. Il doit y avoir un autre passage secret. C'est pas possible qu'ils aient cherché si longtemps cet endroit *bidon*.

— C'est une pièce de protection, s'exclame Alex, ébahi, en parcourant l'endroit de sa lampe. Un endroit où s'isoler en cas de vols ou d'attaques. Marguerite nous a raconté qu'il s'était fait vandaliser étant jeune. Et regardez ici ! Alex éclaire un petit bouton rouge près de l'entrée. C'est sûrement le bouton pour refermer la porte.

Derek se souvient de l'histoire tragique de Gustavo. Alex a raison. Cette pièce a au moins un sens. La main de Derek atteint alors un espace vide, il manque tomber vers l'avant.

— Alex, envoie t'lampe par ici.

Alex s'exécute alors que Derek sent son cœur s'exciter à nouveau. C'est un couloir très mince qui longe la maison. Il est vide également. Derek avance dans l'espace étroit en refoulant un juron. Il doit adosser son dos au mur et avancer sur le côté.

— Ce couloir doit avoir un lien avec la salle de bains, dit Alex devant l'entrée du sombre couloir.

— Je vais voir, hurle Guillaume, s'éloignant au pas de course.

— Il y a une échelle près de ton passage Derek, dit Alex en lui montrant du doigt des barreaux de fer qui montent vers le deuxième étage. Je vais voir où ça mène.

— Hey ! Derek se retrouve à nouveau dans le noir total. Il tâtonne. Il entend de faibles bruits provenant de la salle de bains.

— Guillaume ? Un « *ouais* » lui parvient de l'autre côté du mur. Focus sur la partie droite d'la fresque : y'a un escalier ici sur l'partie d'gauche.

Derek continue de chercher dans le noir en tentant de donner des indications à son ami. « *Éloigne-toi d'la sculpture* », « *plisse les yeux* », « *ne focus pas sur l'paysage mais sur ce qu'il crée* ». Il ignore ce qu'il cherche mais il espère trouver quelque chose de plus intéressant qu'une cachette anti-vol.

— Mince ! Je vois le corbeau.

Il y a deux déclics. Une petite porte s'ouvre devant Derek qui se penche juste à temps pour l'éviter.

— C'est pas croyable mon gars ! La voix de Guillaume tremble légèrement. Tout ce temps, on ne cherchait qu'une porte alors qu'il en avait trois ! Tu imagines ?

— Trois ?

Derek se tourne sur la gauche : Alex descend l'escalier accompagné de Lexi et d'Élisabeth. Il avait bien entendu deux déclics. Guillaume a raison. C'est tout de même bizarre. Gustavo était plus paranoïaque et troublé qu'il ne le pensait : il ne s'était prévu pas une, mais trois portes de sorties en cas d'urgence. *Avait-il peur à ce point pour sa vie ?*

Ses réflexions sont brusquement interrompues par l'arrivée soudaine de Markus.

— Maureen arrive ! Elle est juste devant la maison !

## L'arrivée de Maureen

*Comment avait-elle pu oublier ?* Maureen l'avait pourtant prévenue. Élisabeth s'en mord les doigts. Elle n'a pas vu le temps passer. Quelques minutes plus tôt et ils auraient été pris la main dans le sac. Maintenant, ils sont enfermés à l'intérieur de la pièce secrète dans le noir le plus total, n'osant pas bouger d'un centimètre.

Partout dans la Maison Jaune, on s'active. Maureen n'est pas seule : elle se promène de pièces en pièces en dirigeant les ouvriers. On dépose des trucs, on repart, on revient. Il y a un va-et-vient du tonnerre. Élisabeth ignore depuis combien de temps, ils sont là, eux, à rester immobile.

Les planchers craquent à l'étage. Élisabeth est parcourue d'un frisson en repensant à la fermeture de la porte de la chambre. Elle a grincé bruyamment quand Alex a appuyé sur le bouton en haut des barreaux de fer. Par chance, les portes secrètes s'ouvrent et se ferment vite et personne à l'extérieur n'a semblé avoir entendu quoi que ce soit.

Tout près d'elle, Markus respire difficilement : il est claustrophobe et a horreur du noir. Il leur a raconté une fois que ses cousins s'étaient amusés à l'enfermer dans le petit grenier au deuxième étage chez sa grand-mère car il leur avait avoué avoir été traumatisé par la scène du film le *Sixième Sens* dans lequel Cole Sear se fait enfermer dans une petite chambre hantée.

Cependant, malgré la noirceur, Élisabeth ressent un fort sentiment de sécurité. *C'est tout de même étrange de se retrouver là, parmi tant d'agitation, sans être vue*, pense l'adolescente. Elle se sent protégée par une immense bulle invisible, alors que le monde continue de bouger autour d'elle. Élisabeth a l'impression d'être un fantôme espionnant ses victimes, attendant son heure pour se manifester. Elle aimerait avoir une pièce comme celle-là chez elle. Une pièce qui la cacherait de son père et dans laquelle elle pourrait enfin dormir comme bon lui semble.

La jeune fille laisse échapper un petit rire. Un léger « *Shhh* » lui provient du noir. Élisabeth tente de penser à autre chose. Elle se questionne à savoir si cette pièce a déjà été utile à Gustavo.

## Restons silencieux

La maison redevint silencieuse. *Pas trop tôt, pense Derek alors qu'*Alex rallume sa lampe de poche.

— Ouf ! On a eu chaud, souffle celui-ci. Ça va ?

Markus est tombé à genoux au sol tout près de lui, mais semble aller mieux. Sa respiration se fait plus régulière.

— Je suis désolée, Maureen m'avait pourtant prévenue... commence Élisabeth.

— Eh, on n's'est pas fait prendre, non ? Merci Gustavo, l'interrompt Derek un poing au ciel avant de s'élancer vers le seul meuble de la pièce. Alors, on l'ouvre ce classeur ?

— Shhh, fait Markus. Tous se figent. Quelqu'un revient.

Markus a raison. La porte de la Maison Jaune claque à nouveau. Markus s'agrippe les cheveux à deux mains alors qu'Alex cherche à tâtons le bouton de sa lampe de poche qu'il éteint au bout de quelques tentatives. Retour au noir total.

Derek n'en peut plus ! Cela fait une éternité qu'ils sont là et ils ne peuvent pas terminer leur exploration. Il a des fourmis dans les jambes : il a rarement vécu quelque chose d'aussi excitant et toute cette agitation soudaine dans la maison lui gâche son plaisir. Il veut découvrir ce que contient ce classeur. Il veut s'avouer que toutes ses recherches ne les ont pas menés à rien. C'est leur seul espoir ! Enfin, son seul espoir. Ses amis semblent enthousiastes par la découverte de la cachette antivol : ils la trouvent géniale. *Stupide ! Si, au moins, elle cachait quelque chose, là ce serait génial !*

— Oui c'est moi...

La voix de Maureen. Ses talons hauts résonnent tout près de l'escalier. Elle monte deux marches et le bois craque sous son poids alors qu'elle s'y assied.

— Oui, je suis seule... Écoute, mes filles ne doivent pas l'apprendre... pas encore. Je suis désolée ! Tu veux venir me rejoindre ? Tu passes par derrière et on en discute ? Il me reste encore un peu de temps, ils ont terminé plus tôt que prévu la livraison.

*C'est pas vrai ! Ils ne sortiront jamais d'ici !* Derek pousse un soupir de découragement. Il entend des murmures d'incompréhension autour de lui. Il est lui-même surpris par ce qu'a dit Maureen : pourquoi quelqu'un devrait-il passer par l'arrière ? Son cœur s'emballe alors qu'il pense aux vélos dissimulés maladroitement derrière la Maison Jaune. Il tente néanmoins de garder le silence alors que la conversation se poursuit au-dessus de sa tête.

— Je ne reviens pas à la Maison Jaune de la semaine.

On peut se donner rendez-vous ici samedi prochain si tu veux. (Silence). Oui d'accord, je comprends. À samedi...

Derek aimerait bien savoir à qui elle parle comme ça. Maureen pousse un long soupir d'épuisement avant de se relever. Ses talons hauts grimpent à l'étage. Après en avoir fait le tour, Maureen redescend et parcourt l'étage inférieur avant de refermer la porte à clé derrière elle.

*Cette fois est la bonne* ! Derek, n'en pouvant plus, s'empare du vieux classeur rouillé aussitôt qu'Alex allume sa lampe de poche.

— Maintenant, passons aux choses sérieuses...

## Le classeur

— Allez Lizzy, tu es capable ! l'encourage Lexi.

Élisabeth tire de toute ses forces sur une des trois poignées. Son cœur bat sous l'excitation. La pièce est pratiquement vide, elle servait d'abri à ce qu'on lui a dit. Si cet objet y était enfermé, c'est qu'il contient des choses à protéger. Il contient un secret. Tout comme Maureen apparemment qui semble aussi avoir un secret. Un secret qu'elle ne veut même pas révéler à ses filles... ni à elle. Élisabeth ignore pourquoi mais elle s'en trouve blessée. Elle se croyait proche de Maureen.

— J'essaie encore. Guillaume écarte Élisabeth et s'exécute. Il a les mains rouges sous l'effort mais n'abandonne pas.

Bientôt son visage prend la même couleur que ses mains et toute cette force ne fait que tordre les poignées de fer.

— Derek, va chercher un bâton assez solide mais plat si possible, dit Markus. On n'y arrivera pas par la force. Alex, apporte-moi un de tes stylos. Attendez-moi, je reviens.

Markus, Derek et Alex quittent la pièce. Markus revient plus tard avec sa bouteille d'eau dont il imbibe petit à petit les contours des tiroirs du classeur. Il le secoue tranquillement. Alex revient et lui donne son stylo. Markus passe la pointe du crayon dans le minuscule espace entourant l'un des tiroirs et pousse doucement pour les décoller. Élisabeth étudie sa méthode.

— C'est c'que j'ai pu trouver d'mieux, dit Derek en déposant trois bâtons différents aux pieds de Markus. On peut fermer la porte secrète d'la salle de bains? Si quelqu'un r'vient...

— Merci, le coupe Markus qui en sélectionne un, le plus mince. Et si tu refermes cette porte, moi, je sors. Allez, aidez-moi.

Markus positionne l'objet dans le coin d'un des tiroirs du classeur pour faire levier. Avec minutie et en faisant un mouvement de va-et-vient, il tente d'en ouvrir le premier tiroir. Élisabeth croit entendre des petits craquements. La méthode de Markus semble fonctionner. Elle s'empresse d'attraper l'un des bâtons restants et avec Alex, elle répète les mêmes mouvements que Markus. Le tiroir du classeur s'entrouvre un petit peu à la fois. Ils continuent.

— Tu es un génie Markus ! s'exclame Élisabeth, les yeux pétillants.

## Visite à Vieille Branche

Derek est encore fasciné par ce que contenait le vieux coffre rouillé. Ce n'est pas un trésor matériel comme il s'y attendait mais un trésor tout de même. Cependant, en passant devant chez Vieille Branche pour se rendre chez lui, ses pensées reprennent le dessus sur son excitation. Il croit entendre les mots de cette dernière dans sa tête : *c'est en faisant des mauvais coups qu'il attirait l'attention.* En quoi cela le concerne-t-il ? Pourquoi a-t-il senti qu'elle lui disait cela à lui ?

Le visage ruisselant de pluie, Derek fait demi-tour et se décide enfin à aller cogner chez Vieille Branche. Celle-ci lui ouvre la porte. Elle est vêtue d'une robe fleurie que Derek considère du genre grand-mère. Ce qu'est effectivement la dame en face de lui.

— Derek, fait Marguerite en regardant derrière lui d'un air étonné. Entre, voyons, tu es trempé.

Le jeune adolescent s'exécute. Marguerite jette un dernier coup d'œil à l'extérieur.

— Tu es venu seul ?

— Ouais, murmure le garçon entre ses dents.

Il dépose son sac à l'entrée et tripote la manche de son T-shirt mouillé. Ses cheveux lui gouttent dans les yeux et il les repousse d'un geste de la main tout en examinant la maison.

Wow ! Il s'était trompé sur bien des points. La demeure lui semble plus chaleureuse que ce à quoi il s'attendait. Alex lui en avait parlé mais il n'écoutait que d'une oreille. Son regard est attiré sur la droite, vers une pièce à la porte entrebâillée. Il ne peut pas voir à l'intérieur.

— Eh bien, je ne pensais pas que tu me rendrais visite. La voix de Marguerite fait sursauter Derek mais celle-ci ne s'en aperçoit pas. Tu veux t'asseoir ? Je t'amène une serviette propre.

Marguerite disparaît dans le couloir à la droite de la cuisine.

— Je n'resterai pas longtemps, lui crie Derek.

— Voilà ! Marguerite revient en lui tendant une serviette de bain bleu poudre

Derek s'en saisit mais ignore s'il doit l'utiliser pour couvrir l'un des fauteuils pour s'asseoir ou bien pour se sécher. Il choisit la seconde option, s'éponge les cheveux mais reste debout. Marguerite prend place dans l'énorme divan beige.

Derek est incapable de parler, ce qui est plutôt rare chez lui. Vieille Branche le fixe de ses yeux bleus agrandis par ses lunettes et reste silencieuse. Il est venu pour savoir si la vieille dame avait tenté de lui passer un message un peu plus tôt. Si elle veut lui dire quelque chose, elle le ferait maintenant, mais elle ne parle pas. Derek serre les lèvres. Il n'aurait pas dû venir, il s'est fait des idées tout simplement.

En déposant la serviette sur le bras du premier fauteuil en cuir et en reprenant son sac, le jeune garçon murmure un « *Désolé d'vous avoir dérangé* » au même moment où Marguerite lui dit « *Je suis désolée pour ce qui est arrivé à ton frère* ».

Derek s'immobilise. *C'est donc ça ?* Marguerite se relève.

— Je sais que cela a dû être dur pour toi et ta famille. Tu lui ressemble beaucoup en tout cas, ricane Vieille Branche en s'approchant de lui et en reprenant son sérieux. Elle l'examine et écarte une mèche sur son front. La même forme de visage, les mêmes cheveux, bien que les yeux soient différents. Tu me semble beaucoup plus gentil. Oui beaucoup plus gentil. Ne deviens pas comme ton frère, Derek. Tu vaux plus que cela ! Et il y a d'autres moyens d'attirer l'attention.

## Un mystère de plus

Élisabeth roule à toute vitesse aux côtés de Lexi. Elles étaient à mi-chemin entre la Maison Jaune et la maison de cette dernière lorsque l'orage les a prises par surprise. Heureusement, Lexi portait une petite veste en jeans aujourd'hui et elle s'en est servie pour protéger son sac à dos de la pluie car ce qu'elle a trouvé dans le classeur tout rouillé de Gustavo est un véritable trésor : une enveloppe comprenant une liasse de documents importants amassés par Gustavo au fil des ans.

Gustavo Monte a une fille biologique : Olivia Miles, la propriétaire actuelle de la Maison Jaune. D'après les papiers, il a mis une jeune femme enceinte alors qu'il avait vingt-et-un ans. Il affirme dans une lettre avoir voulu l'avortement du bébé mais la jeune femme, du nom de Maryse Gilbeault, l'avait gardé. La raison principale de son voyage aux États-Unis était en fait de retrouver sa fille, qui habitait New York. Olivia Miles a hérité de la Maison Jaune mais ignore sans doute toutes les démarches entreprises par son père pour la retrouver et lui demander pardon. Le « *Club des Braves* » a donc décidé de tenter le tout pour le tout : transmettre à Olivia tout ce qu'ils ont trouvé, mais garder secret, du moins pour l'instant, la fameuse pièce cachée. Derek a raison : ça attirerait trop de curieux et ils comptaient bien l'explorer un peu plus.

Élisabeth suit Lexi jusqu'à sa chambre aussitôt arrivée chez elle. Encore excitées de leur découverte, elles se couchent sur le lit et ouvrent l'enveloppe jaune, légèrement imbibée d'eau.

— Ouf ! On a eu de la chance, lance Élisabeth.

Tandis que Lexi parcourt les documents un à un, Élisabeth roule sur le dos et ferme les yeux. Son pantalon est trempé et elle sait que Maureen les tuerait si elle les voyait comme ça sur les draps.

— Maman vous tuerait si elle vous voyait comme ça sur le lit. Élisabeth lève la tête. Sarah se tient dans l'encadrement de la porte. Elle porte une salopette en jeans sur un T-shirt rose pâle et mâche de la gomme à s'en décrocher la mâchoire. C'est quoi ces papiers ?

Élisabeth et Lexi se regardent. Élisabeth hoche la tête. Elle sait que de toute façon, Sarah sera mise au courant d'une manière ou d'une autre. Rien n'échappe jamais à Sarah !

— Ce sont des papiers de Gustavo Monte. On les a trouvés sous deux lattes de plancher du salon, ment Lexi selon l'entente du groupe.

— Et ça dit quoi ? demande Sarah tout en mâchouillant sa gomme. Elle s'étend de l'autre côté de Lexi.

— Que Olivia Miles est la fille biologique de Gustavo Monte mais il ne l'a jamais vue en vrai, raconte Élisabeth. Olivia a toujours vécu avec sa mère car Gustavo avait refusé d'assumer son rôle de père. Gustavo a entrepris des recherches pour reprendre contact avec sa fille des années plus tard. Ce sont toutes ses démarches et les lettres qu'il lui a écrites, qui lui ont été retournées évidemment.

Élisabeth ne manque rien à l'impact de ses paroles sur Sarah : ses yeux s'arrondissent comme des billes, ses sourcils se lèvent d'un seul coup et sa bouche s'ouvre en grand, laissant voir une gigantesque gomme rose bonbon.

Élisabeth sait que le père de Sarah et Lexi a abandonné sa famille alors qu'elles étaient encore toutes petites. Sarah était très proche de son père et cet événement lui a fait bien du mal. Ses recherches ne l'ont jamais menée jusqu'à lui et, à voir la façon dont brillent ses yeux, elle doit espérer qu'un jour, lui aussi reprenne contact avec elles.

— C'est pas vrai ! Sarah arrache subitement l'enveloppe des mains de sa cadette et parcourt les documents. Wow ! Elle pouffe de rire. Vous êtes géniales les filles ! Moi j'ai ça ! C'est peut-être moins gros que votre scoop pour le moment, mais on verra d'ici quelques jours.

Sarah remet l'enveloppe à Lexi et sort, de la poche arrière de sa salopette, trois feuilles d'ordinateur sur lesquelles sont imprimées les photos de l'agenda de Maureen.

— L'agenda de Courtière Lalonde. Un faux agenda. Des faux rendez-vous. Celui de ce matin, (Sarah pointe l'index sur l'une des photographies), indique RG à 12 h. RG, Resto-Gourmet, l'un de ses préférés pour des rencontres-clients. Je m'y suis rendue et elle n'est jamais venue. Et depuis quand elle utilise des abréviations ?

— Comment tu sais que ce sont de « faux rendez-vous » ? Elle peut avoir oublié, non ? questionne Élisabeth qui déteste qu'on parle en mal de Maureen.

— Eh bien ! Maureen n'oublie JAMAIS rien en lien avec le travail. Deuxièmement, vous avez vu la quantité de nourriture qu'elle a préparé aujourd'hui ? Elle fait cela uniquement quand elle culpabilise ou qu'elle a des choses à se faire pardonner.

— Tu exagères, ne peut s'empêcher de dire Élisabeth.

D'après Élisabeth, Maureen cuisine comme toutes

les autres mères. Sa mère prépare également pleins de petits plats avant ses départs qui sont engloutis dans les trois jours qui suivent. La jeune adolescente se questionne : *serait-ce une manière de leur demander pardon pour ses nombreux déplacements* ?

— Et... continue Sarah, il y a deux jours, j'ai voulu inviter un gars ici. (Elle se tourne vers Lexi). Tu sais, le super beau blond de l'épicerie ? (Lexi fait oui de la tête). J'avais prévu l'inviter pour l'après-midi sachant que maman avait une rencontre. En tout cas, c'est ce que disait son agenda. Sarah se redresse sur le lit et fixe Élisabeth. Tu sais Lizzy, l'agenda c'est pour elle mais aussi pour nous, pas vrai Lex ? Tu devrais faire la même chose avec ton père. Il doit en avoir un aussi. Ça te permettrait de t'amuser un peu plus... Bref, maman était là, c'est tombé à l'eau. J'ai eu droit à un sermon. Mais c'est bientôt elle qui aura droit à MON sermon quand j'aurais découvert SON secret.

Élisabeth se remémore la conversation de Maureen à la Maison Jaune alors que Sarah récupère les photos des mains de Lexi. Celle-ci tourne la tête vers Élisabeth. Leurs regards se croisent et Élisabeth sait que Lexi y songe aussi. Elles n'ont pas encore eu le temps d'en discuter. Au moment où Lexi entrouvre les lèvres pour parler, Élisabeth entend un moteur de voiture qu'on éteint. Sarah et Lexi se lèvent pour aller à la fenêtre. Élisabeth les suit.

Maureen sort de son véhicule, resplendissante comme toujours. Élisabeth la trouve fascinante dans cette magnifique robe rouge qu'elle n'avait encore jamais vue et des hauts talons aiguilles de la même couleur. Maureen sort du coffre arrière une panoplie de sacs de magasinage dont l'un arbore un logo d'une boutique de lingerie. Élisabeth est contente pour elle : il y a des années que Maureen n'avait pas trouvé le temps de faire le tour des boutiques.

— Tu as raison, dit Lexi à Sarah. Elle nous cache quelque chose et il faut découvrir quoi.


## Rien ne va plus !


Trempé jusqu'aux os, Derek arrive enfin chez lui. Encore bouillant de colère, il jette son vélo sur la pelouse de la maison et fait de même avec ses baskets boueuses à l'entrée. Il est resté figé devant les propos de Vieille Branche au sujet de William. Elle disait de lui qu'il volait les gens, les brutalisait. *Son frère ! Son propre frère !* Celui qui lui achetait plein de bonbons tous les jeudis soir et qu'ils dévoraient ensemble au parc au point d'en être malade. Celui à qui il se confiait lors de ses rendez-vous entre gars. Celui qui le comprenait mieux que personne et qui lui achetait toute ses bandes dessinées. *Celui-là même serait un voleur et un intimidateur ? Jamais ! Pas possible !*

Durant tout le récit de Vieille Branche, Derek est resté silencieux. Sous le choc. Bien sûr, elle n'avait jamais été témoin d'autres agressions que la sienne. Ce qu'elle lui répétait était ce qu'elle avait elle-même entendu d'amis venus la visiter car, a-t-elle dit poliment, dans un petit quartier comme celui-ci, tout se sait. Pendant le récit de son agression par William et sa bande, elle glissait lentement les doigts sur son annulaire gauche dénudé de son alliance. Mais William a toujours été gentil avec lui, l'a toujours protégé.

Comment Vieille Branche aurait-elle pu connaître le nom de Lukas, Garry et Patrick avec qui se tenait William ? Que l'argent avec lequel il payait tous ces trucs était de l'argent volé ? À bien y penser, Derek n'a jamais vu son frère travailler. Il n'arrive pas à croire qu'il ne s'est jamais posé la moindre question à ce sujet. « *Tu passeras le message à ton imbécile de frère de nous rendre ce qu'il nous doit* ». La menace de Lukas se fait à nouveau entendre dans sa tête et elle prend sens petit à petit dans l'esprit de Derek.

Derek traverse rageusement la maison et allume les lumières sur son passage. Comme il se doutait bien, ses parents sont, ce soir encore, au chevet de William à l'hôpital. Il s'en fiche. Il avance d'un pas furieux vers la chambre au bout du corridor, celle de son grand frère. Personne n'a osé y mettre les pieds depuis l'accident, il y a maintenant sept mois. Derek s'immobilise devant la porte et s'essuie les yeux. Il ignore si c'est l'eau de la pluie qui coule de ses cheveux ou bien ses propres larmes.

Il tourne la poignée et entreprend, sur le pilote automatique, de fouiller la chambre de son *partenaire de crimes*. C'est comme cela qu'ils s'appelaient quand ils réussissaient à déjouer les règles parentales, quand l'un couvrait l'autre s'il ne rentrait pas à l'heure. *Quel mauvais jeu de mots !* Derek se souvient avoir été puni pour avoir affirmé avoir frappé son frère qui lui avait soi-disant déchiré une BD, lorsque ce dernier était rentré à la maison avec un nez cassé et le suppliait du regard d'inventer quelque chose. Un mois sans console ! Il était passé à deux doigts d'aller consulter le psy de l'école pour calmer son faux tempérament violent.

Sous la colère, Derek renverse les tiroirs, balance les draps de lit, déplace les meubles et espère de tout son cœur ne rien trouver. Il ne peut pas et ne *veut* pas admettre que ce soit la vérité. Il *veut* continuer de penser que la vieille est juste cinglée. Une simple bonne femme ratatinée qui s'ennuie en s'inventant des histoires débiles. Une vieille dame aux yeux perçants qui semblaient pourtant ne lui vouloir que du bien...

Son cœur bat fort dans sa poitrine enflammée. Il n'arrive pas à croire ce qu'il est en train de faire. Si ce que Vieille Branche dit est vrai, il devrait trouver un boîtier, un sac ou un autre objet renfermant des bijoux ou de l'argent. Si ce que Marguerite lui a confié est vrai, et il a peur de le découvrir, il devra alors des excuses à la pauvre vieille femme... et aux victimes de son voyou de frère.

# LA FILLE DE GUSTAVO

# LA FILLE DE GUSTAVO

## Le questionnement de Derek

— Tu comptes faire quoi?

Guillaume est assis en face de Derek au Bistro chez Roger. Ils sont installés devant la vitrine principale, près de la porte d'entrée. Derek reste silencieux, faisant glisser ses doigts précautionneusement sur la boîte métallique bleu poudre qu'il tient entre ses mains, comme s'il s'agissait d'une bombe prête à exploser. Ce qui est peut-être le cas. Un tout petit coffret de la taille d'une souris contenant trois trésors volés : une montre étincelante, une bague couleur or et deux boucles d'oreilles portant le logo Chanel. En tout cas, c'est un tout petit coffre qui a mis le feu aux poudres. Guillaume n'a jamais vu Derek ainsi : on dirait que c'est lui qui va exploser.

Guillaume se dandine de son côté de la table, la

banquette lui collant aux jambes. Il sait que la boîte contient des marques qui valent cher. Combien exactement, il l'ignore. Comme il ignore comment trouver les bons mots pour réconforter son meilleur ami. William était plus qu'un frère pour Derek, il était son mentor.

Dehors, les piétons affluent sur les trottoirs, les mouettes sont en quête de frites ou de bouts de poulet abandonnés, la circulation est tranquille mais, à l'intérieur, l'atmosphère est tendue. Guillaume grignote son hamburger, Derek ne touche pas au sien.

— J'pensais r'tourner voir l'vieille, dit Derek sans lever les yeux de la boîte bleue et en se passant une main dans ses cheveux mi-longs qui retombent automatiquement en place. C'est l'seule qui peut m'dire à qui tout ça appartient...

— Ouais, OK... Pourquoi je sens qu'il y a un « mais » qui suit ?

Guillaume connaît Derek depuis longtemps. Il entend le pied de son ami taper le sol à un rythme régulier : quelque chose le tracasse. Derek pousse un long soupir et s'adosse au banc pour revenir vers l'avant quelques secondes après. Guillaume le sent nerveux.

— Écoute Goglu... à part toi et moi, qui l'saura ? J'pourrais en garder qu'un seul. Derek pose la boîte sur la table et se prend les cheveux à deux mains. Je... j'suis tanné d'être fauché... Me r'garde pas avec ton air surpris ! Ça vaut cher ces trucs ! Et tu n'aurais plus à m'payer les restos...

Guillaume ne sait plus quoi penser. Il aurait envie de dire que s'il fait cela, Derek ne vaut pas mieux que son frère, mais se retient. Il a toujours secrètement envié la personnalité de Derek : spontané, drôle, courageux. Il tente toujours de lui ressembler, et ce, depuis ce froid matin de septembre où Derek a pris sa défense contre les brutes de sa classe. Derek, qui est plus vieux qu'eux d'un an. Derek, qui, malgré sa carrure frêle, avait tenu tête à des plus baraqués que lui. Guillaume ne l'a jamais avoué mais il était heureux que Derek échoue son année scolaire et se retrouve dans sa classe l'année suivante.

— Tu fais ce que tu veux...

Derek fixe le coffret métallique. C'est à peine s'il cligne des yeux.

— Je n'suis pas mieux qu'lui au fond... murmure Derek entre ses dents.

— Hey, on est samedi. On se fait les « *défis du week-end* » ? Allez, on va chercher les autres. Ça te changera les idées.

Guillaume sait que Derek adore jouer à ce jeu dans lequel il en sort souvent gagnant.

— Nah! Markus a annulé, d'toute façon, répond Derek d'un ton pensif. Puis, après un court moment de silence : Ah pis, j'vais voir l'vieille.

Derek empoigne la petite boîte bleue, qui émet un maigre grincement sous l'impact, et se lève d'un bond.

— Je peux ramener ton burger ? demande Guillaume

alors que son ami s'éloigne.

Derek fait un 180 degré sur lui-même, sans s'arrêter de marcher et, avec un léger sourire en coin moqueur, lui fait un doigt d'honneur avant de passer la porte du restaurant.


## Recherches Facebook


Markus ouvre grand les yeux et se redresse sous les couvertures. Onze messages l'attendent sur Facebook.

La semaine a été éprouvante : puisque Lexi n'avait découvert aucune information de contact avec la vendeuse de la Maison Jaune dans le sac à main de Maureen, le « *Club des Braves* » a jugé bon de confier à Markus la mission d'entrer en contact avec cette Olivia Miles, la fille de Gustavo Monte. Markus, ayant toujours été doué avec les mots et les technologies en général, est en effet le meilleur pour entreprendre les recherches et écrire un message pouvant convaincre Olivia de bien vouloir jeter un œil aux documents qu'ils ont trouvés. Vu la date de la vente, ce défi est une véritable course contre la montre. Encore faut-il trouver la bonne Olivia avant de pouvoir lui remettre les lettres de son père aimant et désespéré. Ce qu'Olivia Miles ignore peut-être encore à ce jour. *Que sait-elle de son père ?*

Markus a découvert pas moins de vingt-sept personnes correspondant au profil de la potentielle femme. Une dame de quarante-huit, quarante-neuf ans ayant des origines espagnoles. C'est très peu de détails mais c'est suffisant pour avoir un bon échantillonnage. Encore faut-il que celle qu'il recherche ait écrit son nom comme il se doit et qu'elle soit sur les réseaux sociaux.

Le jeune garçon a tourné son message maintes fois dans sa tête, ignorant comment s'y prendre pour ne pas brusquer Mme Miles. Le premier texte qu'il avait rédigé était trop court, direct et intrusif : « *Je recherche une femme de votre prénom n'ayant pas connu son père. Est-ce votre cas ? »*. Si elle se sent envahie dans sa vie privée par une question si soudainement intrusive, la principale intéressée risque de prendre peur et de ne pas répondre. En revanche, Markus ne voulait pas en écrire trop long car les gens se lassent souvent des longs messages et soupçonnent une arnaque.

Le jeune garçon a enfin opté pour une version plus douce et sincère qu'il a envoyée aux vingt-sept candidates, deux jours auparavant :

*« Bien le bonjour à vous,*

*Je suis à la recherche d'une femme de votre âge et de votre prénom afin de lui transmettre des informations familiales. Cette personne n'aurait pas connu son père ni le côté paternel de sa famille et aurait des origines espagnoles. Si tel est votre cas et que vous désirez prendre contact, il me fera plaisir de vous répondre.*

*Bien à vous,*

*Markus »*

Quand il s'est endormi la veille, il n'avait toujours pas de réponse. Maintenant, adossé à son oreiller, il a chaud dans son pyjama pourtant léger et trop grand pour lui. Comme la plupart de ses vêtements.

Onze messages. Il survole le début de chacun d'eux, ignorant ceux débutant par « *Désolée* » ou « *Je regrette* », l'un d'eux indiquait même seulement « *Pas moi* », pour cliquer sur les plus prometteurs. Sur onze messages, deux lui demandent plus d'explication. Le cœur battant, Markus pianote ses longs doigts sur les touches de son cellulaire, ignorant les coups frappés par sa mère à la porte de sa chambre.

— Markus, debout mon grand ! J'ai fait des crêpes.

Les pas s'éloignent dans le long couloir menant à la cuisine alors que le jeune adolescent n'ose cligner des yeux devant son écran, tellement captivé par le message qu'il est en train d'écrire qu'il ignore même les gargouillements de son ventre et la belle Alicia, déjà habillée, maquillée et qui se coiffe devant le miroir près de la fenêtre de la maison voisine. C'est lorsque cette dernière claque la porte de sa chambre que Markus détourne enfin les yeux de son téléphone. Trop tard. Le jeune garçon ne peut qu'imaginer son léger parfum de vanille flottant encore dans l'air. Il soupire et redirige son attention vers le message à écrire.

## À la Maison Jaune

Guillaume arrive devant la Maison Jaune et se faufile derrière. Il dépose son vélo près d'un buisson touffu, s'approche de la fenêtre de la salle de bains, qu'il a pris soin de laisser entrouverte la veille, glisse sa main dans la fente et ouvre la vitre en grand. L'adolescent enlève son sac à dos, d'où s'échappe un délicieux mélange d'odeurs de hamburgers et de frites et le laisse tomber doucement dans la maison avant de se glisser lui-même par la fenêtre. Il est tout excité : il opère seul. Il a la sensation d'être un véritable James Bond, sans l'habit et les gadgets bien sûr.

Guillaume écoute quelques secondes. La Maison Jaune est silencieuse : ils doivent tous dormir. Guillaume reprend son sac et actionne le corbeau de la fresque sur le mur devant lui. Un grincement métallique se fait entendre et la porte, dissimulée près du bain, s'ouvre. Guillaume est toujours impressionné à chaque fois que cela se produit. Il se croit dans un vrai film d'espionnage !

Il entend aussitôt du bruit de l'autre côté; ils se déplacent pour venir le voir. Il y a Mika, un chat tigré gris et noir; Molly, la vieille chatte blanche du quartier et Gilbert le furet. Pour l'instant, ils ne sont que trois. Guillaume à l'intention d'en ramener d'autres. Ils sont si nombreux à ne pas avoir de toit.

Il fait toujours aussi noir dans la pièce cachée. L'adolescent réfléchit à un nom qu'un espion pourrait donner à cet endroit tandis qu'il ouvre son sac à dos et en sort sa lampe de poche. *La Caverne des Justiciers. La Forteresse de l'Ombre. Le Donjon de la Nuit. Le Repaire Noir.* À peine a-t-il le temps de l'allumer que Mika, le petit tabby, plante ses dents dans le contenant de styromousse toujours dans le sac.

— Tu as senti le burger toi, hein ? lui dit Guillaume. Je vous ai ramené plein de bons trucs à manger.

Doucement, il commence la distribution de nourriture.

# L'attente

## 11 h

Markus est assis dans le vieux fauteuil vert en cuir du salon. De l'endroit où il est, il observe l'asphalte noire qui couvre l'allée de leur modeste maison en jetant, de temps à autre, des coups d'œil furtifs vers la maison voisine : celle d'Alicia.

Il remonte ses lunettes sur son nez et se passe une main dans ses cheveux bruns épais. Il déteste cette énorme crinière bouclée impossible à peigner. Il croise les bras sur sa poitrine, s'enfonce dans son siège et résiste à l'envie de regarder son cellulaire à nouveau. Il y a dix minutes, il n'avait toujours pas de réponse des deux Olivia Miles. Markus ne quitte pas la rue des yeux. En ce moment, il veut focaliser son attention uniquement sur Alicia.

Les deux dernières semaines, elle avait aussi du retard. Tout le monde n'est pas aussi à cheval que lui sur la ponctualité. Il apprécierait par contre. S'il devait mettre bout à bout les longues minutes d'attente qu'il a dû accumuler avec les années, il en serait sans doute découragé. Certaines informations méritent d'être ignorées.

Markus sent son cœur s'emballer. Excitation ou angoisse : il n'a jamais su démêler les deux, surtout quand il s'agit d'Alicia. Cela fait déjà trois ans qu'ils se connaissent. Markus rentrait de l'école quand il l'a vue pour la première fois par la fenêtre du salon des voisins encore dénuée de rideaux. Grande, mince, cheveux courts de couleur brun-roux, elle avait les bras musclés et des jambes d'athlète. Le genre de fille qui gagne en popularité à l'école. Le genre de fille qui ne remarque pas un intellectuel comme lui.

La popularité avait effectivement atteint Alicia. Elle a su rapidement se faire respecter et a même intégré le groupe de Beverly en une semaine. Un record, car Beverly ne se laisse pas souvent impressionner.

11 h 15

Markus n'a pas bougé d'un poil et cligne à peine des yeux. Il attend là, sur ce même fauteuil, douché, habillé et peigné (si on peut dire) à chaque mercredi de chaque semaine. Cette semaine toutefois, Alicia a annulé pour remettre au samedi, ce que Markus a accepté. Ils ne se voient pas au cours de l'année scolaire, seulement durant les vacances. C'est l'entente. C'est ce qu'a souhaité Alicia qui prétend avoir un agenda chargé.

Alicia est danseuse. Elle a le rythme dans la peau alors elle suit beaucoup de cours de danse. Markus l'a souvent observée en cachette de sa chambre, sa fenêtre donnant directement sur celle d'Alicia, hypnotisé par la cadence des mouvements de plus en plus rapides et précis de la jeune fille. Markus a plusieurs fois essayé de reproduire les mêmes pas de danse après avoir plongé sa chambre dans un noir absolu, mais il devait admettre qu'il aurait bien eu besoin d'un cours intensif. Un jour, sa mère a découvert son secret et s'est échappée devant la mère de la belle Alicia ajoutant que son fils aurait bien besoin d'un bon professeur. L'histoire a fait son chemin jusqu'à la principale intéressée qui a offert ses services gratuitement en échange d'un retour mutuel. Elle aurait besoin d'aide en informatique, un domaine dans lequel excelle Markus. Il n'a jamais demandé comment et de qui Alicia détenait cette information et avait plutôt bafouillé sa réponse : oui, il lui montrerait les bases de l'informatique.

11 h 45

Le ventre du garçon crie famine mais il ne bronche pas. Il attend patiemment, les yeux accrochés au bitume. Il se sent idiot. Il persiste tout de même à croire qu'elle viendra jusqu'au moment où il n'en peut plus et part se faire un sandwich à la cuisine.

## Un peu de repos

Guillaume est installé à même le sol, adossé au mur du fond, donnant sur la cour arrière. Devant lui, c'est le noir presque total. Sa lampe de poche, déposée à côté de lui, ne révèle qu'une mince partie du plancher froid. Il aimerait bien ouvrir la porte secrète de l'escalier mais il a encore en tête la visite surprise de Maureen et préfère fermer tous les accès.

Il se demande si les autres sont déjà revenus ici. Enfin, personne n'est venu depuis la veille, jour où il a amené Mika et Molly, sinon ils lui en auraient glissé un mot.

Guillaume apprécie le silence de la pièce. Il fait

pivoter doucement sa tête de droite à gauche et se frotte l'épaule droite encore endolorie par la nuit. Il déteste le lit de son petit frère; trop dur, trop petit pour deux personnes. Il n'a presque pas dormi. Il aimerait bien fermer les yeux maintenant pour dormir quelques heures mais ne peut pas se le permettre : il risquerait de dormir plus qu'il ne le souhaite et créerait une nouvelle querelle entre ses parents. En instance de divorce et tous deux souhaitant la garde des enfants, ils se sont disputés jusqu'à tard dans la nuit.

Dû à la radio posée sur la table basse de Jérémy, Guillaume n'entendait que quelques mots de leur conversation. Ceux qu'il aurait préféré ne pas entendre, ceux prononcés plus forts sous l'effet de la colère. Avant le départ de sa mère de la maison, il y avait eu de longues périodes de crises où l'un criait sans cesse sur l'autre pour le moindre petit geste, oubli ou retard. Tout était prétexte aux reproches et la moindre faute pouvait créer un tsunami. Exactement comme hier soir. Même si sa mère réside chez une amie à elle, il arrive parfois qu'elle vienne et qu'ils discutent. La plupart du temps, cela se termine dans les cris et des portes qui claquent.

Un soir particulièrement plus violent que les autres, Guillaume s'est réfugié dans la chambre de Jérémy. Il s'inquiétait pour son petit frère qu'il imaginait blotti sous les couvertures, tremblotant. À sa grande surprise, Jérémy jouait sur sa tablette en riant.

Guillaume s'est alors blotti contre son cadet se demandant pourquoi ce climat malsain n'atteint en rien Jérémy. Comment peut-il rester insensible à tout ce qui se passe autour de lui ? Pour Guillaume, il y a deux options : Jérémy est peut-être trop petit pour comprendre ce qu'il se passe ou bien il n'a pas eu la chance de connaître un climat familial heureux assez longtemps pour se rappeler ce qu'il en était et pour lui famille rime avec cris et insultes. Guillaume espère que la première option est la bonne, mais a peur d'en connaître la réponse définitive.

Guillaume réfléchit : est-ce qu'à l'âge de Jérémy, ses parents se disputaient autant ? À partir de quel moment tout cela a-t-il commencé ? Il ne se souvient pas. Tout est flou dans sa mémoire, comme si tout cela s'était produit de manière plutôt progressive.

Un bruit le fait sursauter : la porte d'entrée de la Maison Jaune vient de s'ouvrir. Guillaume cesse de bouger et retient son souffle de peur qu'on l'entende respirer. Contrairement à Guillaume, Mika et Molly s'en donnent à cœur joie. Mika s'élance vers l'escalier, faisant rouler accidentellement la lampe de poche au passage. Il commence à gratter bruyamment le bois, camouflant aussitôt le miaulement strident de Molly. Guillaume se relève et, le cœur battant, tente d'apaiser la chatte excitée mais ne la trouve pas dans le noir. Il s'empare alors de son sac et de sa lampe de poche, qu'il éteint, et s'avance à pas de loup vers la sortie secrète de la salle de bains.

Impossible que la personne à l'intérieur de la Maison Jaune n'ait rien entendu. Il doit partir et le plus vite possible. Le jeune adolescent s'avance vers la sortie de la salle de bains mais elle est fermée. L'ouvrir provoquerait un grincement, mais rester sur place serait risqué. Le sac toujours ouvert et en équilibre précaire sur son épaule, Guillaume se dandine d'un pied à l'autre. Il ne peut rien faire qu'attendre.

Le mécanisme de l'escalier s'enclenche. Guillaume soupire : le « *Club des Braves* » est le seul à connaître le secret de la Maison Jaune. Cependant, le jeune garçon espérait pouvoir garder son secret à lui un peu plus longtemps.

La lumière du jour l'aveugle quelques secondes alors qu'il se tient à moitié dissimulé par le mur.

— Qu'est-ce que c'est que ça ? Tu es qui toi ? Élisabeth s'agenouille au sol et caresse gentiment la tête de Mika.

À sa voix, Guillaume devine qu'elle a pleuré.

## La vérité ou pas ?

Alicia.

*Est-ce possible de venir maintenant ? Je tenais simplement à m'excuser pour ce ...*

Le message qui apparaît dans le haut de l'écran du téléphone de Markus n'en dévoile pas plus. Dommage, Markus est trop concentré sur ses conversations Facebook avec les deux Olivia Miles qui lui écrivent en même temps pour en entamer une troisième. Même s'il s'agit d'Alicia.

Markus respire un bon coup, remonte ses lunettes et envoie les quelques mots qu'il vient tout juste de taper à *Olivia Miles numéro 1*. Il résiste à l'envie de connaître l'excuse de la belle danseuse cette fois-ci et tente de calmer son cœur qui s'est mis à battre fort en apercevant le nom de l'expéditrice. Pour avoir déjà envoyé un texto humiliant à la mauvaise personne, dû au gros nombre de fenêtres ouvertes sur son ordinateur l'année dernière, Markus limite son nombre de conversation à deux seulement. Une photo de Guillaume, gêné, en maillot de bain à pois près de la piscine, avait accidentellement été envoyée à Alicia. Cette dernière a juré de garder le silence sur ce qu'elle a reçu mais ne peut s'empêcher de glousser chaque fois qu'elle voit Guillaume. Celui-ci ignore toujours la raison de ses petits rires, considérant Alicia comme une « *cinglée* » alors que Markus se sent toujours rougir jusqu'au bout des orteils lorsque les deux se croisent.

*Non je n'ai pas étudié à l'université. Désolée...*

Markus parcourt le message des yeux et prend une longue respiration avant de remercier poliment la dame. Un bonhomme sourire jaune lui est retourné instantanément. Au même moment, *Olivia Miles numéro deux* lui répond. À la question à savoir si elle a bien étudié à l'Université de Toronto, elle a écrit « *oui en littérature* ».

Markus se redresse d'un seul coup sur son lit : il se pourrait bien que ce soit la bonne. Ses doigts flottent sur les touches de son téléphone sans appuyer sur aucune d'entre elles. Il ignore quoi lui demander par la suite. *Comment s'appelle votre mère ? Êtes-vous fille unique ? Avez-vous déjà habité au-dessus d'un restaurant chinois ?* Toutes ses questions forment un petit tourbillon dans son esprit en ébullition et il ne réussit pas à en choisir une. Toutes ses informations, il les connaît grâce aux recherches de Gustavo et il craint d'effrayer Olivia en lui révélant trop d'un seul coup.

Trois petits points apparaissent dans le bas de son écran : Olivia Miles est de nouveau en train de taper.

*Qui êtes-vous ? Et pourquoi me contactez-vous ?*

Voilà ce qui constitue un excellent point de départ. Markus commence à taper un message d'introduction personnel puis, il élabore sur les étranges circonstances qui les ont menés, lui et ses amis, à découvrir les messages d'amour d'un père esseulé qui a tout tenté pour entrer en contact avec sa fille, en vain.

## Dispute avec Élisabeth

— Tu m'expliques ? Élisabeth se redresse, Mika toujours accroché à sa jambe gauche. Whouhaa, qu'est-ce que ça pu !

— Ouais, je dois nettoyer les litières. Désolé.

Guillaume met une main devant ses yeux, toujours aveuglé par la lumière. De l'endroit où elle se trouve, Élisabeth lui apparaît seulement en contre-jour. Il la voit néanmoins s'essuyer rapidement le visage, au niveau de l'œil droit, avec la manche de son *sweatshirt* avant de tapoter sa longue tresse française sans savoir quoi en faire. Guillaume garde le silence. Il ignore s'il doit lui demander si tout va bien ou se comporter comme s'il n'avait rien remarqué. Élisabeth déteste qu'on la voie pleurer, il opte donc pour la seconde option.

— Tu n'avais pas un cours de gymnastique toi ? demande-t-il sur un ton désinvolte.

— Ouais... ça a fini plus tôt. Alors, tu m'expliques ? N'ayant plus d'attention, Mika, excité, se rue hors de la pièce. Guillaume s'apprête à le suivre mais Élisabeth lui bloque le passage. T'inquiètes, j'ai fermé derrière moi. On le récupérera plus tard. C'est vraiment ce que je crois ? finit-elle, en croisant ses longs bras musclés sur sa poitrine.

Guillaume a un moment d'hésitation. Évitant le regard de reproche qui est posé sur lui, il tente de trouver une autre explication à la présence de Mika, Molly et Gilbert dans la pièce cachée mais, de toute évidence, le stress ne lui en fait trouver aucune.

— Ils n'ont pas de maison et celle-ci est vide non ?

— Wow. L'excuse parfaite ! Et tu comptes en héberger combien comme ça ?

— Allez, Lizzy ! C'est seulement pour un temps...

— Le temps de... ?

En fait, Guillaume n'a pas réellement réfléchit à ce qu'il faudrait faire ensuite. Chercher des familles d'accueil, leur trouver un nouvel abri clandestin, demander à habiter avec son père et que ce dernier accepte de tous les adopter. Guillaume sait qu'aucune de ses solutions n'est la bonne. Il peut lire les mêmes réponses négatives dans les yeux marrons d'Élisabeth qu'il ne peut plus éviter et ses épaules s'affaissent d'un coup.

— D'accord tu as raison, j'en sais rien, capitule-t-il.

Guillaume se sent minuscule dans cette pièce vide qui lui semble maintenant trop grande. Il entend Mika courir d'une pièce à l'autre alors qu'un lourd silence s'installe entre lui et Élisabeth. Au même moment, Guillaume sent quelque chose lui passer entre les jambes. Molly lui fait une longue caresse, la tête inclinée vers lui, les yeux mi-clos. Il la trouve adorable. Il aimerait tant lui trouver un foyer.

— Tu ne voudrais pas adopter Molly ? demande-t-il en prenant la chatte dans ses bras. Elle est douce et affectueuse.

— Aww, grogne Élisabeth. Non, je n'en veux pas de ton chat. Son ton est brusque et sec. Elle semble elle-même s'en rendre compte, car après quelques secondes, elle se force à ajouter d'une voix plus douce : mon père ne voudrait jamais à cause du poil. Comme tu le sais, il est maniaque du ménage.

Élisabeth s'assoit au sol et plie ses genoux en silence. Des cheveux en bataille s'échappent de sa coiffure, elle a les joues rouges et les yeux humides. *Elle ne va pas bien, c'est évident*, se dit Guillaume.

La petite boule de poils blanche se débat entre ses bras et Guillaume dépose Molly. Il décide de se la jouer *cool*.

— C'est lui qui t'a mise dans cet état? rigole-t-il.

Quand Élisabeth ne se sent pas bien, son père en est souvent la cause. Guillaume l'a toujours trouvé trop dur et strict. Il ignore comment Élisabeth fait pour endurer tous ses entraînements sans fin et beaucoup trop intenses pour des jeunes comme eux. Il avait eu l'occasion à quatre ou cinq reprises d'aller passer quelques temps chez Élisabeth, parfois pour une soirée, rarement pour la nuit (il a appris à inventer une excuse pour éviter le réveil trop tôt et l'entraînement militaire qui s'ensuivait) et le jeune garçon doit s'avouer que le père de son amie en impose beaucoup. Sa seule présence crée une atmosphère électrique car tout pour lui est sujet à compétition, et sa fille doit bien lui faire honneur. Il lui fait bien sentir.

— Tout ne tourne pas toujours autour de lui tu sais. Élisabeth se redresse avec violence bousculant presque Molly au passage qui va vite se peloter dans un coin de la pièce. Guillaume aimerait en faire autant : il ne s'attendait pas à une réaction aussi forte.

— Qu'est-ce qu'il y a alors ? bafouille-t-il.

— Ce n'est pas tes affaires !

— OK, OK...

Guillaume recule de quelques pas, les mains devant lui dans un geste défensif. Il se sent rougir. Dans les disputes, il préfère s'éclipser. Ce qu'il fait.

— Attends...

Guillaume s'immobilise.

— Je suis désolée. Élisabeth continue de fixer un point imaginaire devant elle. Elle croise les bras sur sa poitrine. J'ai juste besoin d'être seule.

Elle soupire et se replace une mèche rebelle derrière son oreille droite et baisse la tête. Silence. Élisabeth tourne le dos à Guillaume pour essuyer une larme.

— D'accord, fait Guillaume en faisant quelques pas vers sa sortie privée. Il s'éclaircit la gorge avant d'ajouter : de toute façon, je dois passer chercher de la litière, il en manque... je reviendrai plus tard... À plus...

Guillaume est en train d'ouvrir l'entrée secrète de la salle de bain lorsqu'il entend la voix d'Élisabeth derrière le grincement de la porte :

— Ouais, à plus tard.

## Rencontre avec Bella Miles

Markus repose son livre de lecture à côté de lui dans le lit. Il n'arrive pas à se concentrer sur le texte, il ne fait que lire les mots sans les enregistrer.

Le jeune garçon s'empare de son cellulaire. Toujours rien depuis deux heures. Le dernier message d'Olivia était une question « *Êtes-vous disponible cet après-midi ?* ». Question à laquelle, il avait immédiatement répondu « *Oui* ». Puis, plus rien.

Markus lui avait pourtant bien fait comprendre qu'il ne restait pas beaucoup de temps avant la mise en vente de la propriété. Elle doit le savoir puisqu'elle est elle-même la vendeuse. *Pourquoi ne répond-t-elle pas ?*

Markus n'a pas l'intention de rester attaché à son téléphone toute la journée. Cette situation l'agace car il ne sait pas d'où vient la raison de tout ce stress. *Pourquoi se mettre tant de pression pour une simple maison ?* Après tout, il n'est nullement concerné dans cette histoire. Néamoins, sans savoir le pourquoi de tout cela, cette mission lui tient à cœur.

Markus se demande si, sur l'excitation du moment, il n'en a pas trop révélé à cette Olivia Miles. Sans compter qu'à sa question « *Êtes-vous bien la personne que je recherche ?* », elle a répondu un court et simple : « *Oui* ». Tout simplement. Pourtant, son instinct lui dit que c'est la bonne. D'une manière ou d'une autre, il aurait fallu lui en dire davantage. Comment retrouver la propriétaire de la Maison Jaune sans dévoiler aucune information?

Olivia réfléchit sans doute à ses options. *Si elle n'était pas la bonne personne, elle lui aurait écrit tout de suite, non ? Cependant, comment être sûr qu'Olivia Miles est bien celle qu'ils recherchent ?* Ils ne connaissent rien d'elle physiquement. Une tache de naissance aurait pu se révéler pratique. Ou bien un autre signe distinctif : des grains de beauté, une cicatrice, même une blessure. Malheureusement, ils ne disposent pas de telles informations.

La Maison Jaune sera mise en vente dans huit jours. Déjà une semaine s'est écoulée depuis la découverte de la pièce cachée sous l'escalier.

Markus aimerait lui faire comprendre l'urgence de la situation sans la brusquer. Même s'il est convaincu d'écrire à la bonne personne, il doute aussi de perdre son temps avec une charlatane. Il repousse ses lunettes sur son nez et patiente, les doigts suspendus au-dessus des touches de son téléphone. Les trois points apparaissent à nouveau.

*Êtes-vous libre maintenant ? Je ne peux me déplacer mais ma fille pourrait passer récupérer les documents dont vous me parlez. Elle est justement dans le coin. Désolée du délai. Difficulté à rejoindre ma fille.*

Le cœur de Markus cogne fort dans sa poitrine alors qu'on frappe à la porte de sa chambre sans l'ouvrir.

— Markus, Alicia est ici, lui dit sa mère d'une voix enjouée.

— J'arrive, s'empresse de répondre Markus en sautant du lit.

Alicia ! Son cœur tambourine encore plus fort malgré lui. Elle ne peut pas plus mal tomber. Il ne s'attendait pas à une visite surprise de la part de la fille d'Olivia et il doit absolument passer chercher les lettres chez Lexi.

Le cerveau de Markus fonctionne à toute vitesse. Doutant encore de l'honnêteté de cette Olivia Miles, il ne lui a nullement mentionné dans la conversation Facebook l'endroit où ils ont découvert les documents. *S'il s'avère que c'est la bonne et que sa fille est de passage, l'existence d'une pièce cachée serait-elle un bon atout pour garder la maison ?* Probablement !

Markus entend les pas des talons hauts de sa mère s'éloigner dans le couloir alors qu'il ouvre en vitesse le premier tiroir de son bureau en bois, en sort une chemise à carreaux, en prenant garde de ne pas déplier les autres, retire le haut de son pyjama et l'enfile. Il en fait de même avec son pantalon qu'il échange pour son jeans noir de sortie, tout propre et sans plis, qu'il garde suspendu dans son garde-robe.

Markus s'élance vers la porte tout en pianotant un « *Oui* » court et tout aussi précipité à Olivia Miles.

— Allô Markus, commence Alicia, qui se lève du fauteuil vert faisant face à la fenêtre du salon aussitôt que le jeune garçon apparaît dans son champ de vision. Le même fauteuil sur lequel Markus l'avait patiemment attendue pas plus tard que ce matin.

Markus, n'écoutant que d'une oreille, continue son chemin vers la porte d'entrée.

— Je voulais m'excuser pour ce matin.

C'est plus fort que lui : il s'immobilise, la main sur la poignée qu'il fixe pour éviter de se retourner et d'accepter les pathétiques excuses d'Alicia.

— Écoute, je sais que tu es fâché, j'ai eu un empêchement. Est-ce qu'on pourrait remettre ça maintenant ?

C'est toujours comme ça avec la belle Alicia : il faut la prendre lorsqu'elle est disponible. Pourtant sa voix semble sincère comme à chaque fois qu'elle demande pardon. Markus ferme les yeux, la main droite serrant la poignée.

*Va-t'en ! Laisse-la maintenant. Tu n'as pas de temps à perdre.*

— J'ai apporté des trucs à grignoter, continue Alicia.

— Je suis désolé, je dois y aller.

Markus ouvre enfin la porte. Une brise chaude vient lui caresser le visage qu'il imagine déjà rouge tomate.

— Attends, tu vas où habillé comme ça ?

La belle Alicia le suit à l'extérieur. Markus a complètement oublié ce qu'il a sur le dos. Il ne sait pas quoi répondre et n'a pas l'occasion d'y réfléchir longtemps. Un pick-up noir vient de s'arrêter devant chez lui et la vitre côté passager descend. Une jeune femme à la chevelure noire retire ses lunettes soleil.

— Markus Gagné ?

Hébété, le jeune garçon fait un pas en arrière tout en faisant un mouvement de tête affirmatif.

— Bella Miles, la fille d'Olivia. Ma mère t'a prévenu que je passerais ?

Markus a du mal à comprendre ce que dit la jeune femme dû à la distance et aussi à la gomme à mâcher qu'elle mastique. Il a cependant entendu les trois mots importants « *Miles, fille d'Olivia* ». Il reste un moment à la fixer en silence, se demandant comment cette femme sait où il habite.

— Euh, Markus ? Tu la connais ?

Markus perçoit un mouvement sur sa gauche : Alicia l'a rejoint mais il ne peut détacher ses yeux de la femme à la chevelure noire. Il s'approche du véhicule.

— Tu as les documents ? Pour ma mère ?

— Chez une amie...

— Allez, monte...

Sans autre explication, celle-ci étire son bras droit et lui ouvre la portière côté passager qui émet un grincement sonore. Un emballage graisseux en tombe et repars, poussé par le vent.

Markus hésite une seconde, remonte ses lunettes sur son nez et marche en direction de la voiture. C'est un vieux modèle rouillé, égratigné à quelques endroits avec, à l'arrière, trois sacs en plastique fermés et bien remplis. Malgré l'état pitoyable du véhicule, Markus est en confiance. Son instinct ne le trompe jamais. Markus monte donc aux côtés de la belle demoiselle et claque la portière, laissant derrière lui une Alicia plutôt hébétée.

## À la piscine avec Jérémy

Guillaume est suspendu à son téléphone depuis la dernière demi-heure. Il fixe des yeux le message qu'il a lui-même envoyé sur la page du « *Club des Braves* » quelques minutes après le texto de Markus leur annonçant : *Donne-nous des nouvelles dès que tu pourras.* Un message bref et court qui peut sembler anodin pour les autres mais que seule Élisabeth peut en déduire l'urgence.

— GuyGuy ! Regarde-moi, regarde-moi !

Guillaume range son cellulaire dans la poche arrière de son jeans et envoie un pouce levé en direction de Jérémy qui s'apprête à sauter du petit plongeoir de la piscine. Le gamin lui sourit exagérément et, même de l'endroit où il se trouve, sur une chaise pliante pas très confortable adossée au mur de béton, Guillaume peut voir un petit trou noir près de la dent du haut à gauche. Jérémy a perdu sa première dent cette semaine et il en est tout fier. Le garçon effectue son petit rituel sous l'impatience des autres petits nageurs qui attendent leur tour. Il recule un peu, se dandine, respire, court sur le tremplin et saute en se tenant les jambes. Deux ou trois enfants se font asperger mais la plupart d'entre eux, connaissant Jérémy, se sont éloignés discrètement en le voyant sur le plongeoir.

— Comment c'était ? J'ai éclaboussé plus que la semaine passée ? demande Jérémy aussitôt la tête hors de l'eau.

Guillaume a déjà préparé sa réponse : son frère lui posant toujours la même question.

— Non, pas tout à fait. La dernière fois reste la meilleure.

Jérémy, exaspéré, fait demi-tour afin de battre son record de sa dernière visite à la piscine, ignorant encore que Guillaume affirme seulement qu'il a réussi quand vient le moment de partir.

Guillaume le regarde s'éloigner. Il aimait bien se baigner aussi à l'âge de Jérémy mais les choses ont changé avec le temps. Il a pris du poids et a pu constater que les enfants peuvent être très méchants quand les adultes ne sont pas là.

Guillaume se passe les mains sur le visage. Il a une très forte envie d'écrire à Élisabeth, lui demander comment elle va, mais il se retient. Guillaume observe une nouvelle fois le saut de son petit frère en préparant une réponse affirmative à la future question. Il était temps de partir.

— Pourquoi ne viens-tu pas nager ? s'exclame Jérémy, tout heureux d'avoir battu son ancien record.

Guillaume, surpris, se penche en avant et murmure sur le ton de la confidence :

— Je n'entre plus dans mon maillot.

— Haha ! T'as qu'à prendre celui de papa, rigole Jérémy.

— Je n'y ai pas pensé. Jérémy lui sourit de son sourire édenté et s'éloigne dans l'eau. Encore dix minutes et on y va.

Son frère est déjà au milieu de la piscine. Cela fait au moins deux ans que Guillaume n'a pas nagé. Sans trop réfléchir, le jeune adolescent enlève ses baskets, s'assoit sur le bord de la piscine et laisse aller ses jambes dans l'eau tiède.

## Au restaurant avec Bella

— Woow ! C'est hallucinant tout ça! s'étonne Bella en terminant sa lecture.

Bella Miles est installée en face de Markus sur une des banquettes collantes du « *Bistro chez Roger* ». C'est le restaurant où le « *Club des Braves* » mange habituellement. Il y fait souvent trop chaud, il y a toujours une odeur de friture dans l'air, mais c'est surtout abordable. Bella n'y a vu aucun problème puisque c'était tout près.

Ils ont fait un léger détour chez Lexi afin de récupérer les papiers de Gustavo. Le jeune adolescent a dû se chamailler avec son amie qui n'aimait pas l'idée qu'il aille seul avec une inconnue. *On ne sait pas du tout si c'est réellement la fille d'Olivia.* Markus l'a rassurée en lui disant qu'il reprendrait les documents. Lexi a alors proposé de l'accompagner mais Markus a refusé : il craint de brusquer Bella. Lexi a hésité un moment, l'enveloppe hors de portée de main (Markus déteste cette attitude chez elle) mais lui a tout de même remise d'un air boudeur.

— C'est complètement dingue ! Le type a fait des recherches tout de même poussées pour l'époque ! Un détective privé ! Ça devait lui coûter cher.

Markus a pensé la même chose lorsqu'ils ont regardé les documents, installés dans la cuisine de la Maison Jaune. Gustavo a fait des pieds et des mains pour reprendre contact avec son enfant et ses lettres sont à fendre le cœur.

— Écoutes ça, continue Bella : *J'aurais tant aimé avoir la chance de te voir grandir, faire tes premiers pas, entendre tes premiers mots. Entendre le mot « Papa » sortir de tes petites lèvres roses, les bras tendus vers moi, les yeux pétillants de malice. Je ne suis plus le même qu'à l'époque. Je n'étais pas prêt dans ce temps-là et j'en suis désolé. Désolé de ne pas avoir eu le courage d'affronter mes peurs et d'accomplir mon devoir de père... Dis-moi seulement qu'il n'est pas trop tard pour me reprendre. Je ne pourrai pas te redonner les années d'absence ni effacer la peine que je t'ai causée, mais je ferai tout ce qui est en mon pouvoir pour te rendre heureuse ici et maintenant. Ici et maintenant. Je t'aime.*

Bella relève la tête, un sourire aux lèvres. *Elle sourit beaucoup cette fille*, pense Markus. Vêtue d'une veste en jeans sur une camisole noire et d'un pantalon moulant noir moucheté de taches mais mettant en valeur sa maigreur, Bella semble à la fois rebelle et épanouie. Un bien drôle de combo pour une bien drôle de femme. Markus comprend mieux ce qu'elle dit maintenant qu'elle s'est débarrassée de sa gomme à mâcher qu'elle a troquée pour un *milkshake* à la fraise.

Markus remarque également les nombreux coups d'œil de Roger derrière l'îlot/comptoir lunch. Ils se connaissent depuis longtemps et il sait que Roger doit se demander s'il s'agit d'une sortie entre cousin-cousine éloignés ou d'une rencontre scolaire, car un rendez-vous amoureux, Markus ne préfère pas y penser lui-même. Avec sa chemise à carreaux et son pantalon propre noir, ils doivent en effet former un duo étrange.

— Plutôt mignon cette lettre, non ? s'exclame Bella en buvant une gorgée de son breuvage en faisant un grand bruit avec la paille.

— Hmm, répond Markus qui s'inquiète maintenant de voir les documents détruits par du lait fouetté.

— Moi j'aurais accepté. Pas sûre pour ma mère par contre. Bella fait un clin d'œil à Markus. Elle est plutôt, comment dire, plutôt...Tu sais quand tu en veux longtemps à quelqu'un ?

— Rancunière, répond Markus.

— Ouais, exactement. Rancunière, affirme Bella avec un mouvement de tête affirmatif. Une des pires rancunières que je connaisse. Tu manges tes frites ?

Markus n'en a avalé qu'une ou deux. Surpris par la question, il secoue la tête. Il regrette d'avoir refusé la proposition de Lexi de les accompagner. Bella a passé à travers tous les papiers en mode éclair, et il ignore comment conclure la discussion et il ne veut surtout pas qu'elle parte avec l'enveloppe.

Bella lui prend quelques frites.

— T'en fais une tête ! Je ne vais pas te manger, dit-elle en prenant une bouchée.

Markus ne sait que répondre.

— Oh ! Tu veux une preuve, pas vrai ? Bella enfourne dans sa bouche les frites restantes et pianote de ses doigts graisseux sur son cellulaire. J'y ai pas pensé, j'aurais dû te montrer plus tôt. Attends, juste ici... Tiens !

Bella Miles lui montre l'écran de son téléphone avant de s'essuyer la main poisseuse sur son chandail. *Un peu trop tard pour ça*, se dit le jeune garçon. Markus a devant les yeux le certificat de naissance d'Olivia Miles qu'il observe à travers l'écran huileuse. *Mère : Maryse Guilbeault, Père : inconnu.*

— À moins qu'il y ait deux Olivia Miles ayant une mère du nom d'Maryse Guilbeault et n'ayant pas d'père, tu peux m'faire confiance. J'aurais pas fait toute cette route pour des vieux documents sans valeur. Bella reprend son cellulaire qu'elle entreprend de nettoyer avec sa camisole.

Markus avale sa salive. Cette fille n'a pas l'air de comprendre qu'il y a une maison en jeu.

— Je prends tout en photo et je m'en r'tourne.

Silence. Comme si elle lisait dans ses pensées, Bella se prépare déjà à prendre ses clichés.

— Tu ne parles pas beaucoup toi. Tu es plus bavard en ligne on dirait, rigole Bella. De toute façon, c'est mieux comme cela, j'ai tendance à perdre mes trucs.

Markus n'a pas de mal à la croire. Ayant vu l'intérieur bordélique de sa voiture, il se demande comment elle fait pour entretenir un tel bazar.

— Vous savez qu'il ne reste que huit jours...

— Ouais, ouais, ça fait au moins trois fois que tu m'le répètes. Tu peux m'tutoyer, t'sais. Tu devrais apprendre à te calmer, tu sembles calme en apparence mais tu es une vraie boule de stress. Relaxe.

Bella termine ses photos, remet le tout à Markus et empoigne son sac à main.

— En fait, vous les avez trouvés où ces papiers ?

Markus avait espéré ne pas avoir à répondre à cette question. Après une brève hésitation, il opte tout de même pour ce qu'il a toujours préconisé : l'honnêteté.

# En route vers la maison

Jérémy supplie son grand frère de ralentir, mais Guillaume ne veut pas. Ils marchent tous les deux en direction de leur maison, Guillaume tenant la main de son cadet et avançant d'un pas si rapide que le petit peine à le suivre.

Guillaume a froid, mais ce qui est primordial pour lui en ce moment, c'est de mettre le plus de distance possible entre eux et la bande de Lukas qu'il a vu entrer dans les vestiaires il y a à peine dix minutes. Ayant obligé Jérémy à se rhabiller dans les toilettes, ils ont pris la sortie deux minutes plus tard sans être vus. Enfin, c'est ce que le jeune adolescent espère.

Guillaume a tout de même pris le temps d'enfiler son manteau à Jérémy mais a négligé le sien. Il tente d'enfiler les manches de sa veste tout en marchant à une vitesse folle.

— Mais attends..., insiste Jérémy.

Guillaume perçoit le désespoir dans la voix de son frère et ralentit malgré lui.

— C'est à cause des gros balourds qu'il faut se sauver ? Gros balourds ! Gros balourds ! chantonne-t-il entre deux respirations saccadées.

La voix geignarde de Jérémy agresse les oreilles de Guillaume. L'adolescent s'immobilise d'un seul coup et Jérémy trébuche sous le choc de cet arrêt brutal.

— Arrêtes de répéter ça !

La voix de Guillaume se fait un peu plus forte mais ne traduit aucune violence. Néamoins, les yeux de Jérémy se remplissent tout de même de larmes.

— Je m'excuse GuyGuy, pleurniche-t-il, je m'excuse...

— Ça va. Guillaume se frotte le front et s'agenouille devant son petit frère. Il a alors une idée. Je crois qu'il reste une place avant le décollage.

Le visage de Jérémy s'éclaire d'un énorme sourire édenté. Guillaume s'abaisse davantage au sol et Jérémy, impatient, lui saute sur le dos.

— Doucement ! dit l'adolescent, manquant tomber vers l'avant. Prêt au décollage ? C'est parti !

Guillaume reprend alors sa course. Jérémy tend les bras et imite un avion. Ensemble, ils continuent leur chemin jusqu'à leur maison.

## À la Maison Jaune avec Bella

— Youha ! C'est génial !

Markus et Bella se trouvent devant l'entrée secrète de l'escalier qui s'ouvre en grinçant bruyamment.

— Ouuuuuh ! Bella manque de tomber sur Markus qui se retient juste à temps au mur sur sa droite. Quelque chose a passé entre les jambes de la jeune fille pour se sauver dans la cuisine. C'était quoi ça ?

Markus a une pensée rapide pour Guillaume qu'il maudit intérieurement.

— Un chat, je crois, murmure-t-il entre ses dents.

— En voilà un deuxième. Allô toi ! Bella s'agenouille devant une petite boule de poils blanche. Qu'est-ce que tu fais enfermé ici ?

— Désolé, ce doit être un de mes amis Guillaume qui...

— Ouuuh, ça pue... le coupe Bella en grimaçant.

En effet, une forte odeur d'excréments et d'urine flotte jusqu'au nez du jeune adolescent qui s'empresse de respirer dans la manche de sa chemise. Il devra en glisser deux mots au responsable aussitôt qu'il en aura l'occasion.

— Faisons vite ! Bella s'empresse de sortir de son petit sac à main en bandoulière son cellulaire afin d'éclairer la pièce sombre.

— C'est grand ! La jeune femme se déplace dans la pièce en tournant sur elle-même. Whoua, j'en reviens pas ! Une pièce cachée ! S'cuse mais j'ai vraiment cru que tu te foutais de ma gueule tout à l'heure ! C'est vrai alors ? Incroyable !

Markus observe Bella faire le tour de la pièce depuis l'entrée de l'escalier. Il aurait préféré que quelqu'un d'autre se charge de lui révéler le secret de la Maison Jaune. Même si, cette fois-ci, il n'est pas dans l'illégalité : la fille de la propriétaire étant avec lui, il se sent malgré tout mal à l'aise.

Bella disparaît dans le court couloir qui mène vers la salle de bains tout en continuant de parler. Markus n'écoute plus ce qu'elle dit : il ne pense qu'à sortir et demander des explications à Guillaume. Il entend du bruit dans la cuisine mais n'ose pas aller voir ce qui s'y passe. Il pense aussi à Alicia qu'il a laissée en plan devant chez lui. Elle doit se demander ce qui se passe. Markus est si absorbé dans ses pensées qu'il remarque à peine que Bella l'a rejoint.

— On peut refermer maintenant. J'aimerais bien voir le deuxième étage.

Markus sursaute et appuie à nouveau sur le corbeau. L'escalier s'abaisse doucement jusqu'à se fermer complètement. Bella monte à l'étage, suivie du premier chat.

— Cette maison doit faire au moins quatre, cinq fois la grandeur de mon appart !... Je ne suis venue ici qu'une fois étant petite. Non mais vraiment petite !... C'est fou, ce n'est pas pareil que dans mon souvenir.

*Cette fille n'arrête-t-elle jamais de parler ? Une vraie pie,* pense Markus. Pas étonnant qu'elle ait trouvé son adresse aussi facilement : elle n'a eu qu'à entreprendre une petite conversation au café du coin et on l'a tout de suite renseignée.

Bella redescend au bout d'un moment.

— On y va alors ? demande Markus un peu trop vite.

— Ouais, si tu veux. Je te redépose ?

— Non, je vais marcher. Merci.

— OK, comme tu veux, lui répond Bella en haussant

les épaules.

Bella prend la direction de sa voiture alors que Markus peine tant bien que mal à enfermer Mika sous l'escalier. Épuisé et une écorchure à la main, le jeune garçon rejoint Bella à l'extérieur.

— Tiens, je te laisse tout ça. Comme je te dis, je ne me fais pas confiance avec tous ces documents. J'ai tout pris en photo dans mon cell.

Bella lui tend l'enveloppe et lui sourit. Markus profite enfin d'un petit moment de silence entre eux.

— Je suppose que c'est là qu'on se dit « *Au revoir* ». Bella sort des lunettes de soleil de son sac à main et les pose sur son nez.

— Oui, je suppose.

Bella fouille dans son sac et en ressort une nouvelle gomme à mâcher avant d'en offrir une à Markus. Celui-ci fait non de la tête.

— Alors... Au revoir et merci Markus. Bella engouffre sa gomme à mâcher, et commence à mastiquer avant de tourner les talons pour se diriger vers son pick-up.

— Au revoir, répond timidement le garçon.

Soulagé à la fois d'avoir l'enveloppe sous le bras et de ne pas avoir besoin de remettre les pieds dans la poubelle roulante de Bella, Markus prend la direction de sa maison. Tout en marchant, il jette un dernier coup d'œil à la Maison Jaune et à la voiture de Bella qui s'éloigne. Il a la vague impression que la Maison Jaune restera dans la famille de Gustavo.

# Quelque chose de familier

Guillaume est à bout de souffle et peine à maintenir son frère. Pourtant il y arrivait plutôt bien quelques jours avant. Il doit avoir pris du poids. C'est vrai qu'il ne fait plus beaucoup attention à son régime depuis le début des vacances. Il va devoir y remédier s'il veut être capable de suivre les autres et ne plus avoir l'air du petit chien qui halète toujours derrière.

À cette pensée, Guillaume renforce sa prise sur les jambes de Jérémy et accélère un peu plus. Il a mal aux mollets mais ne s'arrête pas. Jérémy pousse des petits cris de joie.

— Plus vite GuyGuy ! Plus vite !

L'accélération ne dure qu'un court instant : Guillaume est essoufflé. Il s'arrête et pose Jérémy au sol, qui s'empresse de courir en continuant d'imiter l'avion.

— Arrête ! proteste Guillaume courbé vers l'avant, les deux mains sur les genoux. Jérémy, reviens !

Sa voix, à peine audible, se perd dans l'air frais de la fin d'après-midi. Au moment où Guillaume s'apprête à repartir, Jérémy fait demi-tour et vient le rejoindre.

— Tu crois que papa préparera des hamburgers pour le souper ? demande Jérémy.

— Peut-être... j'en sais rien.

Guillaume se relève difficilement et reprend sa route avec Jérémy. Ils ne sont plus très loin de la maison lorsque l'attention de Guillaume se fixe sur un autocollant décoratif d'une voiture rouge. Le jeune garçon n'est pas un expert en automobile mais il ne connaît qu'une seule personne ayant un papillon blanc imprimé sur le devant de la carrosserie : Maureen.

Maureen est chic sous une camisole rose et son veston noir. En revanche, quelque chose dans sa gestuelle alerte Guillaume. Ignorant les protestations de Jérémy qui lui tire le bras en avant, Guillaume ne bouge pas. Sans comprendre pourquoi, il ne peut détacher ses yeux de Maureen.

Il ne se souvient pas avoir vu Maureen dans un tel état. Elle pleure, son visage se crispe et elle pose la tête sur le volant, les épaules secouées par les sanglots. Elle donne une légère tape sur celui-ci avant de s'éponger les yeux à l'aide de ses doigts. Le jeune garçon reste là un moment à la regarder, paralysé, jusqu'à ce qu'une faible sonnerie de cellulaire atteigne ses oreilles et fasse sursauter Maureen.

Maureen prend alors deux grandes inspirations, envoie ses cheveux vers l'arrière et prend l'appel de sa voiture. Elle parle tout en s'essuyant les yeux et met le contact. Guillaume se ressaisit enfin. Il sent Jérémy lui tirer le bras et se décide enfin à faire un pas en avant. Alors que Jérémy continue son monologue sur les hamburgers, les pensées du jeune adolescent restent longtemps sur Maureen dans la voiture rouge.

# Alicia

Markus arrive chez lui en fin d'après-midi. Il a texté Lexi pour lui dire qu'il détenait toujours l'enveloppe et que cette rencontre avec Bella avait été « *brève et prometteuse* ». Il pense à leur court échange; il ne doit pas avoir dépassé les vingt mots. Quelque chose chez cette fille le met mal à l'aise. Trop sûre d'elle, attitude et apparence rebelles, elle doit attirer les ennuis.

— Markus...

Pris dans ses pensées, Markus remonte l'allée jusqu'à la porte d'entrée principale de sa maison.

— Markus !

*Alicia !*

Cette fois-ci, le cœur du garçon fait trois tours. Il s'arrête si abruptement qu'il manque tomber vers l'avant.

— Je m'inquiétais... Alicia le rejoint de sa démarche lente et féminine. C'était qui, cette fille ?

*Inquiète pour qui ? L'a-t-elle attendu tout ce temps-là ?* Markus reste sans voix, il semble avoir perdu la faculté de parler aujourd'hui.

— Ça serait trop long à expliquer.

C'est tout ce qu'il trouve à dire. Ce qui n'est pas faux effectivement.

— Tu la connais alors ?

Markus n'a pas envie de se perdre dans les explications et encore moins d'avouer qu'il est monté dans la voiture d'une parfaite inconnue. Alicia est de ces filles qui regardent trop de documentaires policiers.

— « Nous, les filles, nous devons être prudentes » lui avait-elle confié un jour. « C'est souvent le piège pour celles qui ont une trop grande confiance en l'humanité : elles ouvrent leur porte à n'importe qui sous prétexte d'un pneu crevé et hop ! C'est terminé ! »

Markus ignore comment se sortir de cet interrogatoire soudain et tente la technique de répondre à une question par une autre question :

— Pourquoi tu me demandes ça ? C'est juste une fille.

*Juste une fille.* Bizarre. Ce n'est pas lui de dire ce genre de chose. Markus grimace légèrement sous sa propre remarque, tout comme Alicia.

— Ça va Markus ? Tu ne sembles pas bien.

Elle est si jolie avec son short rose et son t-shirt blanc. Ses cheveux brun-roux lui arrivent maintenant aux épaules et, quand ils sont détachés comme aujourd'hui, ils encadrent très bien la forme ovale de son visage.

— Non. Je vais bien, bafouille Markus. Ça va.

— Ta mère m'a demandé où tu étais...

*Oh, voilà la vraie raison de son attente*, pense Markus.

— Je lui ai dit que tu étais parti avec une copine d'école. Que tu l'aidais elle aussi dans un projet informatique. J'ai bien fait ?

Elle avance d'un pas vers lui et se replace une mèche de cheveux derrière l'oreille. Markus adore quand elle fait ce simple geste. Markus sent l'odeur vanillée d'Alicia emplir l'espace entre eux. Il fait machinalement, et malgré lui, un pas en arrière.

— Oui, merci... Je dois y aller. À plus !

*À plus ?* Markus n'utilise jamais cette expression. Le peu de temps passé avec Bella ne lui a pas fait le plus grand bien. Il parle maintenant le même langage.

— Markus, attends...

Alicia lui empoigne l'avant-bras au moment où Markus se retourne pour partir. Le contact des doigts d'Alicia sur sa peau envoie un frisson dans le corps du jeune garçon. *Ressaisis-toi bon sang !*

Alicia reste silencieuse un moment. Leurs regards se croisent quelques secondes. Quelques secondes durant lesquelles Markus préférerait disparaître.

— Non rien... Ça ne me regarde pas. Alicia secoue la tête, soudainement mal à l'aise, et change de sujet. Tu es libre pour la leçon d'informatique demain ?

— Demain ? Markus hésite. Le « *Club des Braves* » a prévu une rencontre au parc en matinée. Vers 13h, ça te va ?

— Oui ! Parfait ! Alicia lui fait un grand sourire et s'éloigne à petits pas vers chez elle. À demain, et j'amène à grignoter.

Markus s'éloigne à petits pas, le cœur au bord des lèvres, à la fois fâché contre lui-même de ne pas pouvoir refuser quoi que ce soit à Alicia, conscient qu'elle risque encore de lui faire faux bond, mais tout de même surpris d'avoir vu passer dans les yeux de la jeune fille une petite once de jalousie. *Est-ce bien le cas ?* Markus aimerait en connaître la réponse tout comme il aimerait bien savoir qu'elle est la mystérieuse question qu'elle n'a pas osée lui poser.

## Des nouvelles de Markus

De sa main gauche, Guillaume caresse Mika et de l'autre Molly. Les deux boules de poils lui sont indifférentes, trop occupées à mâcher les petits bouts de jambon à l'ananas que l'adolescent s'est abstenu de manger pour leur apporter.

Élisabeth est adossée au mur à côté de lui. Ils sont arrivés presqu'au même moment. Guillaume a dissimulé son vélo dans le buisson tout près de celui d'Élisabeth dont la roue tournait encore dans le vide.

Élisabeth laisse glisser son sac de son épaule, l'ouvre et en sort des charcuteries. Elle en détache une tranche et, du bout des doigts, en donne un morceau au furet excité.

— Quoi ? rigole-t-elle devant le regard surpris de Guillaume. C'est « *notre* » secret maintenant. On ne les laissera pas mourir de faim.

Leurs deux lampes de poches éclairent le vieux sol en ciment et la lumière ricoche sur le mur en face, créant une ambiance de feu de camps dans la nuit alors qu'à l'extérieur, le soleil doit être en train de se coucher.

Une vibration et un son de cloche se font entendre. Élisabeth s'essuie les mains sur son short et saisit son cellulaire. Guillaume en fait de même.

Un texto de Markus :

*Olivia Miles s'est décidée. Elle garde la Maison Jaune. Sa fille Bella y habitera.*

— Whoah ! Il a réussi ! Markus a réussi !

Élisabeth continue de crier, se lève et sautille sur place. Guillaume, lui, reste au sol, le regard fixé sur le message de Markus, les pensées s'égarant à nouveau vers Maureen. Y-a-t-il un lien entre les deux ?

— Guillaume, ça va ?

Guillaume sursaute. Élisabeth le regarde, perplexe.

— Tu n'es pas content ? Molly, Mika et Gilbert vont pouvoir rester ici, le temps que l'on trouve une solution. C'est bien, non ?

— Oui ! Oui ! Guillaume affiche un énorme sourire sur son visage. C'est vraiment super ! ajoute-t-il d'une voix qu'il veut enjouée.

Ses yeux glissent vers les petites bêtes à poils dans la pièce et il s'en trouve soulagé. Le jeune adolescent prend la petite Molly dans ses bras et lui fait un gros câlin. Mika étant moins affectueux et plus intrépide, il est toujours difficile de l'attraper. Guillaume sourit : il n'est pas indifférent au fait qu'Élisabeth ait utilisé le terme « *on* » précédemment et qu'elle ait apporté de la nourriture. Elle aura peut-être une idée pour leur trouver un foyer. Il est heureux de ne plus avoir à y réfléchir seul. Il décide alors de tenter quelque chose.

— Tu trouves que Maureen est bizarre en ce moment ? la questionne-t-il d'un ton léger.

Élisabeth cesse alors de taper sur son cellulaire et le dévisage avec des yeux arrondis. Dans la quasi-obscurité de la pièce, la luminosité de l'appareil lui donne un teint verdâtre, presque malade.

— Pourquoi tu me demandes ça ?

Élisabeth, intriguée, vient s'asseoir près de lui. L'adolescent lui raconte alors ce qu'il a vu.

— Tu crois qu'il peut y avoir un lien avec la vente de la Maison J... ?

Élisabeth l'interrompt.

— Non, je ne crois pas que ce soit en lien avec la Maison Jaune.

— Pourquoi ?

— Lexi et Sarah la trouvent déjà bizarre depuis un moment. Moi, je n'y croyais pas trop mais maintenant, j'avoue que je suis curieuse. Il y a beaucoup de choses bizarres qui s'accumulent : ses tenues vestimentaires, son appel étrange à la Maison Jaune et maintenant ça.

Élisabeth entoure ses jambes de ses bras, l'air pensive. Guillaume sait à quel point son amie a de l'affection pour la mère de Lexi.

— Faudra en parler à Lexi. Élisabeth se lève et empoigne son sac. Je dois y aller avant qu'il ne fasse trop sombre.

— OK. Je vais rester encore quelques minutes.

— D'acc. À demain au parc pour 9 h.

Élisabeth attrape sa lampe de poche et quitte la pièce en direction de la salle de bains. Elle s'est enfin mise en accord avec Guillaume : cette sortie est la plus simple pour passer incognito.

Guillaume reste un moment seul dans la pièce sombre qui a perdu la moitié de son éclairage. Il continue de cajoler Molly qui ronronne entre ses bras, heureux à la fois de disposer de plus de temps pour leur trouver un foyer convenable alors que la Maison Jaune, elle, va bientôt accueillir une nouvelle locataire : la petite fille de ce pauvre Gustavo.

# LA MYSTÉRIEUSE MAUREEN

# LA MYSTÉRIEUSE MAUREEN

## La routine du matin

Élisabeth se réveille désorientée. Elle ne se souvient plus du matin où elle a pu faire la grasse matinée. Quelqu'un bouge à l'étage. Élisabeth sort du lit et s'habille en vitesse. Camisole de sport, legging et espadrilles : sa tenue du matin. Elle s'attache les cheveux et elle est prête. 7 h 07. Si elle est rapide, qu'elle saute la période d'étirement et le déjeuner (ce qui serait dommage car elle a faim), elle pourrait arriver sans une minute de retard au rendez-vous du « Club des Braves » à 9 h au parc.

Élisabeth sort précipitamment de sa chambre sur la pointe des pieds. Elle pourrait peut-être s'enfiler une banane avant l'arrivée de son père. Elle empoigne vite le fruit dans le panier sur la table de la cuisine et l'épluche alors qu'elle retourne dans sa chambre. Quelqu'un qui ne la connaît pas pourrait croire qu'elle n'a pas mangé depuis plusieurs jours ou qu'on la prive de nourriture tant elle mange vite. La jeune fille rigole toute seule en dévorant sa banane à grosses bouchées.

Élisabeth jette la pelure dans la poubelle de sa chambre et se plante devant les escaliers en étirant ses jambes et en avalant le dernier morceau de fruit. Au même moment, son père apparaît dans sa tenue sportive. C'est un petit homme presque chauve mais au corps musclé.

— Déjà prête ? s'exclame-t-il en descendant les marches une à une à la manière d'un conquérant.

— Allô papa ! Oui, je ne dormais plus, répond-t-elle en souriant et en feignant d'achever ses exercices. Je termine mes étirements.

— Que veux-tu pour le déjeuner ? demande-t-il en passant devant sa fille et lui ébouriffant les cheveux.

— Bah ! J'ai pas très faim ce matin. On peut commencer ?

Son père s'immobilise, un air admiratif sur le visage.

— Tu es motivée ! J'aime ça ! C'est bien, dit-il, joyeux, en sortant deux bouteilles d'eau du frigidaire. Moi aussi je suis prêt et motivé ! Allez, hop ! Au garagym, ma grande !

C'est comme cela qu'il appelle le garage, qu'il a converti en salle de sport. Alors qu'il avance d'un pas décidé vers la salle d'entraînement, il ne remarque pas sa fille qui traîne des pieds derrière lui.

# La requête de Lexi

— J'aimerais proposer un défi collectif pour ce week-end, affirme Lexi.

Alex est assis dans l'herbe chaude. Il est 9 h et tous les membres du « Club des Braves » sont présents au parc. Même s'il est arrivé en dernier, Guillaume est à l'heure. Lexi leur fait part de son projet. Pour remplacer les défis du week-end, elle leur propose de faire équipe tous ensemble pour un seul et même objectif.

— Attends, tu es sérieuse là Lexi ? Tu veux espionner ta mère ?, s'exclame Markus.

Alex est aussi ahuri que son ami. Il lance des regards dans toutes les directions. Habituellement, il se range facilement du côté de son amie, se laissant facilement convaincre par ses sourires et ses supplications, mais à ce moment-là, ce n'est juste pas possible. Les seuls qui ne semblent pas affectés par la demande de Lexi sont Derek et Guillaume qui sont étendus l'un à côté de l'autre dans l'herbe, inertes et les yeux fermés.

— Yep ! confirme Lexi d'un hochement de tête excité en sautant de la plus basse branche de l'arbre sur laquelle elle se trouvait. Elle cache quelque chose et je veux savoir ce que c'est.

— D'après tes indices : nouveaux vêtements, sorties, parfums, coups de téléphone secrets, ce n'est pas compliqué Lexi; ta mère VOIT quelqu'un, affirme Markus sur un ton neutre, son visage ayant retrouvé son calme habituel. Debout, adossé à l'arbre duquel vient de sauter son amie, il roule les extrémités des manches de sa chemise trop grande. Et si elle ne veut pas vous en parler, c'est qu'elle a ses raisons. Elle n'est pas prête et attend que ce soit plus sérieux.

— Il y a plus que ça. Lexi fait les cent pas devant une Élisabeth tourmentée. Pourquoi nous le cacher alors ? Pourquoi les faux rendez-vous dans son agenda ? Je ne crois pas que ma mère se cacherait d'être amoureuse, ce serait plutôt l'inverse. Il y a quelque chose je vous dis ! Lizzy...

— Tu sais ce que j'en pense Lexi! rétorque celle-ci entre ses dents, les yeux rivés au sol.

Alex esquisse un petit sourire en coin. Élisabeth adore Maureen.

— Rawww ! rage Lexi qui se retourne d'un bond vers Alex qui sursaute. Sarah est déjà sur le coup depuis ce matin jusqu'à midi, mais elle a besoin qu'on prenne le relais pour le reste de la journée.

— Par « reste de la journée », tu entends quoi ? demande Alex. Moi, je dois être rentré pour le souper à 18 h. Pourquoi on ne va pas tout simplement à la Maison Jaune ? C'est là qu'elle a son rendez-vous secret non ?

— On ne sait pas à quelle heure c'est et ses plans peuvent avoir changé. En plus, sa dernière visite est à 16 h, tu auras le temps de rentrer... Lexi continue de faire les cents pas devant Élisabeth. Elle regarde en direction d'Alex, qui demeure silencieux, puis d'Élisabeth, qui hoche négativement la tête, et son regard croise celui de Markus.

— Je n'aime pas ces choses-là, dit-il très calmement les mains devant lui.

La jeune fille ne se laisse pas abattre.

— Alex, on ferait de l'espionnage. L'occasion rêvée pour utiliser ton matériel de détective. Les yeux de Lexi sont brillants. Elle semble convaincue que son argument est de taille. En effet, Alex hésite mais ne répond pas. Lexi s'assoit dans l'herbe près d'Élisabeth et commence à en arracher des touffes. De toute façon, je le fais AVEC ou SANS le « Club des Braves ».

— Et tu comptes t'y prendre comment ? demande Markus en replaçant ses lunettes. Je te signale que ta mère a une voiture pour se rendre du point A au point B.

Lexi ne répond pas; elle boude. Il est évident qu'elle comptait sur le « Club des Braves » pour l'aider dans sa mission.

— Moi j'suis « IN », lance Derek qui se redresse en position assise, une main dans les airs. Il n'avait pas encore dit un mot jusque-là. Ça m'intrigue.

Les yeux de Lexi s'illuminent enfin et la jeune fille se lève pour sauter sur place.

— Moi aussi, ça peut être rigolo, intervient Guillaume qui s'assoit aussi. Autre petit cri de joie de Lexi. Je me propose pour aller à la Maison Jaune. Je peux y passer la journée, ça ne me dérange pas et vous pouvez aller ailleurs. Maureen n'en saura rien. Allez la gang ! On a résolu l'énigme de la Maison Jaune et retrouvé la fille de Gustavo...

— J'AI retrouvé Olivia, l'interrompt Markus.

— Et NOUS avons résolu l'secret d'la Maison Jaune, se vante Derek en pointant les cinq autres. Markus lève les yeux au ciel. On l'fera sans toi Markus, tu n'veux jamais rien faire d'toute façon...

— C'est pas tout le monde qui veut briser les règles... et j'ai autre chose de prévu. Markus reste calme. Personne ne l'a encore jamais vu s'énerver. Même avec Derek.

— Comme quoi ? lui demande ce dernier, provocateur.

— Ça ne te regarde pas. Moi, je ne te demande pas ce que tu caches dans ta chambre pour que jamais nous y entrons.

Pour une fois, Derek tente de riposter mais ne trouve pas les mots. La réplique de Markus crée un silence dans le groupe.

— Je suis désolé, ce sera sans moi. Bonne chance.

Sur ces mots, Markus s'éloigne.

— Il ne veut jamais rien faire celui-là ! se plaint Guillaume en suivant Markus des yeux.

À peine le jeune garçon est-il parti que Lexi recommence son plaidoyer. Elle s'agenouille près d'Élisabeth et joint les mains.

— Juste pour aujourd'hui, murmure Élisabeth. UNE seule journée !

Tous les regards se braquent alors sur Alex qui se sent rougir jusqu'aux oreilles.

— Qu'est-ce qu'on doit faire ? finit-il par dire, vaincu.

Lexi se lève d'un bond et sort un papier plié de la poche arrière de sa salopette.

— Il y a trois endroits à couvrir : le Resto-Gourmet où elle a rendez-vous avec un client de 11 h à 13 h, la Maison Jaune évidemment et quelques visites pour une maison.

Élisabeth et Guillaume furent les premiers à insister pour aller à la Maison Jaune, Alex et Derek se rabattirent sur le restaurant ce qui laisse Lexi avec la demeure en vente. Puisque celle-ci est la plus éloignée et plus près de chez Élisabeth, il est convenu que le compte-rendu de la journée se fera chez elle pour 17 h. Défi lancé !

## Le questionnement d'Élisabeth

Élisabeth donne le dernier bout de l'aile de poulet à Molly. Elle comprend l'affection de Guillaume pour les animaux : ils sont adorables ! Les trois petites bêtes ont été amenées dans le cabanon derrière la maison de chez Guillaume. Profitant de l'absence de son père au travail la veille et du fait que Jérémy était à la garderie, Guillaume et Élisabeth ont eu le champ libre. Il ne manquait plus qu'un peu de nettoyage et leur présence à la Maison Jaune passerait inaperçu.

— Markus est aussi au courant maintenant, avoue

Guillaume. Il a enfin réussi à attraper Mika qui lui mordille gentiment la main au bon goût de viande. Des os sont posés à leurs pieds.

— Comment l'a-t-il su ? Il ne vient jamais à la Maison Jaune, demande Élisabeth, surprise.

— En faisant visiter la maison à la fille d'Olivia. Il lui a montré la pièce.

Élisabeth inspire bruyamment.

— Oh ! Et elle a dit quoi ?

Guillaume hausse les épaules.

— Il ne m'en a pas dit plus que ça. Il n'avait pas l'air content en tout cas. Guillaume se passe la main sur le front. Je n'ai pas fini d'en entendre parler. Les autres seront bientôt au courant aussi.

— Bah ! T'en fais pas ! On trouvera une solution. Élisabeth s'empare de Molly et la dépose sur ses genoux. La chatte ronronne. Je m'en veux d'avoir accepté pour Maureen. Ce n'est pas bien d'espionner les gens.

— Arrêtes, on dirait Markus là ! la taquine Guillaume, ce qui fait aussi rire Élisabeth.

— Oui, c'est vrai, mais je commence à croire qu'il a peut-être raison.

— Moi, je suis quand même curieux. Tu n'as pas envie de savoir la raison de son appel à la Maison Jaune l'autre jour ? Avoue que c'était plutôt bizarre, non ? Quelque chose qu'elle veut cacher même à ses propres filles...

Élisabeth ne répond pas et continue de flatter la tête de la petite chatte blanche. C'est vrai que ce coup de téléphone l'intrigue mais elle culpabilise d'avoir à espionner Maureen. Et si Maureen venait à le savoir ? Elle serait déçue de son comportement.

Élisabeth reçoit un petit coup de pied au genou.

— Allez avoue Lizzy, tu veux savoir ! Tu MEURS d'envie de savoir...

Un deuxième coup de pied.

— Ça va, laisse-moi ! rigole Élisabeth en repoussant le pied de son ami. Oui, j'avoue que ça m'intrigue. Tu crois qu'on découvrira quelque chose ?

Au fond d'elle-même, elle espère que non. Comme cela, elle n'aurait pas à se sentir mal en présence de Maureen et elle aurait fait plaisir à Lexi.

— On verra bien... lui répond Guillaume. Allez, on y va. On doit se rendre à la Maison Jaune pour surveiller et faire un peu de nettoyage.

Élisabeth dépose Molly et suit Guillaume à l'extérieur.


## Fouille chez Maureen

— Je n'aime vraiment pas ça ! se plaint Alex.

Ses supplications tout au long du trajet du parc à la

maison de Lexi n'avaient en rien dissuadé ou ralenti Derek dans son projet.

— Tu veux bien arrêter ! T'es fatiguant quand tu t'y mets ! Ils ont contourné la maison de Lexi et Derek est maintenant en train de tester l'une des fenêtres du salon qui donne sur la petite cour extérieure. T'as rien compris au mystère d'la Maison Jaune ? Si on a réussi, c'est parce qu'on a appris plus d'choses sur ce Gustovo Machin. Même chose ici...

Alex frissonne alors que Derek réussit à entrouvrir la fenêtre. Fouiller la chambre personnelle de Maureen ne l'enchante pas le moins du monde.

— Bingo ! lance Derek enthousiaste en se frottant les mains.

— Moi je ne veux pas. Alex s'adosse au mur de la maison et prend de longues respirations alors que son ami se glisse dans l'ouverture. Et on devrait se mettre en route pour le restaurant, il ne nous reste que le temps minimum pour s'y rendre.

— Si tu m'aides, ça ira plus vite Poirot, plaide Derek qui tente tout pour convaincre Alex. On n'reste pas longtemps. Et si on trouve, on n'aura pas à aller au resto. Mais l'argument qui réussit à toucher le plus Alex est le dernier : Tu veux vraiment aider Lexi, alors entre !

Alex soupire et passe ses baskets de l'autre côté du mur. Il se sent comme un voleur qui aurait longuement espionné les lieux avant de passer au coup final. Maureen serait dégoûtée si elle le surprenait maintenant. *Je te faisais confiance Alex...*

Cette pièce, il la connaît sur le bout des doigts, du contenu de chaque tiroir jusqu'aux titres des livres dans la bibliothèque. Derek, juste devant lui, passe la tête dans le couloir de gauche à droite et lui fait signe de le suivre alors qu'il s'élance vers la chambre de Maureen au bout du corridor. Alex déteste cette sensation d'intrusion qui l'empêche de toucher les objets qui lui sont pourtant familiers et d'avancer avec un malaise au ventre. Est-ce que les détectives privés ont à faire ce genre de choses ? Il pose la question à son ami qui se tourne vers lui en fronçant les sourcils.

— C'est c'que tu veux devenir ? Tu n'passes pas incognito, Poirot ! Si t'veux être détective, faudra peaufiner tes méthodes; on t'voit à cent milles à la ronde avec tes bidules et, r'gardes-toi : tu trembles ! Alex remarque alors que ses mains tremblent légèrement. Allez, dix minutes, top chrono !

Derek ouvre la porte de la chambre de Maureen et y entre. Sans trop s'attarder, il s'élance vers la table de nuit. Alex le suit sur la pointe des pieds et se dirige vers la seconde table de nuit de l'autre côté du lit. Les rideaux rouges tirés empêchent quiconque de voir les méfaits mais bloquent toute source de lumière. Derek allume alors la lumière et revient à son poste.

— Et toi, qu'aimerais-tu faire plus tard ? Alex lance un rapide coup d'œil à Derek.

Celui-ci hausse les épaules en inspectant les tiroirs.

— Pfff, j'sais pas. J'm'en fiche un peu. D'toute façon, tous les jobs sont tristes et déprimants.

Alex sent que c'est plutôt son ami qui est triste et

déprimé. Alex réalise qu'en trois ans, il ne connaît pas réellement Derek. Qu'en trois ans, le tempérament défensif et cachottier de ce dernier lui a empêché de voir plus loin que ses remarques sarcastiques et rigolotes. Alex tente de creuser plus loin pour se changer les idées.

— Tu dois avoir une passion, quelque chose qui te motive plus que certaines autres…

— C'est quoi, un interrogatoire ? l'interrompt Derek. Pour t'faire plaisir Poirot, oui y'a quelqu'chose, mais on peut changer de sujet, là ?

Ne trouvant pratiquement rien dans sa table de nuit à part deux livres et quelques bouchons d'oreilles (appartenaient-il au père de Lexi ?), Alex s'approche du grand meuble penderie en bois foncé. Avec le placard, ce sont les deux seuls endroits à fouiller. Derek regarde sous le lit et y trouve une boite.

— Bah ! Juste d'vieilles photos moches…, lance-t-il avant de la remettre à sa place.

Un déclic se fait entendre. Une clé dans une serrure. Panique. Alex, par réflexe, referme la porte de la chambre sans la claquer et éteint la lumière alors que la porte d'entrée s'ouvre sur la voix de Maureen.

— C'est vraiment comme ça que ça s'est passé ? Non ? Tu me racontes des salades…

Son rire résonne jusqu'aux oreilles d'Alex qui respire difficilement, le dos plaqué derrière la porte : ils n'ont pas fermé la fenêtre du salon. Dans la tête du jeune garçon, une multitude de questions se bousculent : Est-ce que Maureen s'en apercevra ? Qu'est-ce qu'elle fait ici ? Faudrait-il sortir par la fenêtre de la chambre ou se cacher sous le lit ? Dans la semi-pénombre, il voit son complice se mettre debout et, contrairement à lui, appuyer son oreille contre la porte. Alex lève les sourcils.

— Quoi ? Ça peut être intéressant.

— Shhh ! fait Alex en posant un doigt sur ses lèvres même s'il sait qu'il est peu probable que Maureen les entende. Elle parle si fort et le bruit de ses talons hauts leur indique qu'elle se dirige vers la cuisine.

Après un bref instant durant lequel Alex et Derek en apprirent plus qu'il ne le fallait sur les derniers potins en ville, Maureen raccroche enfin. Le bruit de ses souliers se dirige vers l'entrée et Alex espère qu'elle parte pour son rendez-vous au restaurant. S'il est réellement vrai. Au lieu de cela, Alex entend Maureen s'écrier :

— Lexi ! Sarah ! Vous êtes là, les filles ?

Aucun son ne provient de l'étage. Les pas de Maureen se font entendre dans le couloir et les jeunes garçons se tassent dans le coin derrière la porte au cas où elle s'ouvrirait. Ce qui ne se produit pas; Maureen est de retour dans la cuisine.

— Allô, c'est moi.

Derek se redresse subitement et vient recoller son oreille contre la porte. Cette fois, Alex, captivé, en fait de même. Pourquoi avoir vérifié la présence de ses filles si ce n'est pas en lien avec son secret ? Maureen agit de manière suspecte. Alex palpite d'excitation de découvrir enfin ce que cache Maureen. Par contre, ce qu'il apprend, dissimulé dans la chambre même de cette dernière, lui fait regretter amèrement d'être venu. Alors que la mère de sa meilleure amie referme à clé derrière elle, Alex et Derek retiennent encore leur souffle.

## Un petit jeu en attendant

Il y a de quoi de déprimant à attendre dans une pièce humide et sombre avec, pour seule lumière, des lampes de poche. Élisabeth joue avec la sienne, envoyant valser le cercle jaune de gauche à droite, des murs au plafond. Guillaume, à sa droite, est lui aussi adossé au mur. Il a posé sa lampe de poche sur le sol près de lui et s'amuse avec le sachet de gourmandises pour chats qu'ils ont retrouvé dans la pièce en faisant le ménage.

C'est le silence entre eux depuis un moment. Seul le bruit du sac et leurs respirations résonnent dans la pièce. Élisabeth a même fermé les yeux et s'est presque endormie.

Guillaume approche une croquette à son nez.

— Tu crois que ça goûte quoi cette chose ? C'est fait de quoi ? demande-t-il en remettant « la chose » dans son emballage.

— Je ne sais pas, mais ils en sont fous ! dit Élisabeth avec lassitude. Elle meurt d'ennui, elle qui a l'habitude de bouger. Elle doit s'occuper au moins l'esprit avant l'arrivée de Maureen, avant de devenir folle, et le sachet pour chats lui donne une idée.

— Tu veux jouer à un jeu ? propose-t-elle à Guillaume. Je te pose une question, tu peux, soit y répondre, soit manger une de ces choses.

— Beurk ! Tu es sérieuse là ? Ça sent le vieux poisson...

Élisabeth ricane.

— Tu n'auras qu'à répondre à mes questions alors... si tu es « game », le taquine-t-elle. Elle sait qu'avec seulement cette phrase, il acceptera de jouer.

Comme elle s'y en attendait, Guillaume dépose le sac de croquettes entre eux pour signaler le début du jeu.

— Je commence. Élisabeth réfléchit; elle a une question en tête mais ce serait trop fort pour commencer. Hmmm... Si tu avais le choix... et que tu n'aurais pas à changer d'école ou quoi que ce soit, préférais-tu vivre avec ton père ou bien avec ta mère ?

Question facile, dont elle croit même connaître la réponse, Guillaume ayant toujours été plus près de son père.

— Mon père, confirme-t-il. En plus, ce serait génial si je pouvais enfin adopter un animal, non ? Je pourrais peut-être même les adopter tous les trois : Gilbert, Mika et Molly !

Guillaume est tout excité. Élisabeth en serait contente pour lui, mais, pour l'instant, elle doit l'arrêter dans ses rêveries en lui demandant de lui poser une question.

— Je sais quelle question te poser. Guillaume n'a pas perdu son entrain. Le fait d'avoir un animal à lui le rend dingue, alors trois ! Je me suis toujours demandé : aimes-tu vraiment la gymnastique ?

Élisabeth, qui s'amuse toujours à jouer avec sa lampe de poche, la laisse retomber lentement au sol. Ces derniers temps, c'est plutôt un point qui la tourmente et elle ne sait pas quoi répondre.

— Au départ, oui. C'est moi qui ai demandé à m'inscrire, mais maintenant, je ne sais plus... Je ne sais pas comment expliquer... C'est comme quelque chose que tu aimes mais que, si tu le fais trop souvent, ça devient plus une obligation qu'un plaisir. Tu comprends ?

— Hmm, je crois...

Élisabeth ne peut pas voir le visage de son ami mais sent une hésitation dans sa voix.

— C'est comme regarder la télé, par exemple. On aime tous ça, mais si tu regardes la télé toute la journée, ça devient ennuyant.

— Ouais c'est vrai, vu comme ça...

Ils continuent ainsi un moment. Élisabeth se sent bien de pouvoir parler de ces petites choses qu'elle n'ose pas dire habituellement. Cela lui donne enfin le courage de poser la question qui lui brûle les lèvres depuis le début :

— Pourquoi cherches-tu tant à plaire à Derek ? Élisabeth sent son ami se raidir à ses côtés.

— Qu'est-ce que tu racontes ? La voix de Guillaume se fait dur.

— Je suis désolée Guillaume, c'était une question stupide ! Oublie ça, d'accord ? essaie de se rattraper Élisabeth. Mais au fond d'elle-même, elle sait qu'il est trop tard. La jeune fille se maudit intérieurement. Pourquoi est-elle si impulsive ? Elle doit apprendre à contrôler ses paroles, à réfléchir avant d'ouvrir la bouche, mais c'est plus fort qu'elle : elle dit tout ce qu'elle pense et regrette après coup. Son cerveau cherche désespérément une autre question à poser.

— Et toi, pourquoi cherches-tu tant à plaire à ton père ? La voix de Guillaume est plus douce et, dans le silence, Élisabeth réfléchit. Il n'a pas tort : ils cherchent tous les deux à impressionner quelqu'un.

La jeune fille n'a pas le temps d'ajouter quoi que ce soit : quelqu'un pénètre dans la Maison Jaune mais par la porte de derrière. Maureen ? Des murmures et plusieurs bruits de pas. Oui, c'est effectivement Maureen et elle n'est pas seule.

## Dilemme

— Je n'arrive pas à y croire ! Tu le crois toi ? s'exclame Alex à demi-voix. Il lance des regards autour de lui afin de s'assurer que personne n'ait entendu.

— Ce ne sont pas nos affaires ! répond sèchement

Derek sans se donner la peine de murmurer ni même de se retourner. Alex continue de rouler derrière lui et peine à le suivre. Il tente de pédaler un peu plus vite pour rejoindre son ami et être à sa hauteur pour discuter.

— Quand même ! C'est gros, non ?

— CE NE SONT PAS DE NOS AFFAIRES ! répète Derek en reprenant de la vitesse.

Alex se tait et retourne derrière Derek. Une tonne de scénarios se multiplie dans sa tête.

— Comment allons-nous avouer ça à Lexi ? se demande-t-il tout haut.

Devant lui, Derek s'arrête brusquement. Alex freine de toutes ses forces et sa roue avant vient heurter la roue arrière de Derek.

— On n'va rien dire à Lexi ! Alex reste sans mot, il ne bafouille qu'un « mais » inaudible. Ça ne nous r'garde pas et ça lui f'rait p'-être plus de mal que d'bien. Tu vas d'voir tenir ta langue pour une fois. Voyant l'expression surprise sur le visage d'Alex, Derek soupire et relâche ses épaules. Toute vérité n'est pas toujours bonne à s'voir, Alex ! Parfois, on est mieux d'ignorer certaines choses. A plus...

Sans autres explications, Derek remonte sur son vélo et s'éloigne. Alex ne comprend pas cette attitude. Pourquoi se cacher des choses ? Selon lui, ce n'est pas bon de garder des secrets; tôt ou tard, ils finissent toujours par te rebondir à la figure.

# Que fait-on ?

La porte de la Maison Jaune claque et une clé joue dans la serrure. Alors qu'à l'extérieur, des vibrations de voix inaudibles se font encore entendre, à l'intérieur de la pièce cachée, c'est le silence total. Élisabeth se tourne vers le mur froid et y dépose son front brûlant. Ses joues et ses oreilles doivent aussi avoir pris une couleur rouge tomate. Guillaume souffle bruyamment à côté d'elle.

— Pfff...Whooaa...Ça va Lizzy ?

Élisabeth accueille la froideur du mur de béton contre sa peau avec bonheur et soupir. Ses pensées vont dans tous les sens sans pouvoir s'arrêter. Elle se remémore certains moments avec Maureen en se questionnant sur ce qu'elle aurait pu voir.

— Je ne sais pas... murmure-t-telle tandis que son pied gauche donne de petits coups contre le mur.

— Je ne m'attendais pas à quelque chose de ce genre non plus ! La voix de Guillaume est calme et rassurante. Leur embrouille de tout à l'heure est passée en second plan.

— Ça va... répond Élisabeth en se tournant vers lui. Après tout, elle a le droit d'aimer qui elle veut, non ?

— Tu es sûre que ça va aller ? Enfin de s'en assurer, Guillaume lui envoie la lampe de poche dans les yeux. Élisabeth se met instinctivement une main dans le visage. Oups, désolé !

Guillaume abaisse la lumière, s'agenouille et ouvre

la petite pochette avant de son sac à dos. Il sort son téléphone portable.

— On devrait écrire à Lexi que Maureen vient de partir. Ou on lui dit de rentrer car on a déjà découvert son secret ?

— Non, n'écris pas ça ! Lexi n'acceptera jamais la vérité !

— Tu n'as pas l'intention de lui dire ? Voyons Lizzy, c'est gros ! Elle le saura tôt ou tard et nous en voudra d'avoir rien dit.

— Je ne sais pas Guillaume... Élisabeth se prend les cheveux et se laisse glisser au sol. Je ne sais pas...

Pendant que la jeune fille se met la tête entre les genoux, Guillaume envoie seulement le message que Maureen vient de quitter la Maison Jaune, sans plus de détails.

## Réunion chez Élisabeth

Alex arrive avec seulement deux minutes de retard pour la réunion chez Élisabeth. Alors qu'il marche derrière Lexi, il ignore encore s'il doit tenir sa langue ou laisser éclater la vérité. Il n'avait pas envisagé que ce soit elle qui vienne lui ouvrir la porte et avait eu un petit mouvement de recul en la voyant, mais elle ne semblait pas l'avoir remarqué. Elle scrutait plutôt son visage à la recherche d'un indice d'une quelconque découverte mais n'y trouva qu'une expression de surprise. Alex culpabilise : il avait presque espéré qu'elle crie ou qu'elle pleure, preuve qu'elle aussi avait découvert le secret de sa mère. Devant l'attitude calme de Lexi, il comprend alors qu'elle n'a rien trouvé de son côté et qu'elle espère que les autres auront découvert quelque chose.

À l'instant même où il pénètre dans la chambre d'Élisabeth, le jeune adolescent glisse un regard interrogateur à Derek qui, installé sur la chaise de bureau couleur rouge cerise de son amie et jouant avec un petit bout de peinture qui dépasse, lui fait un mouvement de tête négatif, presque imperceptible. Il n'a toujours pas changé d'avis. Alex a subitement chaud. Voyant Lexi faire les cents pas devant le lit d'Élisabeth, il se fige sur place. Il ignore où se mettre pour devenir invisible pour elle.

La chambre d'Élisabeth est presque à l'opposé de celle de Lexi. Alors que la chambre de cette dernière n'a qu'une seule teinte principale, le rose, celle d'Élisabeth est multicolore. Comme si la personne en charge n'avait pu choisir entre toutes ses couleurs laquelle elle préférait. Aux murs verts, on a ajouté des bulles de couleurs variées. Avec le lit à rayures rose, vert, jaune et blanc et les ballons de papiers lanterne, aux couleurs des drapeaux des divers pays du monde, la pièce a de quoi faire mal aux yeux.

— Il manque encore Sarah, dit Lexi en fixant le sol. Elle aimerait être présente. Elle relève subitement la tête. Alex, ça va ?

Alex réalise qu'il est encore immobile sur le pas de la porte.

— P'quoi tu reste planté là ? lance Derek. Il reste le pouf d'libre là-bas.

Alex saisit l'occasion pour sortir de son malaise et se diriger vers ladite chose. Habituellement, lors des rencontres chez Élisabeth, c'est Markus qui s'y installe, mais il n'est pas là. Alex déteste être assis là-dessus mais encore plus la position dans laquelle il se trouve : directement en face le Lexi. Alex déglutit sans trop faire de bruit. Derek le regarde intensivement à sa droite, derrière la jeune fille. Le pouf étant très vieux, Alex a l'impression d'être assis à même le sol et que tout le monde est plus grand que lui. Il est à la hauteur des genoux d'Élisabeth et Guillaume qui sont assis sur le lit.

— C'est ridicule, p'quoi on ne commence pas là ? Si y'a quelqu'un qui a de quoi à dire, ben qu'il le dise et c'est fini, propose Derek.

Lexi continue de faire les cent pas, comme si elle n'avait pas entendu, et lève les yeux vers Alex. Dans la chambre, c'est le silence qui retombe. Personne ne fait diversion au grand désespoir d'Alex qui soutient de peine et de misère le regard de Lexi. Il connaît bien son amie pour savoir qu'elle est anxieuse. Le connaît-elle assez bien pour savoir qu'il lui cache quelque chose ? Il se gratte le coude et tourne la tête.

Ses yeux se posent alors sur un des ballons lanterne, celui de l'Espagne. Il se souvient alors que la mère d'Élisabeth est souvent en voyage. Ces ballons sont un des cadeaux qu'elle rapporte à sa fille. Alex observe le tableau derrière eux. Un assemblage de photos mère-fille entouré d'une longue guirlande de petites lumières jaunes. Il a rarement l'occasion de venir chez Élisabeth, mais il réalise que sa mère doit énormément lui manquer pour qu'elle lui fasse un si grand éloge.

Le jeune garçon lance un regard vers Élisabeth qui reste silencieuse. Il sent encore les yeux de Lexi posés sur lui mais n'ose pas vérifier si c'est vraiment le cas. Quoi qu'en pense Derek, il sait qu'il sera incapable de tenir sa langue bien longtemps. Le compte à rebours est déjà commencé.

## Arrivée de Sarah

Quelqu'un sonne et Lexi s'élance hors de la chambre. Élisabeth se mord la langue. Elle ne doit pas parler. À voir le visage de ses amis, personne ne semble avoir découvert quoi que ce soit. À l'exception peut-être de Sarah qui entre dans la maison en criant après que Lexi lui ait ouvert la porte.

— JE N'ARRIVE PAS À Y CROIRE ! JE LA DÉTESTE !

Élisabeth se lève et se précipite vers l'entrée. Étant plus près de la porte de sa chambre, elle arrive la première pour assister à la scène. Elle s'arrête à quelques mètres de Sarah et les autres font de même derrière elle. Sarah, hystérique et en larmes, laisse tomber son sac et s'effondre au sol. Lexi s'agenouille près d'elle et tente de comprendre ce que lui dit Sarah qui pleurniche et halète entre deux crises de sanglots.

Élisabeth se sent impuissante face à cette situation. Son cœur se fend en deux pour Sarah mais aussi pour

Lexi. Comment réagira-t-elle ? Elle comprend très bien que la nouvelle est difficile à digérer, et elle aurait été prête à garder le secret pour éviter cette douleur autant pour l'une que pour l'autre. Élisabeth échange un regard avec Guillaume qui pince les lèvres.

Élisabeth avance doucement vers les deux filles au sol en se tordant les mains. Sarah tente de reprendre son souffle et, voyant Élisabeth avancer, elle se relève, prend son sac et le bras de Lexi. Toutes les deux s'en vont à l'extérieur.

— Eh merde, murmure Derek.

Élisabeth le questionne du regard. Est-il aussi au courant ? Derek ne semble pas s'être aperçu qu'il a parlé de vive voix et s'approche de la fenêtre du salon qui donne vers l'extérieur. Élisabeth le suit.

Sarah gesticule dans tous les sens. Elle pointe son cellulaire d'un doigt rageur avant de pianoter à toute vitesse sur le clavier. Quand elle tend enfin l'appareil vers Lexi, Élisabeth aperçoit une photo sur l'écran mais n'arrive pas à voir de quoi il s'agit dû à la distance. Elle ne rate toutefois pas l'expression d'épouvante qui apparaît sur le visage de Lexi. Celle-ci recule d'un pas, secoue plusieurs fois la tête et son nez prend un couleur rougeâtre, ce qui signifie qu'elle va pleurer. Mais Lexi n'en fait rien. Elle se contente d'inspirer longuement mais cela ne fonctionne pas. Sarah frappe le sol du pied avant de s'accroupir à nouveau, alors que Lexi revient vers la maison.

— ... vas où ? demande Sarah, sa voix maintenant audible par l'arrivée de Lexi dans la maison.

Mais Lexi ne répond pas. Elle se dirige droit vers la chambre. Élisabeth profite de l'occasion pour se lancer derrière elle. Elle aimerait que son amie lui dise ce qu'elle sait pour qu'elle puisse faire comme si elle venait également de l'apprendre. Elle aimerait calmer sa rage avant que la situation ne s'envenime.

— Qu'est-ce qu'il y a Lexi ? Dis-moi.

Lexi reste de glace. Elle se contente de récupérer son sac et, alors qu'Élisabeth n'est encore que sur le pas de la porte de sa chambre, elle en sort. Lexi lance son sac sur son épaule et s'éloigne sans un mot, Élisabeth sur les talons. Elle enfile ses chaussures sans même les attacher.

— Lexi, attends..., tente Élisabeth.

Dehors, Lexi marche devant Sarah pour récupérer son vélo posé dans l'herbe devant la maison. Sarah se lève et la suit.

— Attends, on y va ensemble. Sarah essuie les larmes qui lui coulent des yeux et suit sa cadette.

Élisabeth ne peut se retenir. Sans chaussure, elle court vers sa propre bicyclette et commence à pédaler derrière les filles. Elle angoisse. Elle a rarement vu Lexi dans une telle colère. Habituellement, elle parle. Quand elle est triste, elle pleurniche. Quand elle est déçue, elle ronchonne. Quand elle est mal-à-l'aise, elle bafouille. D'ordinaire, quand elle est en colère, elle hurle. La seule fois où elle est restée muette, c'était il y a deux ans, quand elle a appris le décès de sa grand-mère. Cette dernière attendait sa visite à l'hôpital, mais quand Maureen, Sarah et Lexi étaient arrivées sur place, elle avait déjà quitté ce monde. C'est Maureen qui avait contacté le « Club des Braves » pour qu'ils viennent tous rendre visite à Lexi. Elle s'inquiétait pour sa fille qui n'avait pas dit un mot depuis l'après-midi. Quand Élisabeth avait enfin réussi à entrer dans sa chambre avec les autres, le sol était jonché de débris de toutes sortes.

— C'est tout ce qu'elle m'a donné ! avait été ses premiers mots. Je n'arrive pas à croire qu'elle n'ait pas attendu pour me dire « au revoir ». Puis, après un instant de silence dans lequel tous regardaient les fragments éparpillés au sol, pouvez-vous m'aider à les recoller ?

— Arrêtez-vous ! Il faut qu'on parle ! crie Élisabeth sans ralentir. Cette situation est la même que pour celle de sa grand-mère. Elle est dans une telle colère qu'elle dira ou fera des choses qu'elle regrettera par la suite. Il faut qu'elle se calme avant d'arriver chez elle. Pour cela, Élisabeth doit la rattraper, ce qui n'est pas chose facile.

— Il n'y a rien à faire quand elle est comme ça, lance Alex. Élisabeth prend enfin compte qu'il est à côté d'elle. Il est le seul, les autres ne sont pas là. Il faut juste espérer que la tempête ne fera pas trop de dégâts.

C'est bizarre, même s'il avance très vite, il ne semble pas aussi paniqué qu'elle. Il est moins crispé que tout à l'heure et, au son de sa voix, on dirait même qu'il est soulagé. Élisabeth aimerait bien le questionner sur ce qu'ils ont vu, lui et Derek, mais elle n'a pas le temps : ils tournent bientôt sur la rue de la maison de Lexi.

# Querelle avec Maureen

Alex et Élisabeth arrivent à destination à quelques secondes près derrière Lexi et Sarah. S'il se sent libéré d'un lourd poids, Alex ne tarde pas à avoir un nœud dans la gorge en apercevant Maureen sortir de son véhicule dans son élégant tailleur. Elle leur sourit tout en claquant la portière mais sa joie est de courte durée. Lorsqu'elle aperçoit ses filles et l'état dans lequel elles se trouvent, un soupçon d'inquiétude la gagne.

— Que se passe-t-il ? Lexi, Sarah, tout va bien ?

Lexi laisse tomber son vélo derrière la voiture de sa mère et la dévisage rageusement. Sarah, quant à elle, s'arrête aux côtés de Lexi et éclate de nouveau en sanglots.

— Pourquoi... ? est tout ce qu'elle peut dire.

Maureen examine ses filles, une après l'autre alors qu'Alex s'immobilise à l'entrée de la propriété. Il n'ose pas entrer dans la zone de guerre. Élisabeth, elle, y met les deux pieds. Elle va se planter entre Maureen et Lexi.

— Lexi, Sarah, on peut parler deux secondes ? En privé ?

Le regard assassin de Lexi passe alors de sa mère à son amie et semble s'enflammer davantage avant de s'embuer de larmes.

— Quoi ? Tu le savais ? s'étonne Sarah. Tu savais et tu ne lui as rien dit ? Elle fait un mouvement de tête vers Lexi.

— Tu vois dans quel état elle est, rétorque Élisabeth.

— Et dans quel état je suis ?

Lexi a enfin ouvert la bouche, ce qui est un bon début. Ou pas...

— Tu le savais et tu n'as rien dit ! Je croyais que tu étais mon amie !

— J'allais te le dire, ment Élisabeth, je cherchais juste comment.

— Pff ! Tu la protèges tout le temps. Pour toi, c'est Miss Perfection !

Lexi pousse Élisabeth avec force qui, prise de court, bascule sur Maureen. Pour se défendre, Élisabeth agrippe les cheveux de Lexi.

— Aïe !

Maureen tente d'arrêter la bagarre mais les deux filles ne cessent de donner des coups.

— Ce n'est pas ma faute à moi si tu n'as PRATIQUEMENT PAS DE MÈRE ! Lexi est rouge de colère.

— MAUREEN A LE DROIT D'AIMER QUI ELLE VEUT : HOMME OU FEMME ! hurle Élisabeth.

Lexi s'arrête subitement et fixe méchamment Élisabeth. Ceci vient de confirmer qu'effectivement elle savait.

— Je te déteste...

Maureen finit enfin par les éloigner l'une de l'autre, les tenant chacune par un bras.

— Ça suffit toutes les deux ! Elle les regarde tour à tour, le souffle saccadé et, pendant un court instant, elle cherche ses mots. Ça ne sert à rien de...

Maureen n'a pas le temps de finir sa phrase. Sarah en larmes, le rouge aux joues, se met à lui donner des coups de sac à dos. Maureen lâche Lexi et Élisabeth et tente de lui prendre l'objet des mains.

— On se calme, jeune fille ! Maureen réussit enfin à empoigner le sac et le tenir à bout de bras éloigné de sa fille aînée qui tourne subitement les talons. Je ne vous ai pas élevé à donner des coups...

Après quelques pas, folle de rage, Sarah revient à la charge. Prête au combat, elle se plante solidement devant Maureen qui a un mouvement de recul imperceptible.

— Depuis combien de temps ça dure, maman ?

Maureen regarde Sarah, puis Lexi et Élisabeth et ne sait quoi dire. Après un moment, elle soupire et ses épaules s'affaissent.

— J'allais vous en parler bientôt...

Les yeux plein de larmes, Sarah continue son interrogatoire glacial.

— Tu comptais nous le dire quand exactement ? Maureen tourne la tête dans tous les sens, consciente de la scène qui se joue devant les voisins. Elle tente de calmer Sarah en la prenant par les épaules mais celle-ci se dégage d'un rapide mouvement de bras. QUAND ?

Silence. Alex reste sur place, médusé. Autour, les gens s'arrêtent pour regarder. Il aurait préféré ne pas être mêlé à tout cela et rester dans l'ignorance. Les mots de Derek résonnent alors dans sa tête et il a raison. Parfois, on est mieux d'ignorer certaines choses...

## Accalmie après la tempête

Le cœur d'Élisabeth se serre à l'idée de penser que Lexi la déteste. Il aurait été préférable de suivre l'idée de Guillaume et tout lui révéler tout de suite. La situation aurait sûrement été moins désastreuse. Élisabeth ne peut s'empêcher d'observer Maureen. Elle qui, quelques jours avant, était aux anges dans ses nouveaux vêtements, semble maintenant sur le point de perdre la bataille. Habituellement, Maureen ne perd jamais la bataille.

Maureen dépose alors le sac à dos de sa fille au sol près de son sac à main. Elle inspire un grand coup en fermant les yeux et envoie ses cheveux vers l'arrière. Quand elle les ouvre enfin, elle semble avoir regagné de son assurance.

— D'accord jeunes filles, je vais tout vous expliquer, dit-elle calmement. On va d'abord s'asseoir, pas de cris, pas de coups, sans s'énerver, à la cuisine. Je nous fais des chocolats chauds et on discute de tout ça, OK ? À son ton, cela est plus une obligation qu'une question.

Mais les amis doivent partir.

Élisabeth fait alors un pas vers Maureen. Celle-ci, fidèle à elle-même, lui fait un beau sourire et lui murmure un « désolée » du bout des lèvres avant de se diriger vers l'intérieur de la maison. La jeune fille aimerait tant se réfugier dans ses bras mais redoute la réaction de Lexi face à la situation.

Elle regagne son vélo, la tête baissée, dans le silence inconfortable. Après la tempête, il y a toujours une accalmie, et ce moment est arrivé. Lexi et Sarah récupèrent leurs sacs sans un mot, même si leurs yeux lancent toujours des éclairs. Un de ceux-ci est dirigé froidement vers Élisabeth lorsque Lexi tourne la tête vers elle.

Élisabeth s'en trouve gênée. Elle aimerait tellement faire comprendre à son amie que la raison de sa colère s'atténuera avec le temps. Que la vérité n'est pas si grave. Il faut juste un peu de temps et tout ira bien. Elle souhaitait seulement la protéger.

## En route vers la maison d'Élisabeth

Alex pédale tout près d'Élisabeth. Si, tout à l'heure, ils roulaient à une vitesse folle, maintenant, c'est tout le contraire. Alex ne sait quoi dire mais tente quelque chose.

— Elle te pardonnera. Élisabeth tourne lentement la tête vers lui, une expression triste sur le visage. Elle a les cheveux en bataille et une petite trace de sang a séché dans l'un de ses épais sourcils qu'elle déteste tant.

Peut-être pas tout de suite, mais elle te pardonnera... un jour.

Élisabeth se concentre à nouveau devant elle. Alex a l'impression d'avoir les jambes en plomb. Il retournerait bien chez lui directement mais il doit reprendre son sac à dos avec tout son matériel de détective chez Élisabeth.

— Comment vous l'avez su, Derek et toi ?

— Euh, une conversation téléphonique.

Gêné, Alex omet de préciser la fouille secrète de la chambre de Maureen. Il aimerait effacer ce chapitre de sa mémoire. Il regrette avoir suivi Derek. Par chance, Élisabeth, déprimée, ne pose pas plus de question.

— Ce n'est pas juste; Lexi est fâchée contre moi alors que nous étions tous au courant.

Alex reste muet. Élisabeth a raison.

— Si tu veux, je lui en glisserai un mot. Alex donne quelques coups de pédales et se laisse porter. Quand elle se sera calmée un peu.

— Non, Élisabeth traîne derrière. De toute façon, c'est à moi qu'elle en aurait voulu le plus.

— Pourquoi ?

Alex fait un léger rond pour lui permettre de le rattraper. Élisabeth dégage une mèche de ses longs cheveux de son visage.

— Parce qu'il s'agit de Maureen.

C'est bizarre mais vrai : Lexi déteste le fait qu'Élisabeth adore sa mère. Lui aussi l'aime bien mais le cache un peu plus pour ne pas blesser Lexi.

— Tu as raison.

Ils continuèrent de rouler en silence jusqu'à la maison d'Élisabeth.


## Sanglots et colère

Après le départ de ses amis, Élisabeth s'écroule sur son lit et cogne de toutes ses forces. Les oreillers, le matelas, les couvertures; tout est battu. Des larmes dégoulinent sur son visage mais elle ne prend pas la peine de les essuyer. Elle constate qu'elle a les chaussettes tachées d'herbe et de terre. Elle les retire et elles tombent au sol. Il ne manquerait plus que son père la réprimande aussi, lui et son obsession du ménage.

Elle aimerait tant que sa mère soit avec elle, mais, comme d'habitude, elle n'est pas là. Elle n'est jamais là et Élisabeth lui en veut. Lexi a une mère pour sécher ses larmes et, au lieu d'en profiter, elle l'ignore et lui parle bêtement. Maureen est gentille. Élisabeth ne comprend pas le comportement de Lexi. Ni Sarah d'ailleurs. Pourquoi en vouloir à leur mère alors que c'est leur père qui est parti ? Maureen n'y est pour rien et elle fait de son mieux. Elle a le droit d'être heureuse.

Élisabeth se tourne sur le dos et tente de reprendre une respiration normale. Elle essuie enfin son visage avec un oreiller qu'elle serre ensuite contre elle en fixant le plafond. Comment réagirait-elle si elle apprenait que sa mère aime une femme ? Les larmes coulent de plus belle; maintenant Maureen saura qu'elle a participé à l'espionnage. Elle ne voudra plus jamais d'elle à la maison et ne lui adressera plus jamais la parole.

Élisabeth éclate en gros sanglots et se recroqueville sur son lit. Quand elle ouvre les yeux, elle aperçoit les lanternes et les photos d'elle et de sa mère collées à même le mur. Des polaroïds. Élisabeth avait reçu l'appareil il y a trois ans à Noël. Elle n'avait pas arrêté de l'utiliser durant une année entière. Elle revoit la première photo qu'elle a prise. Un genre de selfie mal cadré montrant la moitié de son visage d'enfant et sa mère, en arrière-plan, qui rit aux éclats avec sa tasse de café. Ses yeux sont cernés et ses cheveux en bataille; elle était revenue la veille et se plaignait du décalage horaire. Malgré tout, cette photo reste la préférée d'Élisabeth car, malgré la fatigue, sa mère était si heureuse d'être avec eux.

Puis, il y a celle sur laquelle mère et fille sont enlacées sur le vieux divan dans les mêmes habits, une en train de patiner sur le lac derrière tante Jojo et celle dans le port avant l'un des nombreux départs de Lauren. Sa mère y est resplendissante et joyeuse dans son uniforme de travail, un bras autour des épaules d'Élisabeth, son visage tourné vers l'objectif. Élisabeth, quant à elle, sourit en regardant sa mère. C'est son père qui avait pris cette photo et Élisabeth se souvient de l'immense tristesse qui l'habitait ce jour-là. Elle ne voulait pas qu'elle parte. Elle s'en souvient très clairement. Au moment du déclic, elle priait intérieurement sa mère de repartir avec eux, de réaliser que sa place était à leurs côtés, mais elle était partie, comme à chaque fois.

Élisabeth se lève, arrache différentes photos au hasard puis, horrifiée par son geste impulsif, relâche tout sur le sol et se précipite au garagym pour se défouler un peu.

## Nouvelles de Lexi

Alex tente pour la troisième fois de lire le même paragraphe. Ça ne sert à rien : il n'arrive pas à se concentrer. Il a envoyé quatre textos à Lexi mais elle ne répond toujours pas. Il ne sait pas quoi faire de plus. Sans compter que le grattage de guitare de son frère, même s'il a du talent, rend toute chose pénible.

Il prend alors le livre qu'il tentait de lire et se dirige vers la chambre de Max. La porte est entrebâillée et Alex voit son frère, assis à même le sol à côté de son lit, en train d'enchaîner les accords. Max lève la tête en le voyant approcher.

— Tiens, je devais te le rendre. J'avais oublié. Alex tend le livre à Max, celui que Marguerite lui avait confié.

— Tu peux le déposer là. D'un bref mouvement du menton, Max pointe un endroit derrière Alex, puis baisse la tête sur sa guitare.

Alex reste un moment le bras tendu puis regarde autour de lui. Il y a tellement de choses qui y traînent qu'il ignore l'endroit où Max aimerait mettre un livre. Il dépose finalement le roman sur la première chose qu'il voit : une pile de vêtements noirs sur le coin du bureau. Il ignore s'ils sont propres ou non et préfère ne pas poser la question. La chambre de Max a toujours été un capharnaüm et le sujet principal des disputes perpétuelles entre sa mère et son frère.

Alex s'apprête à repartir.

— Y'a de quoi qui ne va pas ? Max relève la tête vers Alex d'un air interrogateur. Tu semblais bizarre au souper.

Alex reste un moment silencieux.

— C'est Lexi, avoue-t-il dans un soupir. Elle a des problèmes avec sa mère et j'attends des nouvelles.

— Oh, OK ! Désolé. J'espère que ça s'arrangera.

Alex fait demi-tour.

— En passant, Max glisse une main dans ses cheveux courts. On a vu Marguerite à l'épicerie hier. Elle semblait en pleine forme et heureuse de pouvoir faire ses courses elle-même après si longtemps. C'est fou, non ?

Max le scrute de ses yeux noirs. Alex a l'impression qu'il sait que le « Club des Braves » est en lien avec tout cela mais Alex ne dit rien, se contentant de sourire. Il est heureux pour Marguerite.

— Je suis content pour elle, continue Max. Il semblerait que les effets secondaires ne soient plus aussi intenses qu'avant. Elle l'ignorait puisqu'elle était nerveuse à l'idée de sortir. C'était une bonne chose que Buster s'échappe au final.

Max lui sourit.

— Merci pour le livre.

Alex hoche la tête et son frère recommence à gratter son instrument. Alex a de la difficulté à le cerner. Comment peut-il à la fois avoir un percing, jouer de la guitare et s'intéresser à un vieux livre qui raconte la vie d'une jeune femme du siècle passé ? La dernière fois qu'Alex avait vu son frère lire c'était dans sa période Harry Potter. Il dévorait les livres de JK Rowling à la vitesse de l'éclair et, après à peine 3 mois, cette période de sa vie s'était brusquement terminée. C'est même Alex qui avait hérité de la cape de sorcier noir décorée des lettres HP à Noël de cette année-là.

Sa mère dit que Max est en crise d'adolescence, qu'il a parfois besoin de se rebeller pour découvrir qui il est, se créer une identité. Alex ignore ce que cela veut dire. Il sait qui il est, mais, selon ses parents, il passera aussi par-là. Alors qu'il retourne sur ses pas, Alex se questionne à savoir à quoi ressemblera sa crise d'adolescence personnelle. Il espère ne pas avoir envie d'un tatouage ou se teindre les cheveux en vert. Quelles drôles d'idées ! Il se demande comment sera celle de Lexi. Est-elle déjà en crise d'adolescence ? À peine est-il entré dans sa chambre qu'il reçoit un message de sa part.

*Chez Derek pour la nuit. Besoin de réfléchir. À demain.*

Un simple texto qui ne dit pas grand chose. Pourquoi est-elle chez Derek plutôt que chez lui ? Il est beaucoup plus proche d'elle que Derek. Est-elle fâchée contre lui ? Alex pense à lui poser la question mais s'abstient. Il fixe le « à demain » en fin de phrase et comprend qu'il ne doit pas répondre. Il devra patienter jusqu'au lendemain avant de savoir quoi que ce soit d'autre. Il pose son cellulaire sur la petite tablette près de son lit et décide de regarder un film mettant en vedette Hercule Poirot.

# LA RÉVOLTE DE LEXI

# LA RÉVOLTE DE LEXI

## Réveil chez Derek

Lexi ne regrette pas d'avoir suivi Derek. Emmitouflée dans les couvertures chaudes du lit de William, elle se dit qu'elle n'aurait pas aussi bien dormi à la Maison Jaune. La veille au soir, la jeune fille a pensé aller y dormir, question de faire paniquer Maureen toute la nuit, mais elle a croisé Derek qui venait vers elle en sens inverse. C'était bien le dernier de la bande qu'elle souhaitait voir à ce moment-là. Elle avait boudé Maureen ainsi que le *« Club des Braves »* toute la semaine, Alex lui ayant révélé qu'ils étaient tous en courant et qu'elle ne devait pas n'en vouloir qu'à Élisabeth. Qu'ils souhaitaient tous son bien. Ce qui n'empêche pas la jeune fille d'être en colère.

Derek s'est arrêté devant elle, l'obligeant à s'immobiliser à son tour. Il ne souriait pas contrairement à ce à quoi Lexi s'attendait. Il y a eu un silence gêné entre eux; Lexi se demandant ce qu'il faisait là.

— Désolé, lui dit-il. C'est nul !

Lexi a senti les larmes lui monter aux yeux dans la demi-pénombre de fin de soirée. Même Derek ne trouvait pas attrait à rire ou à faire une blague de mauvais goût. La mine grave, il l'a regardée et a tenté un petit sourire en coin.

— J'avoue qu'celle-là, j'm'y attendais pas !

Lexi a poussé un soupir. La seule fois où Derek a semblé ébranlé par quelque chose, c'est quand il a appris le dérapage en scooter de son frère. Il a alors été plusieurs jours sans faire le moindre commentaire sarcastique sur quoi que ce soit.

— Je dois y aller, lui dit-elle, la voix tremblante.

— Tu vas où ?, l'a-t-il questionnée en tournant habilement son vélo dans sa direction sans la suivre alors qu'elle passait tout près de lui. Chez Alex ? Il avait définitivement retrouvé son aplomb habituel. T'sais que c'est l'premier chez qui elle ira chercher.

— Je ne vais pas chez Alex, a-t-elle répliqué, amusée et fière, au haussant la voix sans se retourner. Elle avançait droit devant elle. Sa décision était prise : elle passerait une nuit dans le noir angoissant et dévorant de la Maison Jaune.

— J'ai une proposition. Derek était de nouveau devant elle à lui barrer la route.

— Pousse-toi ! lui a-t-elle balancé avant de tenter de le contourner sans succès. Il lui entravait toujours le chemin.

— C'est comme t'veux. Mais j'peux facilement lui dire où tu s'ra.

— Tu ne sais même pas où je vais. Allez, pousse-toi ! La jeune fille a alors donné un coup de pédale assez fort qui lui permit de s'échapper.

C'est alors qu'elle a entendu Derek, avec une voix haut perchée, dire à une fausse Maureen que sa fille se trouvait à la Maison Jaune. Surprise, Lexi s'est immobilisée pour se tourner vers lui en plissant les yeux.

— Tu n'oserais pas.

— Non, c'est vrai, a-t-il plaisanté en la rejoignant et en se tenant debout sur ses pédales malgré le manque de vitesse. Lexi, silencieuse, le menaçait du regard. Ça m'obligerait à tout lui dire pour la cachette. Mais chez moi, y'a un lit vide. Et d'jeux vidéo. C'est toi qui vois.

Lexi repose son pied sur la pédale et s'apprête à partir.

— Hey Maureen ! a continué Derek très fort cette fois. Par ici !

Lexi s'est lancée sur Derek pour lui plaquer la main sur la bouche.

— OK ! OK ! a-t-elle capitulé. Arrête ! Arrête !... J'accepte. Tu es content ?

Comme réponse, celui-ci a fait un clin d'oeil. Lexi l'a relâché et l'a suivi à contrecœur jusque chez lui.

Des bruits lui proviennent de la cuisine. On bouge des chaises, il y a des tintements d'assiettes et d'ustensiles. Quelques vibrations de voix mais très peu. Lexi n'ose pas bouger du lit, même si elle doit aller à la toilette. Elle repose la tête sur l'oreiller et fixe le plafond. William a affiché ses posters jusqu'au-dessus du lit. Lexi plante ses yeux dans ceux d'un guitariste aux cheveux longs qui lui tire la langue. Elle tire la sienne en retour avant de sortir de sous les couvertures et d'aventurer une oreille discrète entre la porte entrebâillée.

Une délicieuse odeur de bacon lui vient aux narines et l'eau lui monte à la bouche. Elle n'a rien mangé depuis les croustilles de la veille. La jeune fille, affamée, s'adosse au mur de la chambre près de la porte et ferme les yeux. Elle s'imagine chez elle et que les parents de Derek sont en fait Maureen et son père. Elle ne se souvient pas beaucoup de lui. D'aussi loin qu'elle se souvienne, son père n'est qu'un homme sur quelques photos de famille. Maureen et lui auraient-ils été comme ce couple qui ne se parle pas ou aurait-elle été témoin de leur complicité, de leurs rires et de leurs baisers de départ ? Les aurait-elle taquinés en disant que c'est dégueulasse de s'embrasser ? Peut-être.

La chambre de Derek se trouve juste en face, en diagonale sur la droite. Lexi tourne la tête de côté et voit que la porte est toujours fermée. Les parents mangent tranquillement à la cuisine sans leur fils. Peut-être que, comme Maureen, ils garderont une assiette pour Derek.

Lexi se demande s'il est encore fâché contre elle ou s'il fait semblant de lui avoir pardonné pour ne pas lui causer plus de peine. Elle n'aurait pas dû fouiller dans ses affaires. Elle ignore pourquoi elle a fait cela. En arrivant chez lui la veille, Derek lui a dit de patienter près de la fenêtre du sous-sol le temps qu'il entre par devant. Ses parents n'étaient pas allés à l'hôpital et, comme Lexi préférait que sa présence reste secrète au cas où Maureen leur téléphonait, c'était la seule façon d'entrer. Ayant froid et sachant laquelle des fenêtres donne sur la chambre de Derek, Lexi a fait glisser elle-même la vitre et s'est faufilée à l'intérieur.

Profitant de l'absence de son ami, Lexi a exploré les lieux du regard. Ils ne sont que rarement venu ici. Peut-être une fois, il y a bien longtemps. Tout semblait si bien rangé, rien ne traînait. Ce n'était pas du tout comme dans son souvenir. Avant, il y avait des papiers, des carnets à dessins et des bandes dessinées partout dans cette pièce. Lexi se souvient que Derek a un certain talent en dessin. C'est le meilleur de la classe. Tout en se demandant s'il dessine toujours, la jeune fille a alors glissé son index sur le long bureau derrière elle, celui sous la fenêtre qui l'a aidée à descendre dans la pièce. Un bout de papier sortait de l'un des tiroirs sur lequel on pouvait y voir un début de main brouillonnée. Curieuse, Lexi a posé sa main sur la poignée du tiroir et l'a ouvert. Sous le faible éclairage de la lune, elle n'a pu voir qu'un amas de feuilles empilées sous un épais cartable vert, avant que la lumière n'illumine la chambre. Lexi a subitement claqué le tiroir sous le regard accusateur de Derek, alors que de l'étage leur parvenait une forte musique de film d'action.

— C'est pour ça qu'veux pas vous v'nez, vous n'faites

que fouiner. Le débit de Derek était rapide, sa respiration saccadée alors qu'il descendait l'escalier. Lexi a reculé sans s'en apercevoir. J't'avais dit d'm'attendre.

— Désolée, a-t-elle murmuré, je n'aurais pas dû...

Alors que Derek repoussait un bout de papier qui dépassait du même tiroir pour le remettre à l'intérieur, Lexi a réalisé qu'elle mentait : elle n'était pas du tout désolée. Elle trouvait bizarre cette chambre parfaitement rangée alors que d'ordinaire, Derek est tout sauf ordonné.

— Qu'est-ce que tu caches ?

— J'cache rien. J'aime pas qu'on fouille dans m'choses. Derek s'est tourné vers Lexi, une cannette de Pepsi à la main et en a bu une gorgée. C'est l'bordel là-d'dans et tu n'veux pas voir l'placard, a-t-il rigolé en tournant la tête vers la porte sur sa gauche puis vers Lexi avec une grimace.

— D'accord, Lexi a croisé les bras sur sa poitrine et a relevé le menton. Tu l'as su comment pour ma mère ?

Derek a commencé à taper du pied et s'est adossé au bureau derrière lui.

— Qu'est c'que ça change ? Lexi a froncé les sourcils et Derek a haussé les épaules. J'ai pas menti; c'est toi qu'voulait attendre Sarah, non ? T'veux en parler ?

Lexi, sans argument, a baissé les bras. Derek a eu un petit sourire en coin.

— T'as quoi dans t'sac ? a-t-il dit en pointant du menton le sac à dos de Lexi.

Lexi, heureuse du changement de sujet, car la dernière chose dont elle avait envie de parler c'était bien de Maureen, a ouvert son sac et en sorti une cannette de Pepsi et un gros sac de croustilles.

— C'était ça t'provisions pour l'nuit ? a plaisanté Derek en empoignant le sac et en s'installant sur son lit.

— Zut, j'ai oublié mon cell. Lexi a fouillé ses poches et son sac à dos sans le trouver.

Assise à même le sol, devant le lit de Derek, Lexi a envoyé un message à Alex à partir du téléphone du jeune garçon. Puis ensemble, les deux adolescents ont joué à des jeux vidéo une partie de la nuit en attendant que les parents de Derek s'endorment. Il ne fut question ni de Maureen ni de William alors même que Lexi s'installait dans la chambre de ce dernier. Juste deux amis, un sac de chips et des Pepsi. Rien de plus. C'est tout ce dont Lexi avait besoin.

## Les prisonniers du cabanon

Guillaume attend une réponse d'Élisabeth. Seul dans le cabanon derrière chez lui, il nourrit Molly, Mika et Gilbert. Quelques bouts de bacon pour les chats et des croquettes spécialisées qu'il a lui-même achetées pour le furet.

Il doit retrouver Derek cet après-midi; il paraît qu'il

a quelque chose de « *super cool* » à lui montrer. D'ici là, Guillaume doit entreprendre des recherches pour trouver des familles adoptives pour ses petits compagnons. Avec ou sans Élisabeth.

Guillaume sait que la jeune fille a le moral à zéro. Ils se sont textés la veille : elle culpabilisait encore au sujet de Maureen, avait peur qu'elle refuse désormais de la voir, de lui parler. Sans compter que Lexi la déteste. *Ce sont les derniers mots qu'elle m'a dits*, a mentionné Élisabeth dans ses messages. *Tu te rends compte ? Tout est allé de travers !*

Assis sur le sol en bois depuis bientôt trente minutes, l'adolescent commence à ressentir des douleurs. Il aimerait bien se lever mais Molly a fait de ses jambes son petit nid douillet. Installée en boule, sa tête atteignant sa queue, elle ronronne et on pourrait croire qu'elle dort.

L'adolescent câline Gilbert qui le regarde de ses petits yeux pétillants.

— Qui pourra te résister ? Tu verras, je trouverai quelqu'un pour prendre soin de toi.

Guillaume est désolé de tout ce qui arrive à Lexi, Élisabeth et Maureen, mais il doit se concentrer sur sa tâche. Ses visites constantes au cabanon finiront par éveiller les soupçons de son père ou de son petit frère.

Guillaume sursaute : Jeremy l'appelle depuis la maison. Molly, les oreilles dressées, se relève sur ses pattes. Mika s'approche de la porte du cabanon en miaulant.

— Désolé mon vieux, Guillaume dépose le reste de viande au sol et essuie ses mains graisseuses sur son pantalon. On sortira tout à l'heure, OK ? D'un petit geste du pied, l'adolescent éloigne Mika de la sortie, referme la porte et contourne stratégiquement la maison pour entrer par l'avant.

## Déjeuner dans la chambre de William

— T'viens au lac avec Guillaume et moi cet après-midi ?

Derek se tient au pied du lit avec une assiette d'œufs et de bacon : les restes du déjeuner de ses parents. Lexi, la bouche pleine de gaufres décongelées et chauffées, secoue la tête.

— Je dois récupérer mon cell chez moi.

Elle est affamée, les parents de Derek ayant mis une éternité à manger, se préparer et partir. Une délicieuse odeur de bacon flotte encore dans l'air. La jeune fille regarde la pièce autour d'eux. Des posters de différents groupes de musique métal sont collés aux murs, certains même posés en diagonale. *Sont-ils en train de tomber ?* Une poubelle débordante de mouchoirs et de papiers de bonbons est renversée au sol près d'un bureau noir égratigné rempli de magazines et de CDs. La table de nuit est ensevelie sous divers objets et vêtements. Le lit de William semble être la seule chose de propre et de confortable dans cette pièce.

— C'est la première fois que je vois des posters au plafond, réussit à marmonner Lexi en rigolant, une main devant la bouche.

Derek lève la tête avant de fixer ses baskets.

— Ouais, bizarre...

Derek recommence à manger ses œufs en silence. Lexi le sent mal-à-l'aise dans cette chambre. Ce ne doit pas être facile pour lui.

— Tu veux qu'on aille à la cuisine ? lui propose-t-elle.

— Non, ça va. Derek dépose son assiette au pied du lit et glisse ses mains dans les poches de son short. T'comptes faire quoi pour c'soir ?

— Sais pas. Lexi boit une longue gorgée de lait froid. Pas envie de la voir.

— J'comprends.

Derek jette un rapide coup d'œil autour de lui.

Lexi termine ses gaufres et récupère le reste du sirop d'érable avec son doigt. On cogne à la porte de devant. Lexi et Derek se questionnent du regard. La jeune fille murmure un « *Maureen* » inaudible et son ami hausse les épaules avant de sortir de la chambre. Lexi reste assise sur le lit et patiente. Ce pourrait-il que Maureen sache où elle se trouve ?

La réponse ne tarde pas. Derek revient avant même d'avoir ouvert la porte d'entrée. Il lui prend l'assiette collante des mains et la dépose en équilibre sur les vêtements de la table de nuit.

— Faut que t'partes, vite !

Dans ses mouvements rapides, il envoie quelques CDs au sol mais ne se donne pas la peine de les ramasser. Lexi se précipite hors du lit. Heureusement, elle a dormi dans ses vêtements de la veille.

— C'est ma mère alors ?

Pour toute réponse, Derek lui saisit la main et l'entraîne vers la porte du sous-sol, sa chambre.

— Sors l'plus vite possible !

Lexi, confuse, descend l'escalier, grimpe sur le bureau sous la fenêtre et l'ouvre. À l'extérieur, elle récupère sa bicyclette et contourne vite la maison. Au moment où elle s'engage sur le trottoir, elle tente un regard vers la porte de la maison convaincue d'y voir sa mère. À sa grande surprise, il n'y a personne mais une boîte traîne sur le tapis à l'entrée. En inspectant le voisinage des yeux, elle croit apercevoir Lukas et sa bande tourner au bout de la rue.

## À la recherche de familles adoptives

Guillaume attend sur un banc du parc, Molly dans la cage posée à côté de lui. Il a laissé la porte ouverte et la petite chatte tremblotante hésite à mettre le nez dehors. Guillaume entrevoit sa petite tête blanche inspecter à droite et à gauche et ne peut réprimer un soupir.

Il n'a pas le choix. Son père ou son petit frère ne tarderaient pas à découvrir le secret, et Élisabeth et lui auraient des ennuis. Guillaume ignore quelle est l'excuse d'Élisabeth mais il redoute d'être capable de faire cela tout seul; il s'est attaché à eux. L'adolescent s'est tout de même promis de ne pas les remettre à n'importe qui, de trouver des gens capables de les aimer comme lui les aime.

Il a d'abord écrit à Alex, prétextant qu'il est tombé sur une petite chatte seule dans la rue ce matin, mais celui-ci lui a rappelé que ses parents ne veulent pas d'animaux à la maison. Derek a refusé : il n'est pas un amoureux des bêtes en général et Markus n'acceptera jamais du poil sur ses vêtements. Il ne reste que Lexi mais elle ne répond pas à son cellulaire.

— Elle est donc mignonne cette petite! Comment s'appelle-t-elle ?

Une dame d'une cinquantaine d'années s'est arrêtée pour observer Molly. Légèrement courbée vers l'avant et, s'aidant à l'aide d'une canne, elle tend sa main libre vers l'animal apeuré.

— Elle n'a pas de nom, ment Guillaume, et pas de famille. Je cherche quelqu'un pour s'occuper d'elle.

Instinctivement, Guillaume flatte la tête de Molly qui laisse entendre un doux ronronnement. Alors que la dame tente à son tour de la câliner, la petite chatte l'esquive.

— Tu es bien gentil mon garçon ! Tu devrais la garder, elle a l'air bien avec toi.

Guillaume sent les larmes lui monter aux yeux. Il adorerait garder Molly : c'est sa préférée. Il s'est dit qu'il commencerait par lui trouver une famille car, selon lui, avec son tempérament plus calme et étant très affective, il trouverait plus vite quelqu'un pour l'aimer. De plus, son père a été catégorique sur la question : pas d'animaux pour l'instant, il a assez de choses à gérer.

— Je ne peux pas, ma mère est allergique, bafouille Guillaume bien que celle-ci n'habite plus avec eux. Il ne se sent pas d'étaler l'histoire de ses parents à une inconnue au parc.

— C'est dommage, pauvre petite bête. Je ne peux malheureusement pas la prendre, même si je le voulais. Ce ne serait pas prudent vu mon état. La dame lui tapote gentiment la main avant de reprendre sa marche. Je te souhaite bonne chance mon petit.

Alors que Guillaume la regarde s'éloigner, quelque chose au loin attire son attention. Max. Tout vêtu de noir il descend la rue de la côte, les mains dans les poches de son pantalon. Comme c'est dimanche, il doit probablement se rendre chez Vieille Branche pour tondre sa pelouse. Guillaume observe la petite maison verte, coincée entre celle de la vétérinaire et celle du notaire.

La propriété de Vieille Branche... et Buster.

## Visite inattendue

Décidément, Lexi joue les espionnes aujourd'hui. *Je suis en train de devenir comme Alex*, pense-t-elle, penchée sous la fenêtre de la cuisine de sa propre maison. Elle était venue récupérer son cellulaire qu'elle avait oublié dans sa chambre dans sa hâte la veille. Comme sa mère part tôt au travail, elle s'est dit qu'elle pourrait retourner le chercher, mais voilà qu'Élisabeth s'est pointée à la porte, les yeux rougis et la chevelure en bataille.

Elle offrait un contraste fulgurant avec Maureen qui, malgré le manque de maquillage, étincelait dans un pantalon ample noir et un magnifique veston bleu marin sur une camisole d'un blanc impeccable.

*L'apparence est importante dans mon métier*, leur a dit un jour Maureen. *Personne ne peut deviner ce qui se passe dans ta vie. Ton univers personnel n'appartient qu'à toi et les clients n'ont pas à s'en mêler ni en être affectés.*

Élisabeth est restée un moment figée devant cette Maureen resplendissante malgré les événements de la semaine. Quand Maureen l'a attirée contre elle en lui donnant un baiser sur la tête, Élisabeth s'est enfin détendue et un sourire s'est étiré sur ses lèvres. Lexi n'était qu'à quelques maisons de la sienne et bouillait de rage devant cette immense complicité.

En colère, elle a fait rouler son vélo jusqu'à la fenêtre entrouverte de la cuisine et s'y est installée pour écouter la conversation.

— Le café va devenir ton meilleur allié quand tu seras un peu plus grande, tu verras, dit Maureen en prenant une gorgée de son breuvage chaud. Elle est tout près de la cachette de sa fille et sa voix lui parvient bien distinctement. Je ne savais pas comment j'allais passer à travers la journée alors j'ai pris congé.

Maureen ne prend que rarement congé. Il lui faut être clouée au lit sans être capable de bouger pour ne pas aller travailler.

— J'ai quand même l'impression que c'est ma faute, gémit Élisabeth dont les paroles sont plus difficiles à déchiffrer. Élisabeth est assise à la table de la cuisine et câline le chat roux de Sarah en boule sur les genoux. J'aurais dû insister davantage auprès de Lexi...

— Et tu crois que cela aurait empêcher ma fille, ou plutôt, mes deux filles, toutes deux têtues comme leur mère, d'en arriver à leurs fins ?

La voix de Maureen s'éloigne. Lexi relève un peu la tête pour voir à l'intérieur. Élisabeth sourit à Maureen qui vient s'asseoir en face d'elle à la table. Lexi les distingue toutes les deux de profil.

— Tu n'as pas à te sentir mal, ma belle. Rien de tout ça n'est ta faute. Maureen lui sourit au-dessus de sa tasse de café. J'aurais préféré leur annoncer un peu plus tard... Je redoutais des réactions de ce genre, mais voilà, je n'y peux rien. Après tout, c'est moi qui les ai élevées en souhaitant qu'elles s'affirment et qu'elles prennent leur place. Maureen laisse planer un petit moment de silence. Et toi, inspectrice Lizzy, comment as-tu découvert mon secret ?

Élisabeth rougit. Lexi se demande si elle osera lui dire la vérité : *nous avons trouvé la pièce cachée de la Maison Jaune et Lexi m'a demandé de m'y cacher afin de t'espionner.*

— Eh bien, euh...

Une sonnerie de cellulaire se fait entendre. Lexi sursaute et se cache sur le côté de la fenêtre. Après quelques secondes, elle glisse à nouveau un œil à l'intérieur. Maureen porte instinctivement la main à son veston mais la musique provient de beaucoup plus loin.

Elle se lève donc et va récupérer son cellulaire resté sur l'îlot. Lexi se camoufle davantage dans l'ombre. Maureen le regarde un moment mais ne répond pas à l'appel.

Ses épaules s'affaissent légèrement alors que la sonnerie continue. Maureen inspire et relève la tête. Lexi la voit discrètement essuyer une larme qui s'échappe de ses yeux. L'appareil redevient muet et Maureen le glisse dans sa poche de veste.

Lexi sent monter en elle une colère inexpliquée. Elle a sa petite idée sur qui a tenté de joindre sa mère : l'amoureuse secrète. Toute la semaine, Sarah et elle ont tout fait pour éviter Maureen et, quand elles étaient obligées d'être ensemble, les deux filles ne disaient pratiquement pas un mot. Quand Sarah s'est enfin décidée à poser quelques questions sur la principale intéressée, Maureen a refusé de leur en dire davantage sur son identité.

*Je vous en dirai plus en temps et lieux, et maintenant n'est clairement pas le bon moment. Prenons le temps de laisser reposer tout cela,* leur a-t-elle dit *la veille* avec calme mais dont la voix trahissait une certaine angoisse. Ce qui a mis Sarah dans une colère monstre. *Tu ne nous en diras pas plus, c'est ça ?* s'est-elle écriée. Elle s'est ensuite levée de table si brusquement que Lexi et Maureen en ont sursauté et a lancé sa tasse de chocolat chaud dans l'évier. L'objet a éclaté sous l'impact. *Je vais chez Jenny,* a-t-elle balancé à Maureen avant de claquer la porte de la maison.

Lexi se demande si les fragments de la tasse sont encore dans l'évier.

Élisabeth termine son verre de lait, dépose le chat et se lève de table. Elle ne voit pas Lexi qui l'observe, du feu dans les yeux.

— Lexi et Sarah ne savent pas la chance qu'elles ont, dit-elle en enlaçant Maureen par derrière. Elles finiront par comprendre un jour, je te le promets.

Sans un mot de plus, elle quitte la pièce en courant et laisse Maureen pianoter vaguement sur son cellulaire.

Lexi est choquée. Ayant tant de fois été déçue par les nombreuses promesses non-tenues de sa mère, Élisabeth ne promet jamais rien à qui que ce soit. Et voilà qu'elle vient tout juste de le faire. Pour Maureen. Élisabeth a donc choisi son clan sans même se donner la peine de réfléchir à comment elle, Lexi, doit se sentir face à tout cela. En entendant ses pas marteler l'asphalte devant la maison et monter sur sa bicyclette, Lexi éponge une larme. Le poids de la trahison d'Élisabeth vient s'ajouter à tout le reste et elle se sent sur le bord d'exploser.

## Chez Marguerite

Guillaume engouffre trop vite un biscuit au chocolat qu'il découvre incroyablement salé. Installé confortablement sur le sofa de Vieille Branche, il grimace en inspectant la pièce des yeux. Dehors, le son de la tondeuse se fait entendre.

Marguerite le rejoint, une tasse de thé fumante entre les mains. Elle souffle sur le liquide chaud avant de s'asseoir dans le fauteuil devant lui.

— Elle est adorable. Molly, contre toute attente, s'est enfin décidée à quitter sa cage et à explorer les lieux. Elle renifle le bas du sofa sur lequel est installé Guillaume. Tu as dit l'avoir trouvée dans la rue près de chez toi ?

— Oui, bafouille Guillaume, quelques miettes de biscuits s'échappant de sa bouche. Ils sont trop bons, fait-il en pointant l'assiette de biscuits du menton.

Marguerite lui sourit.

— Tu es sûr qu'elle n'appartient pas à quelqu'un ? Plusieurs personnes laissent leur chat en liberté sans nécessairement leur mettre un collier, ce qui est aberrant, selon moi. Mais, les chats sont des êtres intelligents : ils retrouvent toujours le chemin de la maison.

Guillaume se tortille sur le sofa tout en avalant d'un seul coup le biscuit. Il n'a pas oublié le défi qu'il a lancé à Alex et Lexi quelques semaines auparavant avec Derek. Cela lui semblait déjà une éternité. Du salon, Guillaume peut apercevoir Buster l'observer d'une des plus hautes marches de l'escalier menant à l'étage. Il a l'étrange impression que le chat de Vieille Branche scrute son âme et qu'il est au courant de tout. Honteux, il détourne la tête.

— Molly n'a pas de maison, j'en suis sûr.

Guillaume se mord la langue; il vient d'avouer avoir donné un nom à l'animal et il ne veut surtout pas avouer à Marguerite que cela fait déjà près d'une semaine qu'il prend soin d'elle. Il n'avait pas imaginé une seconde que Molly puisse appartenir à quelqu'un. Il était parti du principe que si elle n'avait pas de collier, elle n'avait sûrement pas de famille. Bien que Marguerite puisse avoir raison sur le fait qu'elle appartient peut-être à quelqu'un, personne ne s'est encore lancé à sa recherche. Pour Guillaume, c'est une preuve de plus que Molly est seule au monde.

— Molly. Quel joli nom !

La voix de Marguerite est douce. La vieille dame dépose son thé sur le bout de la table basse entre eux et vient s'installer à côté de lui. Guillaume lui a raconté les raisons pour lesquelles il ne peut pas garder Molly avec lui. Il espérait tout de même que, lorsque le divorce de ses parents serait réglé, il réussirait à persuader son père d'en adopter un. Il aurait aimé garder Molly mais il ignore combien de temps tout cela prendra puisque ses parents semblent incapables de s'entendre sur quoi que ce soit.

— Tu en as combien avec toi ? demande Marguerite en posant une main sur le genou de Guillaume. Celui-ci sursaute et lève des yeux effrayés vers Marguerite qui poursuit d'un air taquin. Car pour quelqu'un qui ne peut avoir d'animaux, tes vêtements sont entièrement couverts de poils.

Guillaume constate en effet que son t-shirt et son short sont parsemés de pelage multicolore. Sans compter qu'il porte le même short que la veille. Il ne prend pas souvent la peine de changer de pantalon puisqu'il a pris du poids ces derniers mois. Ses t-shirts sont tous des larges alors il n'a pas de problème de ce côté-là. Guillaume baisse la tête vers ses genoux et soupire.

— Il y a aussi Mika le chat et Gilbert le furet, lance-t-il dans un souffle. Mais personne n'est au courant, s'empresse-t-il d'ajouter en parlant soudainement très vite. Je dois leur trouver un foyer, je ne peux plus les cacher dans le cabanon derrière chez moi... Mon père...

— Je comprends, mon petit, l'interrompt Marguerite en lui tapotant le genou. Ceci est bien courageux de ta part. Laisse-moi réfléchir.

Un silence s'installe alors entre eux entrecoupé par les petits miaulements de Molly. Guillaume se laisse aller dans le divan et ferme les yeux. Il espère de tout son cœur ne pas avoir fait une bêtise en révélant tout à Vieille Branche. D'un côté, il ignore pourquoi, il s'en trouve soulagé. Elle pourrait peut-être l'aider. Alors qu'il ouvre les yeux pour regarder Molly, il a une pensée pour la vieille dame qui leur était, il y a encore tout juste un mois, qu'une ermite paranoïaque. Maintenant, non seulement, elle aide Derek mais voilà qu'elle lui tend la main à lui aussi. À cet instant, Molly, qui s'est désintéressée du sofa, tente de monter les marches de l'escalier jusqu'à Buster.

— Non, pas tout de suite ma chérie, fait Marguerite en s'élançant pour prendre la petite chatte blanche. Je ne pense pas que Buster soit prêt à faire ta connaissance. C'est un vrai grincheux parfois.

Marguerite dépose Molly au sol et cette dernière s'éloigne à petits trots vers la cuisine. La vieille dame monte quelques marches pour s'emparer de Buster, qui émet un miaulement de mécontentement. Marguerite lui gratte la tête avant de le glisser dans la pièce fermée près de la porte d'entrée. Guillaume s'étire le cou pour voir ce qui se trouve à l'intérieur mais n'en a pas le temps.

— Je te remercie à nouveau de ton aide pour retrouver Buster, l'autre jour, lui dit Marguerite en refermant la porte derrière le chat. Pour cela, je garderai Molly pour toi. Si un jour, tu souhaites la récupérer, tu n'auras qu'à me le demander.

Guillaume sent une énorme boule lui bloquer la gorge alors qu'un immense sourire apparaît sur son visage.

— Tu peux aussi amener Mika, je lui trouverai bien une place ici en attendant. Je pense connaître quelqu'un qui serait intéressé, mais elle n'est pas en ville présentement. Elle revient d'ici deux jours. Marguerite pose les mains sur ses hanches et revient au salon. Par contre, pour ton furet, je n'ai pas de solution. Les furets dégagent une certaine odeur que je ne peux pas supporter. Ma voisine, la vétérinaire, en a eu un il y a quelques années. Tu pourrais toujours tenter ta chance auprès elle. Qui sait ?

Guillaume est plus que satisfait. Il se lève et reste un moment sur place à se dandiner. Il ne sait comment remercier Marguerite.

— Merci...

Marguerite pose les mains sur ses épaules.

— Tu es un brave garçon. Tout comme tes amis. Tu

peux venir les voir quand tu veux et moi, ça me fera plus de compagnie.

Marguerite rit coquinement. Guillaume ignore si elle fait allusion à la présence des chats chez elle ou à ses potentielles futures visites. *Se sent-elle seule à un point qu'elle espère qu'il revienne la voir* ? Cependant, Marguerite a tort sur un point : il n'est en rien courageux et brave. C'est par sa faute qu'elle a manqué perdre Buster. Il est donc conscient qu'elle lui fait une faveur qu'il ne mérite pas.

— Qu'est-ce qui ne va pas mon garçon ?

Mal à l'aise, le jeune garçon sourit malgré tout à la vieille dame soucieuse en la remerciant à nouveau. Il reviendra plus tard avec Mika.

À l'extérieur, Guillaume inspire une grande bouffée d'air en faisant un signe de tête à Max. Malgré la honte qu'il ressent toujours envers Marguerite, il se réjouit tout de même d'avoir trouvé un foyer pour Molly. Si l'amie de Marguerite accueille Mika, il ne lui reste plus qu'à s'occuper de Gilbert.

## Cachette à la Maison Jaune

Lexi éteint sa lampe de poche avant de la rallumer. Une larme coule sur sa joue et elle l'essuie rageusement du revers de la main avant d'éteindre à nouveau. Pour l'instant, elle a envie d'être seule. De toute façon, elle ne peut contacter personne. Maureen étant réellement restée à la maison pour la journée (ce que Lexi croyait impossible) et n'ayant aucune envie de la voir, la jeune fille n'a donc pas pu récupérer son cellulaire.

Lexi frissonne; il fait quand même un peu froid dans cette pièce et ça ne sent pas bon. Elle ne se rappelle pas s'il y avait cette odeur la première fois qu'elle y était entrée. Ça devait être l'excitation. Maintenant elle est triste et elle a peur car d'ici quelques jours, elle débutera dans une nouvelle école. *Que dira-t-on sur elle* ? Tout le monde sera bientôt au courant et elle deviendra la risée générale de sa première année de secondaire. Quelle honte ! Les yeux pleins d'eau et le nez coulant, elle s'éponge le visage avec du papier de toilette qu'elle a subtilisé dans la salle de bains.

Maureen n'aurait pas pu choisir pire moment. Sarah lui a dit que le secondaire est un tout autre univers. Il y a plus de devoirs, les cours sont plus longs et difficiles mais ce que Lexi se souvient particulièrement, c'est que les gens y sont aussi plus méchants.

— On te critique sur tes tenues, ta façon de parler, de marcher, lui avait un jour confié Sarah alors qu'elle-même en était à sa première année, et attention ! On te juge même sur tes dents. Sarah lui avait fait un beau sourire, dévoilant sa dentition bien droite. Merci à maman, nous n'avons pas à se soucier de ce point. Et si tu as des boutons, avait-elle ajouté en la pointant de l'index, ce sera ton pire cauchemar. Sarah s'était enfin levée de table pour déposer son bol de crème glacée vide dans l'évier pendant que Lexi demeurait assise, la cuillière figée entre son bol et sa bouche.

Seule dans le noir, Lexi se couche sur le côté et entoure ses jambes de ses bras. Avoir une mère qui aime les femmes doit être encore pire que d'avoir des boutons. Cent fois pire...

## Où est Lexi ?

*Quelqu'un sait où est Lexi ?*

C'est Élisabeth qui écrit sur le groupe. Guillaume se demande ce qui se passe avec elle. Quand l'adolescent a tenté de la joindre par téléphone pour lui annoncer la bonne nouvelle, Élisabeth n'a tout simplement pas répondu, tout comme elle ignore ses textos. Puis, un simple émoticône de pouce levé apparaît sous son dernier message dans leur conversation privée : « *J'ai trouvé une maison à Molly et peut-être Mika.* » Un simple pouce. Guillaume aurait préféré plus. Il remet son cellulaire dans la poche arrière de son short.

— Tu sais toi, où est Lexi ? demande-t-il à Derek à travers la porte entrebâillée du sous-sol menant à la chambre de ce dernier.

— Non, p'quoi ? lui parvient la voix de Derek en bas de l'escalier. Tu vas voir, c'est génial.

Guillaume entend un tiroir qu'on ouvre et qu'on referme. Il ignore pourquoi Derek leur interdit d'entrer dans cette pièce. Guillaume lui a déjà posé la question, il y a bien longtemps, et la réponse de Derek avait été bien vague : *J'veux pr'server mon intimité. Si tu veux qu'tout l'monde entre dans la tienne, c'est ton choix. Moi, j'veux pas.*

Pourtant Guillaume mettrait sa main à couper que William avait le droit d'y entrer avant son accident.

Derek n'avait que de l'admiration pour lui, jusqu'à tout récemment. Cependant, même s'il n'en dit pas un mot et ne laisse rien paraître, Guillaume se sent blessé par le manque de confiance de son meilleur ami.

Curieux, le jeune garçon tente alors un regard à l'intérieur mais ne voit que du noir. Derek n'a pas dû allumer la lumière en bas, se contentant de la luminosité des petites fenêtres. Il se redresse brusquement, des pas se faisant entendre dans l'escalier.

— R'garde ça Goglu! C'est trop cool !

À peine l'a-t-il rejoint que Derek, souriant, lui montre l'objet qu'il a entre les mains. Un livre à la couverture rigide sur laquelle on peut voir un groupe de Super-héros : Spiderman, Capitaine America, Thor, Superman, etc. Le titre : « *Marvel, l'encyclopédie, Nouvelle édition* ».

— Wooah ! s'exclame-t-il, tu as acheté ça ? Derek lui permet enfin de prendre le livre et Guillaume commence à le feuilleter. Il aime bien les trucs de Marvel, il en lit à l'occasion et regarde les films, bien qu'il ne soit pas aussi fan que Derek. C'est malade !

— J'l'ai acheté hier.

Guillaume se tourne subitement vers Derek qui, après un moment à s'extasier seul devant son trésor, sent le poids du regard lourd de sous-entendus peser sur lui.

— Tu crois que j'ai vendu l'bijoux, c'est ça ? s'exclame-t-il. Ben, t'te trompes. L'bijoux sont chez

Vieille Branche, t'inquiètes. Non, ça fait un p'tit bout qu'j'économise avec l'argent qu'ils m'laissent pour des pizzas.

Guillaume sait que Derek fait allusion à ses parents. Il a déjà commandé du restaurant avec son ami un soir que ceux-ci étaient sortis rendre visite à William.

— T'as des nouvelles de Vieille Branche alors ?

Le garçon se souvient que Derek lui a fait part que la vieille dame ignorait à qui appartiennent les bijoux mais qu'elle allait tenter de le découvrir.

— Nope, toujours pas. De tout'façon, j'sais pas comment elle f'ra pour savoir. T'crois qu'si elle n'trouve pas, j'pourrais les revendre ? Les yeux de Guillaume s'arrondissent. Ben quoi, je n'vais tout d'même pas aller cogner aux portes en d'mandant aux gens si c'est à eux ? Chaque imbécile dira oui et j'aurai que dalle ! J'vais attendre encore un peu et j'irai voir Jacki.

Jacki, c'est le type en camisoles sales et pantalons troués qui gère le magasin de prêteur sur gages et qui dégage toujours une forte odeur de cigarette. Le genre de gars qui ne parle pas beaucoup et qui observe les gens de loin derrière son rideau de cheveux longs. *Au plaisir de vous revoir,* est la phrase la plus longue que Guillaume lui a entendu dire.

— Jacki, tu es sérieux là ? Attends, pourquoi t'es si pressé ?

— Peut-être que j'en ai marre d'être fauché, rétorque subitement Derek. Peut-être que j'ai autr' chose à faire d'ma vie que de quémander à tout l'monde, non ?

Le téléphone de Guillaume vibre à nouveau alors que celui de Derek émet un son de coup de poing de dessin animé. Ce dernier ouvre la messagerie de groupe et Guillaume lit par-dessus son épaule. Alex répond à Élisabeth qu'il n'a pas vu Lexi depuis hier après-midi.

— C'est bizarre, ils sont toujours flanqués ensemble ces deux-là ! s'exclame Guillaume.

Derek reporte son attention sur le livre; il tourne les pages à la recherche d'un croquis en particulier et s'écrit en voyant un dessin qu'il pointe du doigt.

— Tu vois ça ? C't'un vieux design de Steve Ditko!

Guillaume le regarde sans grand enthousiasme, ne voulant pas avouer qu'il s'inquiète de plus en plus pour Lexi. En plus, pour lui, tous les croquis se ressemblent plus ou moins. Il n'a jamais eu un grand talent en dessin et ne fait pas la différence entre le coup de crayon d'un artiste d'un autre. Derek si. Son ami n'a jamais eu un aussi bon vocabulaire que lorsqu'il parle de bande dessinée ou d'animés.

Nouvelles vibrations et son de coup de poing.

*On se donne rendez-vous chez elle*, suggère Markus.

Derek pousse un soupir audible, ferme le livre et disparaît à nouveau dans l'escalier, sans oublier de fermer la porte derrière lui. Après quelques secondes, il réapparaît.

— On va à l'Maison Jaune, affirme-t-il en passant

devant Guillaume pour se rendre à l'extérieur.

— Pourquoi ? demande Guillaume en franchissant la porte derrière lui.

— Parce que si j'voulais être seul, moi, c'est là qu'j'irais en premier. Derek se tourne vers lui et tapote la tempe de son index avec un grand sourire avant d'enfourcher sa bicyclette.

Guillaume envoie un message au groupe, redresse son vélo et se lance dans la rue à la suite de son ami. Il déteste quand Derek le fait passer pour un idiot mais il doit avouer qu'il a probablement raison; Lexi doit se cacher à la Maison Jaune. Il aurait dû y penser plus tôt. Il aurait même dû être le premier à y penser.

## L'arrivée d'Élisabeth

Lexi est réveillée par un bruit et se redresse sur un coude. Cela semble provenir de la salle de bains. La jeune fille n'a pas à se questionner plus longtemps car le mécanisme de la porte cachée s'enclenche. Lexi plisse les yeux sous la lumière aveuglante du soleil qui pénètre instantanément dans la pièce sombre avant que la silhouette d'Élisabeth s'immisce entre les deux.

— Qu'est-ce que tu fais là toi ? fait Lexi en se relevant d'un bond.

Élisabeth allume sa lampe de poche et la promène sur le sol découvrant le sac à dos et les mouchoirs de Lexi.

— Ça va ? lui demande Élisabeth d'une voix douce. Je t'ai cherchée partout.

— C'est ça ouais. C'est pas plutôt ma mère que tu cherchais ? lance Lexi, froidement.

Il y a un silence entre elles, Lexi respire bruyamment. Élisabeth serre les lèvres et fixe le sol. Ses cheveux sont toujours en bataille.

— On peut parler ? murmure-t-elle.

Lexi croise les bras sur sa poitrine et tourne la tête sur le côté.

— Tu as déjà choisi ton camp, à quoi ça servirait ?

Élisabeth soupire et enroule une mèche de ses longs cheveux autour de son doigt.

— Il n'y a pas de camp... Lexi lance un regard incendiaire à son amie. Elle sait qu'Élisabeth est sur le point de prononcer le nom de sa mère et sent monter en elle une rage incontrôlable. Élisabeth ouvre la bouche puis la referme, comme si elle se doutait effectivement de quelque chose. Parle-moi s'il te plaît.

Lexi reste de glace alors qu'un volcan bout en elle. Elle sent une lave de colère lui chauffer les veines et déferler dans son corps, sa tête est en éruption mais rien ne s'échappe. Les mots restent bloqués. Même les larmes ne sortent plus.

— Lexi, Élisabeth s'approche d'elle et lui met la main sur l'épaule mais Lexi se dégage comme si on l'avait brûlée, je suis désolée pour tout ça, ok ! J'aurais dû t'empêcher de mener ton enquête. Je n'aurais pas dû t'aider. Regarde où tout ça nous a menées.

La voix d'Élisabeth se brise et elle se détourne stratégiquement vers le mur pour se cacher dans le noir. Lexi n'est pas dupe, elle sait qu'elle pleure. Élisabeth fait danser la lumière de sa lampe au sol et inspire à quelques reprises.

— Tu as raison d'être en colère Lexi, mais tu la blâmes toujours pour tout. Élisabeth baisse la tête. Tout ce qu'elle fait n'est jamais bien pour toi... Mais ce n'est pas elle qui t'a abandonnée. Elle est restée. Élisabeth met l'emphase sur le dernier mot qui résonne dans la pièce vide. Lexi se rend compte qu'Élisabeth évite de dire le nom de Maureen. Elles se connaissent dans les moindres détails, aussi bien l'une que l'autre.

Lexi se souvient de la première fois où elle se sont rencontrées. Élisabeth était arrivée au beau milieu de la première année du primaire. Elle avait fait irruption dans la classe de Madame Louise un matin d'un examen de mathématiques. Lexi se souvient de l'avoir trouvée bizarre, avec ses larges sourcils et ses grosses oreilles. Sans compter qu'elle portait une longue robe rouge et des baskets de sport. Élisabeth avait avoué plus tard à Lexi avoir changé ses souliers après que sa mère l'ait déposée à l'école. Elle détestait ses petits souliers à talons qui lui donnaient mal au pieds. Elle s'était tout de même fait pointer du doigt et avait été le sujet principal des moqueries pendant un long moment. Élisabeth, la fille en robe et en baskets. Lexi s'était vite pris d'affection pour elle, de plus que Madame Louise avait assise Élisabeth tout près d'elle. Élisabeth n'a pas beaucoup changé depuis, à l'exception qu'elle ne porte plus de robes. Seuls les baskets sont restés.

Les yeux de Lexi se mouillent également de larmes. Après tout ce temps, elle aurait cru qu'Élisabeth serait de son côté, qu'elle comprendrait à quel point cela fait mal de se sentir abandonnée et trahie. De tous les membres du groupe, Lexi s'imaginait qu'Élisabeth aurait été la première à lui tenir la main mais, au lieu de la comprendre, Élisabeth protège encore Maureen. Après sa mère, c'est maintenant l'une de ses meilleurs amis qui lui tourne le dos.

— Tu veux savoir pourquoi je lui en veux ? Pour les mêmes raisons que je te déteste toi : vous êtes toutes les deux des menteuses et des égoïstes. Au son de ses mots, Élisabeth se tourne vers Lexi. Sa lampe de poche, toujours pointée vers le sol, crée une atmosphère glaciale. Tu m'aurais caché la vérité pour la protéger elle, pas vrai? Je pensais que tu étais mon amie ! On s'est toujours tout dit, j'avais confiance en toi ! Je te déteste ! JE TE DÉTESTE! s'emporte l'adolescente.

— Je suis ton amie Lexi ! hurle Élisabeth par-dessus les pleurs de son amie. Lexi se tait et passe une main sur ses joues humides. Les deux filles se dévisagent. Les amies ne sont pas toujours obligées d'avoir les mêmes opinions sur tout. Je suis ton amie et je serai toujours là pour toi tu le sais...

— Tu peux me le promettre ça ?

— Quoi ? dit Élisabeth, surprise.

— Tu vois, tu n'es qu'une menteuse !

Les yeux de Lexi lancent des éclairs. Élisabeth fronce les sourcils mais ne dit rien pendant un moment; il n'y a rien à dire.

— Le problème avec toi Lexi, c'est que tu crois toujours avoir raison, sans écouter le point de vue des autres.

Élisabeth fait un pas vers Lexi qui en fait un également.

— Ah oui, et ton problème à toi, c'est de toujours te mêler de ce qui ne te regarde pas. En quoi ça te concerne tout ça hein ? fait Lexi en ouvrant les bras. Les deux filles sont maintenant face à face. Tu ne fais que créer plus d'ennuis. Tout le temps. Je comprends pourquoi ta mère préfère partir loin de toi...

Il n'en faut pas plus à Élisabeth, qui a réussi à garder son calme jusque-là, pour exploser à son tour.

## Bataille entre filles

Guillaume retient Élisabeth de toutes ses forces. Il doit avouer qu'elle est devenue plus robuste grâce à ses cours de gymnastique car il a de la difficulté à la maîtriser. Elle continue de se tordre entre ses bras, prête à reprendre la bagarre avec Lexi. Cette dernière est dans le même état d'esprit, et Derek manque lâcher prise lorsqu'elle tente de lui mordre le bras pour se libérer. Un peu de sang coule d'une légère griffure à son visage. Guillaume entoure Élisabeth de ses bras et réussit à la stabiliser. Il ignore si elle est blessée et pourquoi elle a attaqué Lexi de la sorte. Quant Derek et lui sont arrivés, ils ont entendu des cris et ont retrouvés Élisabeth en califourchon sur Lexi, les deux filles battant l'air de leurs poings.

— Vous pouvez nous expliquer ? demande-t-il, une fois les deux boxeuses maîtrisées et calmées.

Personne ne lui répond. Élisabeth halète entre ses bras, son attention toujours fixée sur Lexi alors qu'elle se frotte la tête d'une main. Cette dernière ne lâche pas des yeux son ennemie, malgré le sang qui continue de couler sur sa joue rougie. Elles ressemblent à deux lionnes dans une arène. Malgré cela, Derek abandonne peu à peu son emprise sur Lexi et Guillaume redoute le pire. Il se tient prêt à intervenir mais rien ne se passe.

— Ça va Guillaume, lâche-moi, ronchonne Élisabeth en s'agitant. Je ne ...

— Lexi !

La voix d'Alex couvre les mots d'Élisabeth qui fait un pas de côté et s'assied au sol. Elle a une vilaine griffure au bras gauche. Alex entre dans la pièce au moment où Lexi se dégage de Derek et le garçon se dirige droit avec elle.

— Ça va ? lui demande-t-il en essuyant la trainée rouge sur la joue de la jeune fille. Inquiet, il braque sa lampe torche sur Derek puis vers Guillaume et Élisabeth. Il ne tarde pas à faire le lien en voyant Élisabeth se masser les poignets. Qu'est-ce qui se passe ?

La question est répétée une seconde fois par Markus, qui apparaît dans l'embrasure de la porte cachée. Après une rapide évaluation de la situation, il s'assied, une jambe à l'intérieur de la pièce cachée et l'autre dans le bain, comme pour empêcher la porte de se refermer. Guillaume se souvient qu'il a horreur du noir et des endroits clos.

— Ça va Lexi?

Alex gratte une vieille blessure sur son coude. Lexi s'éloigne de lui et va se réfugier dans un coin noir de la pièce. Un silence pesant s'installe alors dans la pièce cachée. Guillaume réfléchit mais ne trouve rien à dire. Ils ne peuvent malheureusement rien changer à la situation.

— Une de mes tantes est sortie du placard aussi, il y a quelques années, dit Markus pour dédramatiser la situation. Personne ne trouve rien à ajouter et, après un moment, Markus continue : c'est bizarre au début mais on s'y fait.

— C'est Maureen, pas une tante que je vois seulement de temps en temps, riposte Lexi presque invisible dans le noir.

— Hey, y'a quand même des avantages : y'aura juste plus de soirées entre filles, non ? Des papotages, du magasinage... Plus besoin d'abaisser l'banc de toilette..., rigole Derek.

Guillaume s'assoit aux côtés d'Élisabeth, exaspéré face à l'humour mal placé de Derek. Il lance malgré tout un petit gloussement timide et gêné. Élisabeth murmure quelque chose qu'il n'entend pas. Alex passe devant Derek sans le voir et va s'installer près de Lexi.

— C'est idiot ça ! lance Markus.

— J'essayais d'détendre l'atmosphère, crétin.

Markus ne riposte pas et, pendant un moment, plus aucun son ne se fait entendre dans la Maison Jaune.

## Les conseils de Markus

Lexi est perdue dans ses pensées.

— On fait quelq'chose là, c'est lourd ! Derek se redresse et tapote du pied.

— Tu as envie de la rencontrer ou pas cette femme ? Markus envoie la lumière de sa lampe tout près de Lexi sans l'aveugler. La jeune fille hausse les épaules sans rien dire. Désolé pour Maureen mais elle pensait sûrement bien faire en gardant cela secret.

— Ouais, peut-être... murmure Lexi sans trop réfléchir.

Élisabeth se raidit.

— Je lui dis exactement la même chose mais moi, elle ne m'écoute pas.

Lexi roule des yeux, Élisabeth soupire alors que Markus reprend la parole. Habituellement, c'est le moins bavard du groupe : il se contente d'écouter et ses phrases sont courtes mais précises. Il évalue beaucoup les gens et les situations, et Lexi se réjouit qu'il soit là en ce moment car il est de bon conseil.

— Une chose est sûre : te cacher ici n'est pas la bonne solution.

Lexi regrette déjà les propos qu'elle vient de penser. Markus se redresse et fait passer sa seconde jambe dans la pièce avant de se diriger vers elle. Lexi lève la tête, surprise. Cela doit lui demander beaucoup de courage. Markus se penche pour la regarder.

— Ce que tu devrais faire, c'est de parler avec ta mère, et tu le sais.

— Parler avec elle…, sa voix se brise. Lexi renifle bruyamment. Pour dire quoi ?

Lexi tente de trouver des arguments mais, au fond d'elle-même, elle sait que Markus a raison.

— Fais-lui part de tes sentiments, comment tu te sens dans tout ça, qu'est-ce que tu souhaites. Le but c'est de trouver une solution qui plaise à tout le monde. Si tu n'as pas envie de la rencontrer cette femme, parle-lui. C'est ce qui est important. Markus réajuste ses lunettes avant de se relever. Moi, c'est ce que je ferais si j'étais toi. Après, tu pourras mieux réfléchir à la suite des choses.

Il s'éloigne vers la lumière. Lexi sent monter les larmes. Elle n'a aucune envie de retourner chez elle. Là-bas, tout le monde la déçoit. Ici, elle est bien et ni Maureen ni Sarah ne peuvent la trouver.

— Et, dernière chose, fait Markus en se réinstallant à son poste, une jambe dans la pièce et l'autre dans la salle de bains, s'il te plaît, écoute ce qu'elle a à te dire avant de t'emporter. Sinon, tout cela ne servirait à rien. Mais bon, c'est toi qui décides.

Alex pose la main sur l'épaule de Lexi.

— Je crois que Markus a raison, chuchote-t-il à son oreille.

C'est aussi ce qu'elle pense et elle maudit Markus d'avoir proposé cette idée; elle aurait préféré bouder dans son coin lugubre et froid. Maintenant, elle doit réfléchir à l'idée de parler avec Maureen et cette pensée lui fait soudainement peur. Il y a tant de questions dont elle redoute les réponses : *Suis-je obligée de la rencontrer ?*, *Devons-nous faire des sorties à quatre ?* et la pire de toutes *Va-t-elle emménager avec nous ?*

Elle a l'impression de ne plus connaître sa mère. Maureen rentrait à la maison tous les jours sans leur dire quoi que ce soit sur sa nouvelle rencontre. Elle ne leur fait pas confiance alors comment peut-elle avoir confiance en sa mère ?

— Merci, je vais y penser.

Malgré ses doutes, sa décision est prise. Markus a raison : elle n'aura aucune réponse si elle reste ici. Elle doit parler à Maureen. Lexi fixe Markus qui semble perdu dans ses pensées. C'est le plus discret de la bande et Lexi regrette de ne pas lui demander plus souvent son avis.

— Beurk ! Qu'est-c'que c'est qu'ça ? Derek se secoue la main avant de l'approcher de son visage. Ark, c'est d'la merde ! C'est dégueulasse !

Il se précipite vers la salle de bains avec un haut-le-cœur et Markus s'écarte pour le laisser passer. Élisabeth et Guillaume échangent un bref regard alors que Markus pouffe de rire.

— On dirait bien qu'un petit animal ait réussi à se frayer un chemin.

Alex promène la lumière de sa torche autour de lui et Lexi alors qu'Élisabeth et Guillaume rigolent avec Markus. Tandis que Derek fait couler les robinets de l'évier à fond, Lexi sourit. Il est hors de question qu'elle reste ici dans le crottin d'on-ne-sait-quoi. Cela la conforte dans sa décision. Elle rentrera chez elle mais cela ne l'oblige pas à partir maintenant. Elle se sent bien avec ses amis et Maureen peut bien attendre encore un peu.

## Rencontre avec le père d'Élisabeth

— Désolée de t'avoir abandonné aujourd'hui. J'ai passé mon temps à chercher Lexi.

Guillaume et Élisabeth sont les derniers à récupérer leurs vélos derrière la Maison Jaune. Seule Lexi se trouve encore à l'intérieur. Elle a besoin de réfléchir encore un petit moment mais elle leur a promis de rentrer chez elle vers l'heure du souper.

— Je ne suis pas une très bonne amie, souffle la jeune fille en enfourchant sa bicyclette.

— T'en fais pas, je me débrouille. Et si tu fais allusion à Lexi, elle te pardonnera. Quand elle est dans cet état, elle est insupportable pour tout le monde de toute façon.

Guillaume donne un léger coup de coude à Élisabeth, qui esquisse un petit sourire, et il commence à pédaler.

— Il faudrait peut-être retourner faire un peu de ménage. Pas envie de mettre les pieds dans du crottin. Élisabeth apparaît à la droite de Guillaume, ses longs cheveux bruns flottant dans le vent. Je dois avouer que c'était drôle, tout de même.

Guillaume rigole. C'est une chance qu'ils aient amené les animaux ailleurs, et une autre que Markus ait accepté de garder le silence sur leur secret.

— Je dois rentrer nourrir Gilbert, tu rentres chez toi ? demande-t-il à Élisabeth. Hey, ce n'est pas ton père ?

Une Honda bleue vient tout juste de tourner le coin de la rue et klaxonne. Guillaume et Élisabeth s'immobilisent alors que le véhicule ralentit. Guillaume voit les mains d'Élisabeth serrer ses guidons avec force avant de baisser la tête. La voiture s'arrête à leur hauteur et la vitre du côté passager s'abaisse pour laisser entrevoir monsieur Gomez. Les sourcils froncés et les joues rouges, il descend ses lunettes soleil sur le bout de son nez, malgré le temps couvert, et lance à sa fille un regard lourd de reproches. Celle-ci l'ignore étant occupée à fixer un point imaginaire sur le guidon de sa bicyclette.

— Veux-tu bien m'expliquer la raison de ton absence au cours de gymnastique aujourd'hui ? la questionne son père dont l'irritation est palpable. Bonjour Guillaume, ajoute-t-il plus doucement à l'intention du garçon.

— Bb... Bonjour, est tout ce que Guillaume arrive à articuler.

Il ignorait qu'Élisabeth avait manqué sa leçon d'aujourd'hui. À voir l'expression de son père et les postillons qu'il crache en parlant, Élisabeth n'est pas au bout de ses peines.

— Tu rentres à la maison tout de suite, tu m'as compris et on s'expliquera !

Sans donner la peine d'attendre une réponse de sa fille, monsieur Gomez enfonce l'accélérateur et s'éloigne en vociférant. Guillaume sait, tout comme lui sans doute, qu'Élisabeth lui obéira.

— Et je suis aussi une bien mauvaise fille on dirait, murmure Élisabeth avant de reprendre la route en direction de sa maison. À demain, si je suis toujours vivante, lance-t-elle par-dessus son épaule.

Guillaume reste muet. Sans le savoir, il a fait quelques pas sur le côté car il sent le trottoir lui frotter les mollets. Guillaume tape le sol du pied rageusement. Pourquoi reste-t-il toujours tétanisé dans des situations de conflits ? Il aurait aimé défendre Élisabeth. Après tout, personne n'endurerait tous les entraînements et la discipline que monsieur Gomez lui fait subir. Élisabeth est une bonne amie et elle n'a rien fait de mal.

## Lexi revient à la maison

Lexi entrouvre sans bruit la porte de chez elle. De la cuisine lui provient la voix de Maureen mais aucun autre son ne se fait entendre. Pour une fois, sa mère doit être assise quelque part et non en train de faire mille et une choses à la fois. Lexi s'immobilise et tend l'oreille. Maureen continue sa conversation, elle ne semble pas avoir entendu quoi que ce soit. Lexi se glisse sur la première marche de l'escalier et écoute.

— Je m'en fais pour elles. Je n'ai pas vu Lexi depuis hier soir et Sarah n'est plus chez Jenny. J'ai passé ma journée vissée au téléphone ou à faire le tour du quartier... Non, elles ne sont toujours pas rentrées. Je deviens folle...

Maureen pousse un long soupir. Lexi lève la tête vers le haut de l'escalier. Il n'y a aucun bruit.

— Elles sont en colère contre moi. Qui ne le serait pas ?

Lexi se questionne à savoir à qui elle parle. La réponse ne tarde pas à venir.

— Désolée de te déranger comme ça, je ne sais pas à qui d'autre parler...

L'amoureuse secrète.

— Elles sont tout pour moi ! Ce sont mes enfants et jamais je ne ferai quoi que ce soit qui puisse leur faire du mal, tu comprends ? Non, je ne dis pas qu'on ne se verra plus... Ce n'est pas ça. Mais si cela doit rester secret encore un moment, alors ce sera ça. (Silence) Je croyais bien faire en laissant retomber la poussière, en leur laissant le temps de digérer tout ça. J'ai eu tort. La situation est encore pire que la fin de semaine dernière.

Silence. Maureen se racle la gorge et sa voix se fait plus grave.

— Non, je les protège, c'est différent. Tout ce que je fais, je le fais pour elles. C'est ce que j'ai toujours fait. Elles sont ma priorité et je me suis promis, depuis qu'il a claqué la porte, que je ne laisserais plus personne leur faire du mal de la sorte.

Maureen renifle. Lexi s'approche de la balustrade et tente de voir dans la cuisine à travers les barreaux. *Maureen parle-t-elle de leur père ? Maureen se tait, et alors que son interlocutrice lui parle, Lexi entend un sanglot.*

*La jeune fille ne se souvient pas de la dernière fois où sa mère a pleuré. Dans les situations les plus terribles, Maureen se redresse, inspire et envoie ses cheveux vers l'arrière avant de reprendre le cours de sa vie. Selon Sarah, après avoir demandé à sa mère, d'une petite voix tremblotante d'enfant de cinq ans, pourquoi leur père est-il monté dans un taxi avec une valise, Maureen aurait cassé une seule assiette avant d'inspirer longuement, d'envoyer ses cheveux en arrière et de ramasser les morceaux brisés au sol. Sarah, pétrifiée, l'avait regardée faire de ses grands yeux ronds. Maureen lui avait répondu qu'il partait réfléchir, et elle avait continué la vaisselle sans autre éclat. Leur père n'est évidemment jamais revenu.*

— Il est parti parce que je lui ai posé un ultimatum, c'était la famille ou la bouteille. On a toujours le choix dans la vie, chérie, et il a fait le sien. J'ai dû l'accepter et les filles ont dû vivre sans lui. Oui, je leur en parlerai un jour, mais pas maintenant. Surtout pas maintenant.

Lexi pose sa tête sur la balustrade en bois. D'après Sarah, leur père était extraordinaire (« *rien à voir avec Maureen* ») mais Lexi était trop jeune pour se souvenir de quoi que ce soit. Elle, ce qu'elle a de lui, sont de vagues souvenirs gravés en images sur des photos ainsi que quelques peluches et jouets de bébé. Sarah, elle, possède en plus un cartable contenant tout un univers fictif qu'elle a créé avec leur père. Une sorte de longue épopée à la *Seigneurs des anneaux*, avec des personnages aux pouvoirs magiques. Sarah n'a commencé à la mettre par écrit qu'après son départ précipité. Une façon pour elle de rester connectée à lui. Lexi n'a pas vu ce cartable vert foncé depuis un moment, mais elle sait que Sarah ne s'en séparera jamais. Elle a toujours blâmé Maureen du fait qu'il soit parti et Lexi s'est rangée de son côté sans se poser de questions, sa sœur ayant plus de souvenirs qu'elle sur cette période de leurs vies.

Mais leur père les a réellement abandonnées. Lexi réalise qu'elles ont eu tort sur toute la ligne depuis si longtemps.

— Je dois te laisser. La voix de Maureen se brise légèrement et Lexi bondit sur ses pieds. Je vais refaire un tour pour les chercher. (Silence) Oui, d'accord, je te tiens au courant. Je t'aime aussi. Bye.

Lexi se déplace vers la porte d'entrée sur la pointe des pieds mais, contre toute attente, Maureen ne bouge pas de la cuisine. Lexi l'entend pleurer un moment et les larmes lui montent aux yeux. Dans le silence de la maison, Lexi prend conscience qu'elle aime sa mère plus qu'elle ne le laisse paraître, et qu'Élisabeth a raison. Elle la blâme depuis toujours pour quelque chose dont elle n'est pas responsable et semble oublier une chose importante : elle ne les a pas abandonnées. Elle est restée. Maureen a bien des défauts mais la lâcheté n'en fait pas partie.

Lexi entend Maureen renifler longuement et s'imagine ce que sa mère est en train de faire. Elle tente de reprendre le contrôle. Dos droit, inspiration et coup de cheveux vers l'arrière. Une chaise glisse sur le plancher. Lexi en profite pour tourner la poignée de la porte et la refermer.

Maureen bondit dans le corridor, les yeux encore humides.

— Ah ! Te voilà ! souffle-telle en s'avançant vers elle, les mains sur les hanches et en éclaircissant la gorge. Tu sais où est ta sœur ?

Lexi s'élance vers Maureen et l'entoure de ses bras. Elle s'accroche à sa mère le plus fort qu'elle le peut et quelques larmes viennent mouiller la chemise blanche de celle-ci. Maureen, surprise, l'entoure des siens avant de poser un baiser dans ses cheveux.

— On doit parler, lui chuchote-t-elle.

Lexi hoche la tête alors que la porte d'entrée s'ouvre sur Sarah. Maureen lâche peu à peu sa prise sur sa fille qui lève la tête vers elle. Le sourire de Maureen s'évapore en voyant l'expression sur le visage de son aînée. Lexi se tourne vers Sarah qui se tient droite dans l'entrée et dont les yeux rougis n'augurent rien de bon.

— Je nous fais des chocolats chauds, lance Maureen en s'éloignant vers la cuisine. En partant, sa main effleure les cheveux de Lexi. Elle disparaît dans la cuisine. Allez, les filles ! On doit discuter de certaines choses.

— Tu parles, marmonne Sarah entre ses dents en

dévisageant sa sœur comme une traîtresse.

Lexi, gênée, marche vers la cuisine, ayant conscience du regard de feu de Sarah posé sur elle.

— Et les fugues, c'est terminé ! Ici, on s'assoit et on règle les choses.

La voix de Maureen est de nouveau en contrôle mais Lexi la voit discrètement essuyer une larme en versant l'eau dans les tasses. Elle saisit la sienne et en boit une gorgée. Alors que Maureen prend place avec elles à la table, Lexi la regarde et lui sourit. Elle se surprend à penser à l'amoureuse secrète. *Qui est-elle ?* Alors qu'elle redoutait de la rencontrer quelques instants plus tôt, Lexi se demande quand elle pourra faire sa connaissance. Elle a envie d'en savoir plus sur cette mystérieuse inconnue et d'en connaître plus sur sa mère. La discussion qu'elle a surprise lui a montré une facette différente de Maureen qu'elle a envie de découvrir.

Maureen lui rend son sourire au-dessus de sa tasse. Lexi revoit la scène de ce matin entre Maureen et Élisabeth mais la colère n'y est plus. Elle réalise que son amie a raison sur un autre point : elle doit apprendre à écouter le point de vue des autres au lieu de se limiter aux siens. Sa mère n'est pas parfaite, mais elle l'aime et ne l'abandonnera jamais. C'est tout ce qui compte.

# LE GROS PROBLÈME DE DEREK

# LE GROS PROBLÈME DE DEREK

## Cours de danse avec Alicia

La pièce embaume le parfum vanillé et la lessive propre. Tout dans la chambre d'Alicia est bien rangé. Même ses stylos sont alignés en une ligne droite sur son bureau d'un blanc impeccable. Markus se sent rougir jusqu'aux oreilles juste par le fait de se retrouver de l'autre côté de cette fenêtre qu'il a l'habitude d'observer de sa chambre. Pour les cours de danse, ils vont généralement au sous-sol de la maison d'Alicia : il y a plus d'espace et il y fait moins chaud. Cependant, il y fait plus sombre et Markus n'ose pas avouer à la belle danseuse qu'il déteste le manque de lumière. Et la poussière. Et les endroits clos. Heureusement, Alicia laisse toujours une porte ouverte, peut-être inconsciemment. La porte de sa chambre est entrebâillée et Markus entend la mère d'Alicia s'activer en bas, en plein nettoyage.

— Tu vas à la Fête de Fin d'Été ce soir ? demande Alicia en branchant son cellulaire à son petit haut-parleur. Elle aime le léger grincement que fait l'appareil, ça lui rappelle les vieux films en noir et blanc, lui a-t-elle dit une fois.

— Probablement.

Il lui semble que tout le monde ne parle que de cela depuis une semaine. À l'épicerie, au parc, à la maison; la Fête de Fin d'Été est sur toutes les lèvres. Seulement parce que cette année, contrairement aux précédentes, en plus du feu d'artifices et des musiciens, on a promis un concours de danse. Il y aurait même un humoriste invité et des tours de magie.

Alicia s'est inscrite au concours dès le début de l'été avec des amis. C'est d'ailleurs la raison principale de ses nombreux retards à leurs rendez-vous hebdomadaires. Elle a insisté pour que Markus se joigne à eux, prétextant qu'il sait bouger mais qu'il manque seulement de confiance en lui, mais le jeune garçon est beaucoup trop timide. Surtout que le « *Club des Braves* » n'est pas au courant de ses petits cours en privé et il n'a pas envie d'entendre les commentaires bizarres que ne manquerait pas de lui lancer Derek.

Ils ont d'ailleurs rendez-vous chez Alex tout à l'heure pour les fameux « *défis du week-end* ». Il lui semble qu'il y a une éternité qu'il n'y a pas participé. L'idée d'espionner les gens ne lui plaît pas et quand Lexi a proposé de suivre Maureen, il a tourné les talons. Markus se réjouit tout de même que Lexi se soit rapprochée de sa mère. Depuis une semaine, elle semble plus heureuse et a même insinué qu'elle ne serait pas contre l'idée de rencontrer l'amoureuse secrète. *Pour s'assurer que celle-ci ne brise pas le cœur de Maureen.*

— Alors, si tu vas à la fête, on doit travailler le slow.

— Le quoi ?

Markus sait très bien ce qu'est un slow et ses mains deviennent moites; cette danse nécessite de gros rapprochements. Dans les films, l'homme et la femme sont pratiquement collés l'un à l'autre. Markus remonte ses lunettes sur son nez.

— Le slow, répète Alicia. Elle ricane et lui prend la main pour l'amener au centre de la pièce, sur l'épais tapis de poils blancs devant son lit. Allez, ne sois pas timide. Quand on danse, il faut laisser la gêne de côté et s'abandonner à la musique. Tu verras, c'est facile.

Alicia appuie sur un bouton de son cellulaire et de délicieuses notes douces volent à travers la pièce. Alicia envoie ses cheveux brun-roux en arrière d'un simple coup de tête. Lorsqu'elle positionne la main droite de Markus dans le haut de son dos et que de l'autre leurs paumes se joignent, Markus réalise que ce sera tout sauf facile; il n'entend plus la musique. Les notes se perdent en chemin et ne parviennent plus à ses oreilles. Seul résonnent les battements de son cœur qui cogne inlassablement dans sa tête et contre sa poitrine.

## Problèmes d'argent

Derek s'adosse à la devanture de la librairie. Le ciel

est couvert et quelques gouttes de pluie s'écrasent au sol ici et là, mais pas suffisamment pour obliger les gens à sortir leurs parapluies. Derek se passe la main dans les cheveux qui retombent à leur place comme toujours. Il tient dans ses mains le livre de Marvel qu'il a tenté de se faire rembourser.

— Désolé mon gars, le plastique a été retiré. Je ne pourrais pas le revendre en magasin.

Le jeune garçon en tourne les pages, abrité par le petit auvent d'à peine deux pieds qui protège la porte d'entrée, et fait glisser ses doigts sur les images. Une goutte vient tout de même s'écraser sur l'une des pages. Habituellement, Derek se serait empressé de l'essuyer en jurant, mais il reste là, immobile, à la regarder s'étendre et couler. Il l'essuie malgré tout et s'assied sur la petite marche en béton sous ses pieds.

Il a de plus gros problèmes à régler : il doit rendre l'argent à Lukas. Le coffre bleu poudre de William contenait également une liasse de billets et il a été idiot de les dépenser. La somme n'était pas énorme et Derek avait pensé qu'il s'agissait là de la part de son frère sur les anciens vols et que personne ne la réclamerait. Il a donc omis de parler de ce détail à Guillaume et Marguerite. Pour une fois, il avait un peu d'argent. Il aurait dû se douter que ça n'allait pas durer.

Lukas lui demande la totalité du coffre et il en connaît exactement le contenu à vingt dollars près. Il doit lui redonner le tout cet après-midi au lac. Derek sent monter en lui l'angoisse. Tout au long de la semaine, il a reçu des paquets de crottin, de lettres de menaces et même un oiseau mort, dont il se débarrassait rageusement dans les ordures ou les toilettes. Il trouvait tout cela plutôt débile. Lukas et sa bande ne savent pas qu'il est au courant de leurs vols. Il ignorait donc les paquets-surprises morbides avec l'intention de feindre l'ignorance si Lukas et sa bande lui parlaient en face.

Cependant, l'un des derniers colis, contenant encore du crottin d'on-ne-sait-quoi avec la mention « *Rend-nous le coffret bleu, sinnon tu est dans la merde* », l'a ébranlé plus que les autres et le jeune adolescent a réalisé que le problème était plus sérieux qu'il ne le pensait quand il a lu la phrase qui suivait :

*Il serais dommage de sans prendre à ta petite ami. RDV aux lac samedi.*

Le jeune garçon a alors commencé à réfléchir plus sérieusement, perturbé à l'idée que Lexi soit dorénavant incluse dans l'équation. Ils ont dû la voir partir de chez lui le week-end dernier. Il n'a pas le choix, il ira au rendez-vous lancé par Lukas et, malgré qu'il n'ait pu se faire rembourser le livre, il croit malgré tout avoir la solution pour se tirer d'affaire.


## Conseils vestimentaires d'Alicia


Markus danse toujours avec Alicia. Il doit avouer que les pas de danse ne sont pas compliqués. Gauche-ensemble-gauche-ensemble puis même chose sur la droite. Ce qui l'est c'est la proximité qu'il a avec elle. La tenir si près de lui est tout un défi. Son odeur vanillée emplit ses narines et l'enivre comme une drogue. Ils n'ont jamais dansé aussi proche et Markus se demande si, à cet instant, elle partage les mêmes sentiments que lui, c'est-à-dire de l'amour et la gêne. Deux sensations bien distinctes qui donnent l'impression de voler tout en ayant des pieds de plomb.

La musique diminue doucement et Alicia relève la tête. C'est leur dernière pratique car Markus doit se rendre chez Alex.

— C'est bien. C'est plutôt facile non ?

— Oui, c'est moins pire que ce que je croyais.

Alicia sourit en faisant un pas en arrière. Markus relâche la main qui était posée dans son dos.

— Attends-moi ici, je dois te montrer quelque chose avant que tu partes. Alicia quitte sa chambre et descend au sous-sol trouver sa mère. Maman, tu sais où se trouve...

Markus se relâche et roule des épaules. Il doit se détendre. Il passe une main rapide dans sa tignasse brune emmêlée et remonte ses lunettes sur son nez avant de prendre trois bonnes inspirations. Des pas se font entendre dans l'escalier. Alicia réapparait avec un emballage plastique recouvrant un habit couleur rouge foncé.

— Il était à mon cousin mais, comme il est plus vieux, il ne lui va plus du tout. Alicia dépose le paquet sur le lit et en relève la protection. Il t'irait bien à toi.

— À mmmoi, répète Markus en se pointant lui-même du doigt.

— Oui, pour ce soir.

Alicia se tourne vers lui enthousiaste. Markus hésite. L'habit lui semble petit contrairement à ce qu'il porte habituellement mais la couleur n'est pas mal. C'est rare de voir des habits de cette couleur. Comme il ne sait pas quoi lui répondre, Markus essaie de gagner du temps.

— Pourquoi le costume de ton cousin est-il chez toi ?

Alicia rougit. Markus la sent mal à l'aise et regrette sa question.

— Bien... c'est que... Elle pouffe de rire et met sa main devant sa bouche. Markus adore ce petit geste pudique et féminin à la fois. J'ai déjà joué un garçon dans une pièce de théâtre à mon ancienne école. En fait, plus un homme qu'un garçon. Je jouais un méchant père de famille bourgeoise. Je m'étais relevé les cheveux en un chignon bien serré sous un chapeau melon (elle mime le geste). Je flottais dans ses vêtements, mais c'est les seuls que j'avais pu trouver. Mon cousin ne me l'a jamais redemandé et j'ai fini par oublier de lui rendre. Maintenant, il est trop grand pour entrer dedans.

— C'est toi qui devrais le mettre pour ce soir. Tu feras fureur.

Markus se surprend lui-même de son commentaire. Ça a été plus fort que lui, il s'est imaginé Alicia dans ces vêtements et cette image l'a fait rigoler. Il fait rarement ce genre de blague mais Alicia rit et il en est fier.

— Promets-moi au moins de l'essayer, lui demande-t-elle en lui glissant le costume sur le bras.

Markus accepte. Le sourire toujours accroché aux lèvres, il retourne le déposer chez lui avant de repartir chez Alex.

# Rendez-vous avec Lukas

— Tu crois qu'on va gober tes salades ?

Lukas quitte la roche sur laquelle il était assis en attendant Derek et avance d'un pas vers lui. L'adolescent sent également du mouvement derrière lui. Patrick et Garry, qui vaquaient paresseusement à leurs activités jusque-là, soit faire des ricochets sur l'eau pour le premier et aiguiser un bout de bois avec une roche pour l'autre, délaissent roches et bâton pour l'encercler.

Derek, tente de paraître décontracté malgré le trac qui l'habite et glisse nonchalamment les mains dans les poches de son jeans troué. Il y bouge les doigts frénétiquement tout en répétant aux autres les phrases qu'il s'est récité mentalement tout au long du trajet jusqu'au lac : « *J'suis pas au courant d'quoi que c'soit. J'sais pas d'quoi vous parlez et c'que vous cherchez. C'est quoi cette histoire d'coffret bleu ? Mon frère vous devait d'l'argent ? Il n'm'a rien dit.* »

— Pauvre Derek, on est désolés. Lukas s'immobilise à quelques centimètres du jeune garçon. À en juger par son expression, il n'a pas l'air désolé du tout. On a dû faire erreur, hein les gars ?

Patrick et Garry ricanent derrière l'adolescent. Au son de leurs rires, Derek constate qu'ils sont encore plus près de lui que tout à l'heure. Il ne les regarde pas, son attention toujours fixée sur Lukas. Il déteste la lueur malicieuse de ses yeux bleus et le long rictus qui apparaît sur ses lèvres. Il était vraiment idiot de croire que de jouer la victime innocente aurait pu changer la situation.

Lukas pose la main sur l'épaule de Derek qui tente de maîtriser le petit frisson qui lui parcourt l'échine. Lukas dépasse Derek d'une bonne tête. Malgré son manque de confiance, Derek décide de rester dans son rôle de frère naïf et affiche un sourire qu'il veut décontracté.

— On va te laisser tranquille alors. Lukas assène deux petites tapes sur l'épaule gauche de Derek alors que des ricanements se font entendre à nouveau derrière. Les gars et moi on est désolés de t'apprendre alors que ton frère est en fait un sale connard.

Lukas appuie sur les derniers mots avec colère et approche son visage de celui de Derek, si bien que le jeune garçon se demande si ceux-ci ne lui sont pas adressés à lui.

Comme réponse à sa question, un violent coup de poing le percute en plein ventre et Derek tombe à genoux au sol, cherchant son air.

— Tu nous prends vraiment pour des cons ! Lukas se penche à son niveau. Derek réunit toutes ses forces pour relever la tête vers lui. Pourquoi la vieille est-elle au courant pour les bijoux, hein ?

Derek arrondi les yeux. *Comment sont-ils au courant ?* Comme s'il pouvait lire ses pensée, Lukas poursuit :

— Les nouvelles vont vite dans cette ville. Une petite vieille qui téléphone à gauche et à droite pour des renseignements. Tu es encore plus imbécile que Will !

Sans crier gare, Lukas se relève et envoie un coup de pied dans les côtes de Derek qui tombe en arrière sous l'impact. Ce dernier tente de se remettre debout mais sent qu'on lui empoigne les bras des deux côtés.

— Mais... ma..., bafouille-t-il.

— Quoi, j'entends rien, ricane Lukas en tendant l'oreille.

Derek essaie de nouveau de parler. Il a prévu une solution de secours mais il est incapable de dire un mot, se contentant d'aspirer de l'air du mieux qu'il le peut. Il se sent alors tirer vers le haut et on le force à tenir sur ses jambes. Plus loin, Lukas se saisit d'un bâton de bois.

— C'est tout de même courageux d'être venu sans ta bande de petits guerriers. Ta petite amie est au courant que tu voles les gens ?

— Pas ma... p'tite amie...

— Ouais, ouais on s'en fout, fait Lukas en balayant la main. Où sont les bijoux et l'argent ?

Derek reste silencieux, les yeux fixés sur le bâton que Lukas tape contre la paume de sa main.

— J'ai une autre solution pour l'argent.

Le bout de bois fend l'air et lui frappe la jambe droite. Derek réprime un cri de douleur. Patrick et Garry le soutenant comme des béquilles.

— C'est quoi ton plan ? demande Garry, intrigué.

Derek leur expose son idée : il y a un concours de bandes dessinées qui prend fin bientôt. Son projet est bientôt terminé et il est quasi-sûr de remporter le premier prix. Deux cents dollars. C'est plus que la somme qu'il y avait dans le coffret bleu. Cependant, Lukas n'est pas aussi optimiste que lui à cette idée car il abat de nouveau le bâton, sur la jambe gauche cette fois.

— Arrrr !

— Où sont les bijoux, Derek ? C'est la vieille qui les a ?

Le jeune garçon n'en peut plus et craque. Il avoue les avoir effectivement laissés à Marguerite. Lukas feint de frapper Derek une dernière fois mais s'arrête in extremis en rigolant. Il s'approche encore plus près du jeune garçon et lui fouille les poches. Un large sourire s'étire sur son visage alors qu'il en sort le cellulaire.

— Juste au cas où. Lukas range l'objet dans la poche arrière de son pantalon. Allez, on se magne, il semblerait bien qu'une petite visite à la vieille s'impose.

Lukas balance son arme dans le buisson le plus proche avant de se mettre en route. Patrick et Garry lâchent Derek pour le suivre. Le jeune garçon tombe à genoux et peine à se relever. Il est couvert de boue humide et aura bientôt des marques apparentes sur les jambes. Tout compte fait, son idée n'était pas aussi géniale qu'il le pensait.

# Réunion du « *Club des Braves* » chez Alex

Markus s'étend sur les coussins près de la console de jeux vidéo d'Alex, à même le sol. Il étire ses longues jambes et accote sa tête sur le mur jaune. Le soleil se pointe enfin le bout du nez. Ses rayons pénètrent dans la chambre par le puit de lumière du toit incliné et tombent directement sur les jambes du jeune garçon. Il les regarde et bouge les orteils. Il lui semble avoir encore grandi, lui qui dépasse déjà les autres d'une bonne tête. Ses longues jambes n'ont pas arrêté de trembler depuis ce matin, comme si elles appartenaient à quelqu'un d'autre et qu'il n'avait aucune emprise sur elles. C'est une chance que le slow soit une danse plutôt simple à maîtriser, sinon il ignore comment il aurait fait pour s'en sortir.

— J'ai une super idée de défi, lance aussitôt Alex, debout devant la porte, carnet et stylo à la main. Pas trop compliqué mais pas simple à la fois.

Alex se fait mystérieux souhaitant être interrogé mais personne ne lui pose de questions. Markus ferme les yeux. Il a une super bonne nouvelle à annoncer mais il doit encore attendre : Derek et Lexi manquent à l'appel.

— Tu as vraiment lu tout ça ?

Markus relève lentement la tête. Élisabeth se tient à demi-penchée devant la haute bibliothèque blanche de la chambre. Alex y classe tous ses livres, encyclopédies et bandes dessinées chacun dans un compartiment différent. Malgré tout, certains d'entre eux sont empilés maladroitement sur les autres par manque de place, et quelques aventures d'Hercules Poirot et Miss Marple patientent sur le petit bureau de travail.

— C'est pas tant que ça. Il y en a beaucoup qu'on a lus en classe.

— Tu les gardes ? Moi je les refile à mon petit frère, s'esclaffe Guillaume. Il aura sûrement besoin de les lire d'ici deux ans. Ils sont tellement vieux que je crois que même nos parents ont été forcés de les lire.

Des pas dans l'escalier. Lexi fait son apparition dans la pièce, un sourire aux lèvres. La petite griffure sur sa joue gauche est encore visible mais tend à disparaître. Élisabeth remet vite un livre en place et s'élance vers son amie, l'agrippant par le bras.

— Tu vas la rencontrer ? Tu sais qui c'est ?

— Pas encore. Maureen veut attendre que Sarah soit prête.

L'amoureuse secrète.

Ce qui au départ avait créé un énorme conflit entre Élisabeth et Lexi semble désormais les avoir rapprochées. Les deux filles chuchotent entre elles et gloussent en se donnant des coups de coude.

— On fait les équipes alors ? propose Alex, excité à l'idée de jouer.

Alors qu'il distribue des bouts de papiers déchirés à même son carnet de note, les membres du Club se séparent en groupe de deux. Markus fait équipe avec Guillaume, Lexi avec Élisabeth et Alex sera avec Derek qui devrait arriver d'une minute à l'autre.

Cependant, ce dernier ne fait aucune apparition. Croyant qu'il se soit trompé d'endroit, Alex lui envoie un message qui demeure sans réponse un long moment. Alors que les autres s'impatientent et s'écroulent sur le lit ou à même le sol, Markus sent un léger frisson lui parcourir le dos. Les poils de ses avant-bras s'hérissent et une petite angoisse lui serre la gorge. Ce n'est pas la première fois qu'il éprouve cette sensation. Quelque chose n'est pas normal, il le sent et son instinct ne se trompe que rarement.

Ils doivent retrouver Derek.

## Une visite à Marguerite

Derek appuie sur la sonnette de Marguerite et un carillon résonne à l'intérieur. L'adolescent espère que la vieille ne sera pas chez elle, mais ne se fait pas trop d'illusions. Il est vrai que Vieille Branche sort plus souvent maintenant mais il y a quatre-vingt-quinze pourcents de chance pour qu'elle y soit. Des pas se font entendre de l'autre côté de la porte et Derek ferme les yeux en marmonnant tout bas. Garry, sur sa gauche, se tient un pas derrière lui et lui décoche un coup de coude provocateur. Il tente de faire son dur à cuire, fier d'avoir été choisi par Lukas pour cette mission, mais, entre les trois, c'est lui le maillon faible. Derek l'a remarqué très rapidement par son attitude suiveuse et moins rebelle que les deux autres. Il ferait tout pour impressionner les autres qui se servent de lui pour les sales tâches. Lukas, pas assez idiot pour tenter la chance d'être reconnu par Marguerite, a décidé de rester au parc tout près. Derek sent son regard peser sur son dos. Patrick, lui, surveille la sortie derrière la maison. Il n'y a pas d'issue possible.

Marguerite apparaît sur le seuil et lui fait un grand sourire. Elle est vêtue d'un T-shirt blanc jauni et d'une salopette rouge foncé tachée d'une matière grisâtre.

— Derek ! Je suis contente de te voir, s'exclame-t-elle en s'essuyant les mains avec un torchon déjà sale. J'ai quelque chose à te dire.

Son regard glisse des vêtements sales de Derek au garçon derrière lui. Derek reste de marbre et sa main droite vient taper sa cuisse frénétiquement.

— Et vous êtes ? demande-t-elle.

— Un ami, s'empresse de dire Garry en glissant un bras autour du cou de Derek tout en mâchouillant une gomme à mâcher imaginaire. Sa proximité met fin au mouvement nerveux de l'adolescent.

Derek pouffe presque de rire. Garry est nul pour jouer la comédie. Marguerite, méfiante, plisse les yeux et incline la tête.

— Je vous connais ? Je vous ai déjà vu quelque part.

Garry se fige et se redresse d'un coup, oubliant sa supposée gomme à mâcher. Ses doigts se crispent sur l'épaule de Derek. Celui-ci sent la tension redescendre doucement. Il ne manquerait plus que Marguerite reconnaisse Garry comme étant l'un des amis de son frère.

— Nnnon, je ne crois pas m'dame.

Derek n'en revient pas. De crapule, il devient soudainement tout petit devant une vieille dame. *Pathétique !* Derek étouffe un rire et un sourire fend son visage. Il relève les yeux et remarque que Marguerite l'observe. Il redevient sérieux, ne souhaitant pas lui envoyer le mauvais message. Marguerite lui rend malheureusement son sourire, et réalisant sa tenue, se met à glousser.

— Désolée pour mon accoutrement; samedi, c'est poterie. Entrez vite mes petits, je ne voudrais pas que Buster s'échappe une seconde fois.

Marguerite ouvre la porte en grand et Derek se faufile maladroitement à l'intérieur suivi de près par Gary. Il n'aurait pas dû sourire comme un débile, maintenant elle croit réellement qu'ils sont amis. Sur la table basse du salon traîne une petite assiette de biscuits secs et Garry s'empresse de se servir. Derek ne manque pas une seconde de la grimace qui s'ensuit. Les larmes aux yeux, Garry se détourne pour cacher ses toussotements. *Ça t'apprendra imbécile !*

Un chat au pelage blanc l'observe, perché sur une chaise de cuisine. *Tiens, un nouveau chat ?* Derek sursaute au contact des mains de Marguerite sur son épaule.

— Ça va mon garçon ? Ses yeux sont doux et protecteurs.

— Oui, ça va, ment-il.

Derrière la vieille dame, il y a une porte entrouverte d'où s'échappe une douce musique classique. Derek suppose que c'est la pièce dans laquelle elle travaille. La maison sent la terre et l'humidité.

— Il ne sera pas nécessaire de s'asseoir, s'exclame Marguerite en contournant Derek pour faire face à Garry.

Celui-ci, surpris, se lève du divan si rapidement qu'il en a à peine effleuré un coussin. Son visage est encore rouge d'avoir avalé de travers.

— Je sais pourquoi vous êtes là, continue-t-elle calmement. Si je vous donne ce que vous cherchez, laisserez-vous ce jeune garçon tranquille ?

Garry écarquille les yeux. Il ne fait que hocher la tête en fixant Marguerite qui se tient maintenant entre lui et Derek. Ce dernier reste sans voix et, pendant un moment, seulement quelques notes de piano emplissent le silence. Derek sent la panique s'envoler; il n'aurait pas cru que ce serait aussi facile. Il s'autorise enfin à respirer calmement. Marguerite n'a qu'à leur rendre les bijoux et ce sera la fin de l'histoire.

Marguerite passe devant Derek en lui tapotant gentiment l'épaule et monte à l'étage. Lorsqu'elle redescend, elle tient la boîte bleu poudre dans les mains. Garry, ayant retrouvé un semblant de dignité, bombe timidement le torse et son regard se veut plus dur. Il s'empare de l'objet d'un mouvement raide quand celui-ci vient à sa portée et l'ouvre en souriant.

— Il ne reste que la montre !

Garry relève la tête vers la vieille dame, une grimace sur le visage. Derek ignore si c'est de la colère ou bien un restant de sel des biscuits sur sa langue.

— Les autres ont été restitués à leurs propriétaires. Marguerite jette un œil à Derek par-dessus son épaule. Il ignore si elle dit la vérité. *Les autres bijoux sont-ils cachés tout là-haut ?* Garry semble avoir la même idée car son regard passe de la vieille à l'étage.

— Si vous ne me croyez pas, voyez par vous-même. Inutile de tout mettre sens dessus-dessous dans ma chambre, ce ne sera pas nécessaire.

Tout en parlant, Marguerite sort de la poche centrale de sa salopette deux photos. Cornées sur les bords, les couleurs ont légèrement pâli avec les années. Sur la première, une dame d'une quarantaine d'années tend son verre de vin à l'objectif. Une bague, couleur or, que Derek reconnaît bien, brille à son annulaire droit. Sur la deuxième, le garçon doit se rapprocher pour vérifier. Il discerne alors un homme dansant avec une femme aux cheveux blancs soigneusement coiffés, deux boucles d'oreilles Chanel pendant à ses oreilles.

— Je n'allais pas remettre ces bijoux à n'importe qui sans demander de preuve, non ? Alors, voilà ce qu'il vous reste et je vous prierais de laisser ce jeune garçon tranquille.

Garry braque des yeux mauvais sur Derek et, sans se faire prier, referme la boîte et sort. Marguerite soupire enfin et, souriante, se tourne vers Derek. La tension de l'adolescent monte d'un cran. Si Marguerite croit qu'il est si facile de se débarrasser de Lukas et sa bande, elle se met le doigt dans l'œil. Il sait que la situation sera pire aussitôt qu'il aura mis le pied dehors.

Il demande à aller à la toilette et, aussitôt la porte de la salle de bains fermée, il appuie son front contre le bois. En tournant la tête vers la fenêtre, il aperçoit Patrick, debout sur le petit sentier derrière la maison. Derek glisse au sol. *Comment va-t-il se sortir de tout ça ?*

## Tous chez Derek

Les parents de Derek sont absents. Markus a cogné à la porte de devant mais personne n'a répondu. Lexi s'est alors précipitée dans la cour arrière et s'est faufilée à l'intérieur par la fenêtre du sous-sol. Habituellement, Markus n'y serait pas entré, mais là il doit faire exception.

La chambre de Derek est plongée dans le noir. Mis à part la lumière qui pénètre par leur entrée secrète, on ne voit rien. Markus écrase le pied d'Alex et s'excuse alors qu'il se fait maladroitement pousser par Guillaume. Lexi va allumer l'interrupteur en haut de l'escalier.

Markus ignore encore ce qu'ils recherchent, mais il y a forcément quelque chose ici qui leur donnera un indice sur ce qui se passe avec Derek.

— Il est peut-être allé voir William et a juste oublié de nous le dire, suggère Alex en se massant le pied.

La lumière s'allume et Lexi redescend.

— Nah! Aucune chance, répond Guillaume en réajustant son chandail. Tous les regards se posent sur lui.

— Pourquoi tu dis ça ? demande Lexi, soupçonneuse.

Guillaume rougit et s'empresse d'ajouter :

— Je ne crois pas qu'il soit prêt, c'est tout.

Les autres acceptent cette réponse d'un hochement de tête et tous contemplent la chambre. Ils ne sont pas entrés ici depuis longtemps. Markus ignore pourquoi Derek a subitement décidé qu'on n'entrait plus dans sa chambre. Du jour au lendemain, il parlait de son intimité et son besoin d'avoir son espace à lui seul. Maintenant il comprend. Markus jette un œil autour de lui. Le lit est défait, les couvertures sens dessus-dessous. *Comment dort-il ?* Des posters Marvel recouvrent presque l'entièreté des murs. Des petits tas de vêtements sont empilés un peu partout sur le plancher et les commodes selon l'ordre précis des journées où ils ont été portés. Une assiette crasseuse traîne sur un tabouret de bois à côté d'emballages de toutes sortes. Markus prend une grande respiration et résiste à l'envie de tout ranger. Ils ne sont pas là pour ça.

— Je me sens mal. Il sera furieux s'il apprend qu'on est ici, marmonne Guillaume. Il déteste qu'on viole son intimité.

Élisabeth est la première à se lancer.

— C'est pour son bien. Allez, on s'y met.

Tandis que ses amis s'élancent dans la pièce, Markus reste où il est et décide d'inspecter le petit bureau sous la fenêtre. Lexi s'en approche également mais finit par se diriger vers le placard sur la droite. Elle en ouvre la porte mais Markus sent son regard posé sur lui du coin de l'œil, sans savoir pourquoi.

Markus pose la main sur la petite poignée en rond et inspire. Il n'aimerait pas qu'on fouille ainsi dans sa chambre. Il entend tous les bruits autour de lui : on soulève le lit, on ouvre les commodes, Lexi pousse des cintres et il se sent mal-à-l'aise. Il a toujours détesté s'introduire dans la vie personnelle des gens à leur insu. C'est contre ses valeurs et il avait été le premier à seconder Derek dans son idée que leurs chambres devaient rester privées. Il tire malgré tout le tiroir en contemplant le mur en face de lui. Son ami a besoin d'aide. Il n'a pas le choix. Puis, trouvant le courage de baisser les yeux, il découvre avec appréhension ce qu'il contient.

## Que fait-on maintenant ?

— Que fait-on maintenant mon cher Derek, hein ?

L'adolescent est pris en sardine entre Patrick et Lukas, Garry traînant la boîte métallique derrière. Comme il se l'était imaginé, il s'était fait prendre par Patrick en sortant par la ruelle. Marguerite avait insisté pour appeler Max, le frère d'Alex, mais Derek avait ouvert la porte et avait choisi de sortir. La pauvre ignore qu'il n'est pas si simple de se débarrasser de ce genre d'ennemis et il ne veut pas causer davantage de problèmes à Lexi. Car s'ils ne peuvent s'en prendre à lui, c'est elle qui subira.

Les ongles de Patrick lui entrent dans la peau, il aura

probablement des marques sur l'épaule gauche demain. Lukas le tient collé à lui en l'entourant par le bras. De loin, on pourrait croire qu'ils sont amis, mis à part l'air renfrogné de Derek qui avance les mains dans les poches.

— Je propose que nous allions chez toi, ordonne Lukas. Tu nous montreras ton merveilleux projet, hein les gars ?

Il relève la tête pour regarder par-dessus son épaule. Garry traine les pieds derrière.

— Tu as intérêt à le gagner ce stupide concours..., balance-t-il entre ses dents en faisant glisser la montre de gauche à droite dans le coffret. Je veux mon argent !

Derek roule des yeux. On dirait un bébé à qui on aurait enlevé son jouet. Derek l'entend murmurer encore derrière : crétins de Roy... jamais dû leur faire confiance...

— Haha, bonne idée ! glousse Patrick d'un rire idiot. On pourra aussi fouiller la chambre de cet imbécile de Will.

La route vers sa maison promet d'être longue. Derek aurait bien aimé rouler à vélo. Étant plus rapide que ses trois balourds, il aurait été facile de les semer mais Lukas, perspicace, a jugé bon de marcher. « *Il serait dommage de se perdre de vue, non ?* » Ce qui signifiait, entre d'autres mots, qu'ils ne le lâcheraient pas d'une semelle. Derek sait que ses parents sont au travail; ils auront malheureusement le champ libre et tout le temps qu'ils leur faut pour se venger des « *crétins de Roy.* »

# Le retour de Derek

Markus glisse les doigts entre les pages de papier noircies, subjugué. Il reconnaît son visage et celui de ses amis sous les traits de super-héros à capes aux super pouvoirs. Le personnage principal a bien sûr les traits de Derek, mais le plus troublant c'est que celui-ci, en plus de remporter fièrement les batailles, gagne aussi le cœur d'une des leurs. Markus se détourne pour regarder Lexi qui se débat encore dans le placard encombré.

— Il avait dit vrai, c'est un vrai bordel là-dedans.

Soudain, il y a du bruit à l'étage et tous s'arrêtent de bouger. Markus referme le tiroir délicatement alors qu'autour de lui, on tend l'oreille. Quelqu'un entre dans la maison.

Guillaume entreprend de monter mais Élisabeth le retient par le bras. Devant le regard consterné de son ami, elle plaque un doigt sur sa bouche.

— Génial, il n'y a personne.

*Patrick* ? Markus se demande s'il a bien entendu et s'approche de l'escalier pour vérifier. Les autres l'imitent également sans bruit. Il est impossible de voir ce qui se passe en haut, la porte de la chambre étant fermée.

— C't'en bas.

— J'ai hâte de voir ça !

— Moi, je m'occupe de la chambre du gros Will.

Il ne peut pas se tromper, cette fois-ci c'est Derek, Lukas et Garry. *Que font-ils ici ?* Lexi est maintenant collée sur Markus et le jeune garçon réalise qu'ils se sont tous regroupé aux pieds de l'escalier, Élisabeth le pied sur la première marche pour monter. La poignée de la porte tourne enfin et ils voient apparaître Derek. Lukas et Patrick sont juste derrière lui. Leur ami se fige et ouvre de grands yeux ronds en découvrant leur présence. Markus remarque le regard soudainement mauvais de Lukas. Il pousse alors Derek violemment dans le dos. Celui-ci plonge vers l'avant et dégringole. Markus saute d'un pas en arrière alors que Derek termine sa descente en bas des marches.

— Arrggg...

— Tu es malade ! hurle Élisabeth qui, ayant reculé instinctivement lors de l'incident, s'élance maintenant vers son ami.

Derek se relève péniblement sur un coude. Il a la lèvre inférieure qui saigne. Lukas et Patrick descendent l'escalier.

— Tu nous a menti pas vrai ? Vous êtes bien tous pareils les Roy ! Des maudits menteurs !

Le vacarme cesse dans la chambre de William, et Garry se pointe le bout du nez. En voyant Derek au sol, la lèvre ensanglantée, il sourit à pleines dents et bombe le torse.

— Dommage, j'ai manqué le spectacle.

Élisabeth tente d'aider Derek à se relever mais celui-ci refuse son aide et se lève seul.

— Qu'est-ce que vous voulez ? demande Lexi.

Les yeux de Lexi lancent des éclairs, Guillaume est blanc comme un drap et Alex s'agrippe à son sac à dos.

— Je veux seulement récupérer ce qui est à moi.

— On veut notre argent, continue Garry.

— La ferme, chiale Patrick en donnant un coup de coude à Garry.

Markus ne comprend plus rien. *Derek a-t-il vraiment des dettes envers ces brutes ?* Lukas descend l'escalier suivi par ses comparses. Élisabeth recule d'un pas en serrant les poings alors que Derek ne bronche pas. Lexi et Alex se resserrent autour de lui. Guillaume, incapable de bouger, reste sur place. Markus se joint malheureusement au groupe. Il déteste les bagarres mais Lukas et sa bande ne sont pas forts pour dialoguer.

— Oh, on relaxe... Il parait que votre ami travaille sur un merveilleux projet qui pourrait lui faire gagner l'argent qu'il nous doit. On est juste venu y jeter un coup d'œil. Pas vrai Derek ?

Tous se tournent vers Derek qui murmure un faible « *ouais* » avant de baisser les yeux. Les autres n'ont aucune idée de quoi il s'agit. Par contre, Markus sait maintenant de quoi il est question. Le fameux projet dont parle Lukas est enfermé dans le tiroir juste sous la fenêtre de la chambre.

— Ça peut attend'une aut'fois, il n'est pas encor' terminé. Ce s'ra mieux une fois fini.

Le cerveau de Markus roule à toute vitesse. Il remarque le regard furtif de Derek vers Lexi, ce petit geste presque imperceptible que lui seul comprend comme un signal : la présence de Lexi dérange. Markus fait le lien : pour que Derek se sente ainsi c'est qu'il y a sans doute du vrai dans ce qu'il vient de voir en dessins. À part les super pouvoirs et la force herculéenne des personnages, il ne reste qu'une chose qui puisse être vraie : les relations entre les héros. Si la plupart sont amis, il y a en a deux qui sont amoureux. Alors soit Derek a instauré une romance pour suivre un schéma type de bandes dessinées et s'en trouve gêné devant ses amis, en particulier Lexi dont le personnage est aussi impliqué, soit il y a une vérité cachée dans ce projet, une vérité qu'il souhaite garder secrète.

Peu importe la raison, Markus doit faire diversion, changer de sujet. Il s'élance.

— Combien il vous doit ?

Tous se taisent. C'est le silence.

## L'affrontement

— Oh, t'as de l'argent l'intello. Ça m'intéresse.

Patrick et Garry pouffent de rire. Ils sont toujours derrière Lukas qui, lui, se trouve au milieu de l'escalier. Derek est soulagé que la conversation parte dans une autre direction mais panique à l'idée que son projet ait été découvert. Et par qui ? Pourquoi sont-ils tous dans sa chambre ?

— Il a gagné un concours de sciences ou j'sais pas quoi..., plaisante Patrick.

Garry pouffe de rire. Derek n'entend leur voix qu'en sourdine. Il glisse un œil vers le tiroir du bureau sous la fenêtre. Il est bien fermé. Rien n'indique qu'on y ait touché.

— C'est payant d'être scientifique ? Savais pas.

— Combien ? répète Markus calmement, comme s'il n'avait rien entendu de leurs remarques.

— Deux cent cinquante dollars.

— Soixante-quinze, rectifie aussitôt Derek qui revient enfin à la conversation.

Il n'a pas pu s'en empêcher, les mots sont sortis tout seul. Lukas bondit. Il saute les quelques marches qui le sépare de Derek et l'agrippe par les cheveux en tirant en arrière.

— Si je dis qu'il y avait deux cent cinquante dollars dans cette boîte, c'est qu'il y avait deux cent cinquante dollars dans cette boîte, OK ? Ton imbécile de frère a dû en dépenser un peu avant son foutu accident.

Élisabeth s'élance et mord le bras de Lucas.

— Argg ! Fais chier.

Le truand lâche aussitôt sa prise sur Derek et recule contre le mur en vérifiant son bras endolori. Élisabeth écarte les jambes, les poings levés.

— Comme ça, on veut jouer les durs, hein ?

Lukas saute sur Élisabeth, évite son coup de poing et l'empoigne à la gorge. Ensemble et sous les cris des autres, ils s'écrasent contre le mur du placard derrière eux. Lukas, le visage rouge, fulmine comme un chien enragé et serre de plus en plus fort. Élisabeth se débat et essaie de lui griffer le visage mais n'y arrive pas.

Derek tente d'intervenir mais Patrick est déjà sur lui, lui maintenant les bras dans le dos. Garry saute les dernières marches d'un pas joyeux, bloquant le passage aux autres. Il joue des poings avec Lexi et Alex ne sachant pas lequel des deux attaquer en premier.

— Haha ! On va bien s'amuser.

— HAAAAaaa !

Le tabouret en bois servant de table à manger à Derek vient s'écraser contre le pupitre sous la fenêtre tout près de Lucas. Il laisse une marque dans le meuble avant de retomber bruyamment au sol. Tous s'immobilisent, terrifiés. Garry pousse un cri aigu avant de se plaquer les deux mains sur la bouche.

Lukas, choqué, dévisage Guillaume.

— T'es fou ou quoi ?

Élisabeth tousse et s'éloigne de lui.

— C'est toi qui es fou, ajoute Lexi en aidant Élisabeth. Ça va ?

Guillaume respire fort.

— Laisse-la tranquille ! crie-t-il.

Derek ne reconnaît pas sa voix. Il est agressif et son visage est plissé sous la colère. Il avance d'un pas lourd vers Lukas les poings serrés. Celui-ci fait de petits pas en arrière sans quitter Guillaume des yeux. Guillaume n'a jamais aimé utiliser ses poings et Derek en avait presque oublié à quel point il est costaud. S'ils n'étaient pas amis, Derek aurait aussi peur de lui. Il semble avoir pété les plombs.

— POURQUOI VOUS VOUS EN PRENEZ À NOUS COMME ÇA ? QU'EST-CE QU'ON VOUS A FAIT ? Guillaume hurle en continuant de marcher vers Lukas. Ses poings tremblent et son visage rougit de plus en plus. Vous... vous...

— Wooohoo... tout doux, tout doux. Lukas fait un signe de tête à ses comparses tout en faisant de petits pas à reculons pour regagner l'escalier. On s'en va les gars.

— AAAaaaaaa !

Guillaume fait mine de courir vers eux. Derek sent qu'on le relâche et les trois brutes prennent la fuite à l'étage.

— VOUS N'ÊTES QUE DE SALES VOLEURS ! leur crie Guillaume bien qu'ils soient tous au premier.

Puis, comme si la rage le quittait d'un seul coup, Guillaume se prend la tête à deux mains et s'écroule à genoux. Élisabeth et Lexi l'entoure de leurs bras. Alors que Patrick et Garry accourent vers la porte d'entrée en injuriant Guillaume, Lukas lance sa dernière menace du pas de la porte.

— On se donne rendez-vous à la fête de ce soir pour le remboursement sinon c'est la vieille qui va prendre.

Sur ce, il détale et claque la porte derrière lui.

# Une promesse entre amis

Guillaume reprend peu à peu ses esprits et se relève. Markus est estomaqué ! Jamais Guillaume n'a participé à une bataille ou osé s'affirmer. Il restait habituellement en retrait et encaissait les coups. Lui-même n'est pas très bon dans les bagarres mais il tente tout de fois de se défendre, contrairement à Guillaume. Lukas a dépassé les bornes, c'est évident, et Markus est fier de son ami.

C'est Alex qui rompt le silence.

— C'est quoi cette histoire de voleurs ?

Guillaume lance un regard paniqué à Derek.

— Ça va, dit celui-ci en s'avançant vers eux. Jusque-là, il a été coincé tout au bas de l'escalier. M'frère et la bande de Lukas volaient d'gens. Marguerite en f'sait partie. J'ai r'trouvé une boîte bleue avec des b'joux d'dans...et (il hésite), un peu d'argent.

— Et tu l'as pris ? s'indigne Élisabeth. Deux marques rouges sont visibles sur sa gorge.

— S'vais pas que Lukas s'vait pour c't'argent-là ! se défend Derek. Sa voix se calme alors qu'il fixe le sol en tapant du pied. C't'ait bien d'avoir un peu d'argent pour changer.

— Bon, qu'est-ce qu'on fait ? demande Markus. J'ai un peu d'argent de côté mais pas la somme complète.

— J'en ai aussi, dit Alex. Il hésite un instant avant de s'éclaircir la gorge. En fait, j'ai presque la somme exacte.

Dans le silence, personne ne pose de question. Tout le monde sait que la famille d'Alex n'est pas à plaindre niveau monétaire. À chaque anniversaire, Alex reçoit quelques billets en plus de ses cadeaux sous le regard envieux de Derek. Alex leur en fait souvent bénéficier en crèmes glacées et bonbons mais la majeure partie de cet argent, il le garde caché dans sa chambre, dans un petit coffre-fort rouge sous son lit. Alex a déjà entendu dire que le métier de détective ne permettait pas d'avoir un gros revenu alors il économise.

— Merci, murmure Derek.

— C'est vrai cette histoire de projet ? demande Guillaume. Tu travailles sur quelque chose ?

Markus remarque le léger soubresaut de son ami qui affiche peu à peu un petit sourire en coin. Par la question de Guillaume, il pense avoir la confirmation qu'ils ne sont pas au courant dudit projet. Markus ne dit pas un mot.

— Ouais mais c'pas très avancé. J'vous montrerai plus tard. C't'une BD.

Il y a au moins un peu de vérité dans ce qu'il affirme. Cependant, ce que Markus a vu n'est pas très loin d'être finalisé et, il en est convaincu, si concours il y a, les possibilités sont fortes pour qu'il le remporte. Les autres se réjouissent qu'il ait repris le dessin alors que Markus sait très bien qu'il ne s'est jamais arrêté. Guillaume entoure Derek par l'épaule et celui-ci grimace de douleur.

— Tu nous a foutu une de ces trouilles ! Oh désolé, fait Guillaume en s'écartant de lui. Tu ne répondais pas à nos messages.

— Zut, Lukas a encore m'cell... fait Derek en tapotant ses poches vides.

Markus prend la parole.

— Tu aurais dû nous en parler. Nous t'aurions aidé.

— Ouais c'était complètement idiot d'y aller seul. Ils sont timbrés, renchérit Guillaume.

Élisabeth s'avance en s'amusant avec ses longs cheveux. Elle semble très sérieuse.

— J'aimerais qu'il n'y ait plus de secrets entre nous. On est amis et les amis doivent tout se dire. Si on a des problèmes, on s'en parle. Si quelque chose nous déplaît, on se le dit. On est le « *Club des Braves* » et ensemble on sera toujours plus forts, pas vrai ?

Tous acquiescent. Markus fait un oui silencieux de la tête. Élisabeth est la première à mettre sa main devant elle, paume vers le plancher. Elle s'éclaircit la voix.

— Je suis parfois fatiguée de la gymnastique et

j'aimerais faire autre chose qui ne soit pas en lien avec le sport, mais je veux rendre mon père fier de moi. Ma mère me manque et j'envie souvent Lexi et Sarah qui ont une mère trop cool. Désolée Lex !

Lexi sourit et lui donne un coup de coude. Élisabeth rigole et continue :

— Et... Elle tourne la tête vers Guillaume qui hoche la sienne en fixant le sol. J'ai aidé Guillaume à nourrir les animaux errants qu'il avait cachés à la Maison Jaune.

— Goglu ! T'm'a pas dit ça ! Derek donne de légers coups de pieds dans les chevilles de son ami. C't'était ça ton emp'chement l'aut'jour ?

Guillaume ricane en évitant les coups. Markus s'écarte de leur chemin et constate qu'il se tient sur des t-shirts sales. Il avance d'un pas. *Comment Derek peut-il vivre là-dedans ?* Il s'empresse de les ramasser et de les déposer sur le lit.

— Moi, crie Lexi pour enterrer les chamailleries des deux garçons, j'ai une mère « *Super cool* », dit-elle en regardant Élisabeth, et qui aime les femmes mais j'aimerais un jour revoir mon père pour avoir sa version des faits et pour que Sarah soit heureuse.

Lexi pose sa main sur celle d'Élisabeth. Silence. Markus remonte ses lunettes sur son nez tout en réfléchissant à toute vitesse. *Devrait-il leur avouer les cours de danse et son amour pour la belle Alicia ?* Elle sera de la fête ce soir. Il n'a pas envie de se faire taquiner par ses amis devant elle mais il ne veut pas se faire accuser plus tard de leur avoir caché. Il jette un œil du côté de Derek qui, s'étant calmé, se mord la lèvre inférieure pour y laver le sang. Ses doigts tripotent nerveusement son short.

Alex prend la parole.

— Hmmm, moi je souhaite un jour devenir détective privé...

— Pfff, c'pas un s'cret ça Poirot !

Tous éclatent de rire.

— ...et de faire de chacune de mes enquêtes un livre. Je veux être détective ET écrivain. Ce serait génial, non ? Un Sherlock Holmes mais en vrai.

— Et tu fais quoi de la clause de confidentialité ? ne peux s'empêcher de demander Markus.

— Markus, t'es chiant ! lance Derek et tous soupirent en riant.

Alex pose sa main sur celle de Lexi alors que Guillaume s'éclaircit la gorge.

— Moi, j'ai pas mal de choses à dire. Premièrement, je déteste quand vous m'appelez Goglu...

— Awww, c'est marrant ! ricane Élisabeth.

Guillaume continue malgré tout. Il avoue avoir caché trois petites bêtes sans domicile à la Maison Jaune et avoir déposé deux d'entre eux chez Marguerite. La vétérinaire à côté a accepté de prendre Gilbert. Il ajoute trouver le divorce de ses parents très dur à cause des chicanes et de Jérémy. Il a peur d'être amené à changer de quartier si sa mère obtient la garde et de ne plus faire partie du « *Club des Braves* ».

Markus sait que les parents de son ami ne s'entendent pas bien mais il ignorait tout du stress que vit Guillaume. Le cercle se resserre autour de lui alors que Guillaume place sa main au centre.

— Voilà, vous savez tout.

— Si t'es obligé d'aller avec t'mère, r'fais exactement c'que t'as fait là et t'je jure, tu n'partiras pas ! Elle aura trop peur d'toi ! fait Derek en pointant du doigt le tabouret toujours au sol en riant. C'tait malade !

Guillaume rougit alors qu'on le tape dans le dos. Markus est content d'avoir Derek dans ce genre de situation; il a souvent tendance à dédramatiser les instants de malaise. Il ne reste plus qu'eux deux.

— Ahh ! C'est débile tout ça !

— Non, ce ne l'est pas. Si tu nous avais parlé de ton problème, tout aurait été plus simple, non? le questionne Lexi.

Derek soupire et pose sa main au centre, non sans lever les yeux au ciel.

— J'ai découvert y'a pas longtemps qu'Will est un sale voleur. Désolé d'ne pas vous avoir parlé d'la boîte. J'ai pris l'argent pour acheter un livre et d'bonbons. Aussi, j'compte participer au concours d'BD du magazine POF.

Derek se tait et fixe Markus en passant une main dans ses cheveux de sa main libre. Celui-ci sait que

Derek a omis un gros détail et cela l'oblige à ne pas être tout à fait honnête avec les autres. Pourtant, il ne lui en tient pas rigueur : avouer son intérêt pour quelqu'un ne se fait pas dans ce genre de circonstance. Derek l'avouera quand il sera prêt et, d'ici là, Markus gardera le secret pour lui. Tant pis pour le pacte et sa mauvaise conscience; il s'agit d'aider un ami.

Afin de se sentir moins mal et pour libérer son esprit tourmenté, Markus décide de se livrer lui-même. Il est bref, précis et dit le tout en moins de deux phrases.

— J'aime Alicia et j'ai un intérêt pour la danse. Elle me donne des cours et je lui montre la photographie en retour.

Au moment où il pose la main au sommet de la pyramide, c'est le silence. Son cœur cogne fort dans sa poitrine alors qu'autour de lui il y a stupéfaction et étonnement. Ils se demandent tous s'il est sérieux. Alors qu'on pourrait entendre une mouche voler, Markus prie pour un autre commentaire à la Derek. Celui-ci pouffe enfin de rire.

— Alors l'belle Alicia t'donne le tournis ?

Sur ce, Derek se met à tourner sur lui-même suivi par Guillaume. Markus soupire de soulagement et rigole avec les autres devant leurs pas de danse ratés.

## La Fête de Fin d'Été

Derek sort un papier de la poche de son veston. Il déteste porter cet accoutrement car le tissu lui pique les bras. Ses parents ont refusé qu'il porte un vieux jeans et T-shirt à la Fête de la Fin d'Été et l'ont aussi obligé à enfiler son pantalon noir serré qu'il ne met habituellement qu'à Noël.

— Alicia, oh Alicia ! Comme vos yeux m'font rêver. Sans vous, j'suis qu'une pauvre âme esseulée. Seul l'goût d'vos lèvres peuvent m'sauver... Laissez-moi vous embrasser.

Derek fait mine d'entourer une fille invisible de ses bras et l'embrasse en sortant la langue.

— Tu arrêtes oui ? Le visage de Markus a pris la même couleur que son complet : rouge foncé.

— C'juste pour rigoler ? Tu l'as pris où cet habit ?

— Alicia. C'était à un de ses cousins.

— Ah ! (silence) Pour vrai, tu danses ?

— Oui, je danse. Markus pousse ses lunettes sur son nez, irrité. On peut parler d'autre chose ?

Derek regarde Markus et tente de l'imaginer en train de faire des mouvements de jambes et bouger le bassin. Il n'y arrive pas. Markus est toujours si droit, si coincé. Mais, à ce moment, alors qu'ils attendent tous les deux devant l'entrée du parc près de l'intersection, Derek doit avouer qu'il fait classe dans son habit. Pour une fois, il n'est pas trop grand pour lui.

Ils sont vite rejoints par les autres et tous se déplacent vers la scène installée près des jeux pour enfants. Le spectacle dans lequel danse la belle dulcinée de Markus sert d'ouverture à la fête.

— En passant, j'ai reçu un message d'Olivia Miles. Tous se tournent vers Markus. Il paraît que sa fille Bella habitera bientôt la Maison.

Guillaume manque s'étouffer avec son hot-dog alors que les filles, qui semblent oublier qu'elles portent des robes, sautent dans les airs. Derek remarque que le jaune soleil va très bien à Lexi. Gêné, il détourne les yeux.

— C'est génial ça ! dit Alex. On a réussi alors ? La Maison Jaune restera dans la famille de Gustavo.

— Ouais ! Mais elle, je ne suis pas pressé de la revoir, murmure Markus.

Le spectacle dure à peu près une demi-heure. Ils sont quatre groupes en compétition. Alicia fait partie du troisième. Elle bouge des hanches au son d'une musique populaire avec quatre autres filles, dont Beverly, la fille la plus populaire de l'école. Derek préfère de loin le métal, ça défoule. Aucun des groupes n'a sélectionné ce genre de musique. C'est plus facile de choisir des chansons plus connues ou pire, du classique pour plaire à la majorité. La danse n'a aucun attrait pour Derek. Juste des mouvements de bras et de jambes quelconques sur un rythme. Ça peut être n'importe quoi. S'ils n'étaient pas tous en même temps, Derek aurait pu croire que c'est improvisé sur le tas. L'adolescent ne détache qu'une seule fois les yeux de la jolie danseuse, car oui elle n'est pas si mal, pour regarder Markus. Difficile d'imaginer son ami bouger comme ça. Il doit apprendre tout autre chose, c'est trop bizarre.

Le spectacle terminé, Derek se dirige vers le buffet. Il y a foule et on doit attendre son tour.

— Tu aurais dû faire comme moi et prendre un hot-dog à l'entrée, rigole Guillaume qui pourtant attend avec son ami. Derek lève les sourcils. Quoi ! J'ai encore faim...

— T'es sûr que t'joue pas l'garde d'corps ?

Derek détient l'enveloppe avec l'argent d'Alex et de Markus dans la poche de sa veste. Ce dernier hésite à leur remettre l'argent.

— Je suis d'accord pour effacer ta dette Derek, avait-il dit, mais, si on leur remet, il nous faut la certitude qu'ils ne nous en demanderont pas d'autre par la suite.

Markus a raison, mais Derek, lui, opte pour la solution la plus facile : leur donner l'argent et basta. Pour l'instant, ils ne se sont pas mis d'accord. Aucun des deux ne veut céder et l'opinion du groupe est partagée. Par contre, ils ont prévu un petit scénario spécial mais encore faut-il avoir le courage d'aller jusqu'au bout.

Pour le moment, il n'y a aucune trace de Lukas. Derek l'a cherché des yeux depuis le début de la soirée mais ne l'a pas encore vu. Patrick et Garry sont aussi introuvables. Guillaume redresse le dos pour paraître plus grand. Quelque chose a changé en lui. Il a enfin pris conscience de sa force et Derek, bien qu'il tente d'avoir l'air détaché face à la situation, est bien content d'avoir Guillaume avec lui.

— J'déteste c'genre d'truc. Y'a trop d'monde. On s'en va.

# Une petite danse

Ils sont tous les six regroupés autour des balançoires. On a aménagé une sorte de piste de danse au milieu du parc sous un grand chapiteau. Des tables avec de la nourriture sont montées et entourent ce dernier par trois côtés alors qu'un bar à boissons alcoolisées se trouve plus loin en retrait. On fait la queue pour manger et boire. Tout est dans les tons de bleu et blanc : les nappes, les ballons, le chapiteau.

Markus ne pensait pas qu'il y aurait tant de gens à la fête. Il n'y était allé qu'une seule fois ou deux dans le passé et, dans son souvenir, il y avait la moitié moins de personnes. L'an dernier, ils avaient passé la soirée de la Fête de Fin d'Été chez Alex à regarder la trilogie de *Retour vers le Futur*.

— Vous croyez que c'est comment le secondaire ? demande Alex. Moi ça me stresse un peu; on sera les petits nouveaux. Vous croyez qu'on nous fera une initiation ? Nous faire faire des trucs débiles comme se costumer ou chanter devant tout le monde ?

Cette pensée semble l'effrayer.

— J'espère pas, sinon c'est eux les pires, ricane Élisabeth. Elle lisse les plis de sa robe rouge qui lui descend aux genoux. Markus n'est pas habitué de la voir vêtue de la sorte. Élisabeth a même troqué ses baskets pour des souliers à talons plats. Moi aussi, j'y pense souvent ces temps-ci. On finira les cours plus tard le soir et on aura sûrement plus de devoirs. Beurk !

Lexi raconte tout ce que Sarah lui a confié sur le sujet mais Markus n'écoute que d'une oreille. Il lui semble avoir encore les yeux éblouis par le costume brillant rose d'Alicia. Elle avait relevé ses cheveux brun-roux en queue de cheval serrée et, après quelques pas de danse dans le sérieux le plus total, Markus l'avait vue se détendre et afficher un grand sourire. Elle est faite pour la scène.

— Tu vois, il te va comme un gant ce costume.

Le jeune garçon sent qu'on lui tapote l'épaule et tout son corps se crispe. Alicia. Il a reconnu sa voix. Lexi s'arrête subitement de parler et Markus devient le centre de l'attention, ce qui ajoute à sa tension.

— Tu viens danser Markus ?

Alors que son cerveau regrette d'avoir dévoilé son secret à ses amis, sa mâchoire fournit toute seule un faible petit « *oui* ». Alicia l'agrippe alors par la manche de son veston pour l'attirer sous le chapiteau de toile bleue et blanche. La nuit commence à peine à tomber mais de petites guirlandes de lumières éclairent faiblement la piste d'une lueur romantique.

Markus entend le « *ouuuuhhh* » lancé dans son dos par Derek mais Alicia ne semble pas y prêter attention. Peut-être n'a-t-elle rien perçu ? Markus l'espère. Alors qu'ils se fraient un chemin parmi les danseurs et qu'Alicia essuie les compliments de toutes parts pour sa performance, sa main glisse dans celle de Markus qui se sent rougir jusqu'aux oreilles. Le visage bouillant et les membres tendus, Markus craint de ne pas être en mesure de pourvoir faire le moindre pas de danse. Il a tout oublié des leçons et des pratiques en solitaire dans sa chambre. Tout. Envolé.

Alicia s'arrête enfin et se tourne vers lui. Markus réalise avec joie que la musique est très vive et entraînante.

— C'était vraiment bien votre danse tout à l'heure, s'écrie-t-il par-dessus la musique.

Alicia grimace et approche son visage du sien. Markus répète le compliment. Alicia sourit et il croit lire un *merci* sur ses lèvres avant qu'elle ne se mette à bouger. Alicia lève les deux bras en l'air et secoue la tête. Markus tente de l'imiter dans une tentative un peu moins bien réussie.

— Tout est dans les hanches, finit par lui crier Alicia après un moment. Tout doit partir d'ici.

Avant que Markus n'ait le temps de réagir, Alicia a déjà les mains sur ses hanches et l'aide à bouger. Markus se sent plus crispé que jamais. *Elle doit avoir honte de moi, c'est pas possible.* Puis, petit à petit, et aussi parce qu'il souhaite l'impressionner, son corps commence à se laisser aller. Le contact d'Alicia est très agréable au final.

— Voilà, c'est bien.

Au moment où Markus commence à bien se mouvoir, la musique prend fin. Un instant de silence perdure avant l'enchaînement de la prochaine chanson. Alicia plante ses yeux dans les siens. Elle est toujours habillée de son vêtement de danse à paillettes roses qui lance des éclairs de lumières dans les yeux de Markus. Alicia brille et sa lumière l'aveugle. Elle semble aussi le détailler de la tête aux pieds.

— Je n'ai jamais compris pourquoi tu portes des habits trop grands pour toi. Ça, c'est la bonne taille.

Alicia lisse les rebords du veston. Markus n'ose pas lui dire qu'il se sent un peu coincé dedans. Les pantalons lui serrent les jambes, lui qui a tendance à flotter dans ses vêtements, et il a l'impression que le tissu de la veste va fendre s'il ose se pencher en avant.

Une douce mélodie résonne à ses oreilles et les couples déjà sur la piste se rapprochent alors que de nouveaux affluent. Des adolescents et des adultes. Markus croit même apercevoir un couple de vieilles personnes enlacées dans le fond. Alicia sourit et ses yeux pétillent. Markus fait un pas maladroit vers elle et positionne ses mains comme elle lui avait montré à le faire ce matin. Alicia se meut tout contre lui.

— Tu vois, je t'avais bien dit qu'il y aurait des slows.

Son estomac se retourne et Markus remercie le ciel de n'avoir rien pu avaler. *C'est ça qu'on appelle avoir des papillons au ventre ?* Ils commencent à danser lentement en rythme. *Gauche-ensemble-gauche-ensemble, même chose sur la droite.* Alors qu'il tente de se concentrer sur les mouvements à faire, Markus sent son attention dévier. Il remarque Maureen, dans une belle robe noire moulante, discuter avec la mère d'Alex près du buffet de droite. Il se demande si l'amoureuse secrète est de la fête. Il rate un pas. *Droite-ensemble-droite-ensemble.* Il doit rester concentré. Cependant, autre chose attire son regard alors qu'il danse au bras de la belle Alicia. C'est Lukas, Patrick et Garry qui avancent d'un pas bien décidé vers ses amis restés près des balançoires. Markus soupire mais Alicia ne l'entend pas. *Ils n'auraient pas pu plus mal tomber ceux-là !*

— Je dois y aller, commence-t-il.

Alicia le dévisage sans comprendre et jette un œil derrière elle à la recherche de l'élément perturbateur. Markus, mal-à-l'aise, s'éclaircit la gorge en remontant ses lunettes d'un doigt.

— On se reprend plus tard, si tu veux.

Markus hésite un moment puis s'éloigne de la jeune fille hébétée pour jouer des coudes parmi la foule. Il n'a pas le choix d'y aller. Derek n'en fera qu'à sa tête et ils doivent s'en tenir au plan.

— Markus attend...

À mesure qu'il avance, la voix d'Alicia se perd dans la musique.

## On repart à zéro

Lukas affiche un sourire triomphant. Habillé d'une chemise à carreaux sur un jeans propre, les cheveux lissés sur le côté, il aurait presque l'air angélique si ce n'était de son air supérieur qui ne le quitte jamais.

— On a quelque chose pour moi, mon Derek ?

Patrick et Garry se dandinent derrière lui comme les deux chiens de poche qu'ils sont. Derek remarque de la moutarde sur le col de la veste de Patrick. Il n'est pas surpris, il est reconnu pour manger comme un cochon.

Derek met la main à l'intérieur de son veston et ses doigts frôlent l'enveloppe. Markus les rejoint, se passant les mains dans sa tignasse frisée.

— On ne fera pas ça ici, intervient Lukas en passant un bras dodu autour du cou de Derek. Pas devant tout le monde, voyons. Allons par là.

Ils s'avancent tous vers l'intersection au bout du parc. La musique forte n'est que de quelques décibels plus bas mais les gens qu'ils croisent ne les remarquent pas, trop occupés à aller faire la fête. Un petit groupe d'adolescents réunis à l'entrée du parc n'éveille les soupçons de personne ce soir.

Derek sort enfin l'enveloppe blanche et un sourire s'étire sur les lèvres des trois brutes. Markus avance d'un pas.

— On vous remet l'argent si vous nous promettez de nous foutre la paix. Nous sommes quittes et on ne veut plus rien à faire avec vous.

Derek le regarde. Markus se tient bien droit, le menton levé. Bien qu'il ait l'air sûr de lui, le jeune adolescent remarque que les mains de son ami tremblent légèrement.

— Ohhhhh, fait Lukas. On dirait que l'intello a de quoi à dire.

— On sera dans la même école le *nerd*, s'amuse Garry en tendant la main vers Derek qui éloigne l'enveloppe d'un coup sec.

Garry s'immobilise et le sourire de Lukas disparaît. Il toise Derek du regard comme pour le mettre au défi de recommencer et tend sa grosse patte, prêt à recevoir son bonbon.

— Markus a raison, vous n'laissez tranquille !

Derek plisse les yeux. Markus l'a sorti du pétrin, il se rangera de son côté. De plus, il est hors de question qu'ils se fassent intimider par Lukas et sa bande dans leur nouvelle école. Jusque-là, ils étaient à l'abri dans deux bâtiments différents mais rien ne prouve qu'une fois qu'ils auront ce qu'ils veulent, ils ne se mettront pas à en vouloir plus. Lukas laisse planer un silence angoissant, les dévisageant un après l'autre, ses yeux s'attardant plus longuement sur Lexi avant de revenir sur Derek.

— J'en ai ma claque des Roy ! Donne-moi l'argent et c'est fini.

— Vous nous laissez TOUS tranquilles, renchérit la voix timide d'Alex juste derrière Derek.

Derek comprend qu'il s'inquiète. C'est tout de même son argent qui achète la paix ; il serait stupide qu'il soit le seul à être protégé. Lukas avance et Derek résiste à la tentation de faire un pas en arrière. La brute lève la main gauche en joignant l'index et le pouce et la met devant les yeux du jeune garçon en fronçant les sourcils.

— Tu sais ce que c'est ça ? lui demande-t-il. Derek reste silencieux. Il a toujours été nul en devinettes. Il reste droit et fixe Lucas. C'est un gros zéro. Comme toi et ton frère. On repart à zéro. Mais ça, (il referme le poing et le positionne près du nez de l'adolescent), c'est ce à quoi vous aurez droit si vous mettez encore le nez dans ce qui ne vous regarde pas.

Patrick crache au sol alors que Garry fait mine de boxer un *punching bag* invisible en sautant sur place.

— Vous devriez avoir honte de voler des personnes vulnérables ! dit Guillaume d'une toute petite voix.

Derek n'en revient pas ! Entre eux six, il n'aurait jamais cru que ce soit Guillaume qui enclenche le plan. Malgré le manque d'assurance dans sa voix, l'adolescent doit avouer que son ami a gagné en confiance depuis cet après-midi.

— Les p'tits vieux ne sortent pas. Tu as déjà vu des vieux s'éclater, gros balourd ? s'exclame Patrick qui saute dans le piège à pieds joints. Ils n'ont rien à faire de leur argent. Nous, on voit ça comme un réinvestissement. Pas vrai, les gars ?

— Ouais, un réinvestissement, répète Garry.

— Une partie de cet argent est à Will, donc à Derek, poursuit Markus. On vous la laisse si vous acceptez le marché.

Lukas pouffe de rire.

— Quoi, on se sert la main et on se fait des promesses ?

— Non, c'est enregistré, déclare Élisabeth en montrant son portable.

Les sourires satisfaits des trois brutes s'évanouissent. Lukas fait un pas vers elle mais réalise que la jeune fille se trouve derrière Guillaume et se ravise. Il n'a pas oublié le tabouret qui lui a frôlé le corps.

— Et j'aimerais bien r'voir le mien, dit Derek en savourant le moment.

— C'est bon, soupire Lukas en les dévisageant. De toute façon, j'en n'ai plus rien à foutre de votre bande de merde.

Lukas met la main dans la poche de son pantalon et en extirpe le cellulaire de Derek. Il lui lance puis s'éloigne d'un pas sans les quitter des yeux, un sourire réapparaissant sur son visage comme si tout d'un coup, il devenait quelqu'un d'autre. Il se tape dans les mains.

— Alors, on fait la fête ?

Derek lance un regard vers Guillaume sur sa gauche et Lexi sur sa droite. Les deux hochent la tête d'un petit mouvement. Derek tend l'enveloppe à Lukas qui s'en empare brusquement avant de vérifier rapidement les billets. Après son inspection rapide, il glisse le trésor à Garry qui le range dans la poche arrière de son jeans.

— J'aurais aimé un petit dédommagement pour la peine mais bon, le compte est là. Lukas se détourne de Derek pour fixer Lexi et lui envoie un baiser sonore. Dommage que tu préfères les losers. Ciao !

Lukas et sa bande s'éloignent et disparaissent dans la rue voisine au pas de course.

— Beurk ! Ça voulait dire quoi ça ? demande Élisabeth perplexe.

— J'sais pas, ment Derek. Il est cinglé.

## Une invitée surprise

Il est presque vingt heures et il n'y a plus de file d'attente aux tables de nourriture. Markus se prend une assiette. Il est affamé. Sur la petite scène tout près du DJ, un homme aux cheveux gris et chapeau de feutre s'évertue à faire rire la foule avec des histoires abracadabrantes. Alors que les petits s'exclament devant ses diverses expressions faciales, les adultes s'époumonent sur ses blagues. Markus ne le connaît pas mais il doit avouer qu'il a un certain talent.

Markus se concentre sur la table devant lui. Il reste curieusement assez de nourriture après tout cet achalandage. Seules quelques plats ici et là sont vides.

— Wooow, ils avaient prévu de la bouffe pour une armée, s'exclame Élisabeth. Regardez, il reste même encore beaucoup de desserts.

Après avoir déposé dans son assiette quelques charcuteries, fromages et sandwiches, Élisabeth s'éloigne pour contempler les sucreries avec Lexi. Markus a l'eau à la bouche mais ignore s'il pourra avaler quoi que ce soit. Il remplit tout de même son assiette de salade de macaroni, d'œufs mimosa et de petits sandwiches en triangle. N'ayant plus de place pour y mettre autre chose, il tente un regard vers la foule, essayant de repérer la robe à paillettes rose d'Alicia. Il se demande s'ils ont déjà annoncé les gagnants du concours de danse alors qu'ils étaient avec Lukas. Markus aperçoit Max, le frère d'Alex en pleine discussion avec un des musiciens de la soirée. Il est en chemise et cravate noire. Décidément, il est impossible de voir Max dans une autre couleur.

— Tu cherches quelqu'un ?

Markus fait volte-face et un sandwich glisse de son assiette et s'écrase au sol. Bella se penche pour le ramasser et, d'un mouvement théâtral, le lance dans une poubelle à proximité. Markus n'aurait jamais cru la voir mettre quelque chose à la poubelle.

— J'aurais dû être joueuse de basket, rigole-t-elle en se frottant les mains sur son pantalon de jeans troué volontairement aux deux genoux. Markus, comment tu vas ?

Markus remarque qu'elle a toujours une gomme à mâcher à la bouche et que son T-shirt blanc, qu'elle porte sous un veston noir, est moucheté de pâles petites tâches grises. Ses bottes à épais talons lui donnent au moins un demi-pied de plus.

— Bonsoir Bella.

Décidément, il ne pourrait rien avaler ce soir. Derek et Guillaume échangent un regard en levant les sourcils alors qu'Alex sourit jusqu'aux oreilles.

— Ça alors, c'est vous qui allez habiter la Maison

Jaune ?

Bella lui rend son sourire tout en continuant de mâcher sa gomme alors qu'Élisabeth et Lexi se rapprochent en mangeant des gâteaux.

— Ouais, ça va être génial non ?

Si elle prend soin de la Maison Jaune comme elle prend soin de sa voiture et de son apparence, Markus a plutôt peur du résultat. Alors que Bella se lance dans son monologue, étouffé à moitié par la gomme à mâcher, Markus ne retient que quelques mots par ci par là : *déménage mois prochain...entendu parler de la Fête...plutôt sympa comme endroit...amis de Markus ?*

À voir l'expression de son visage, elle attend une réponse. L'adolescent fixe ses amis qui sont aussi incrédules que lui.

— Oui, ce sont mes amis, dit-il en espérant que ce soit la bonne réponse.

Bella met les mains dans les poches de son jeans et hoche la tête. Ce qu'elle dit est englouti cette fois par les applaudissements de la foule. L'humoriste fait quelques courbettes supplémentaires qui font rire les enfants de plus belle et quitte la scène. L'animateur fait alors son apparition pour remercier l'homme de sa prestation et enfin annoncer les gagnants du concours de danse.

Sur scène, les quatre groupes s'avancent. Alicia, au centre du sien, serre la main de Beverly et Mia en murmurant des choses à leurs oreilles. Elle semble stressée et se balance d'un pied à l'autre. Markus la regarde briller sous les projecteurs. L'animateur laisse passer un temps fou avant d'annoncer les vainqueurs. Il rappelle à la foule les danses de chacun des groupes et le prix à gagner : cent dollars en carte-cadeau pour le centre d'achat le plus proche. Alicia cesse alors de parler et scrute la foule sur la piste de danse avant de fermer les yeux et d'inspirer longuement. Markus aimerait lui avouer que pour lui, c'est la meilleure. Que personne ne sait danser comme elle.

— La fille en rose brillant là-bas, commence Bella en se plaçant à côté de lui. Markus entend mieux ce qu'elle dit maintenant qu'il y a silence autour d'eux. C'est elle qui était chez toi l'autre jour ?

Apparemment, contrairement à son hygiène, Bella a une bonne mémoire.

— C'est ta chérie ?

Les joues de Markus s'empourprent alors que Derek, tout près de lui, étouffe un rire.

— No... non, bafouille le garçon.

— Tu rougis.

Markus demeure silencieux, les yeux sur son assiette qu'il ne touche pas.

— Tiens, bois ça Markus. Tu as l'air d'avoir chaud, rigole Guillaume en lui mettant un verre de plastique dans les mains.

— C'est pas drôle, chuchote Alex.

Markus boit une gorgée de Coca. Devant lui, Alicia

s'est avancée sur le devant de la scène, plus resplendissante que jamais, et Mia, à ses côtés, lève un trophée à bout de bras. Il a manqué l'annonce des gagnantes. Les filles sautillent sur place en saluant le public avant de disparaître en coulisse.

— Elle est au courant que tu en pinces pour elle ?

— Non, enfin je..., dit calmement Markus. Bella a le don de l'irriter avec son bavardage incessant.

Le DJ reprend sa place sur l'estrade et la musique recommence. Avec un peu de chance, peut-être Bella cessera-t-elle de parler.

— Wow ! On dirait que toute la ville s'est déplacée pour s'éclater. Bella se tourne vers eux. Vous venez danser ?

Ses yeux se posent sur Markus. Alors que ses amis répondent tous par la négative, Markus sent monter en lui la panique. Il ne veut pas danser avec Bella. Que penserait Alicia si elle le voyait? L'adolescent, poussé par l'émotion, agit pour une rare fois sous le coup d'une forte impulsion. Il ment.

—Je ne sais pas danser, s'entend-t-il déclarer avant de tourner les talons et de s'éloigner avant que son mensonge ne se voit à sa figure.

Markus sent les regards peser sur son dos alors que son cœur et ses tympans battent au son d'un rythme endiablé. Il joue des coudes à travers la foule. Il n'a qu'une envie : être invisible un petit moment pour respirer.

# Une part de gâteau spéciale

— J'espère qu'elle sera contente.

Derek marche derrière Alex qui trottine devant lui. Les mains dans les poches de son pantalon, Derek botte un gros caillou qui fait des ricochets dans la rue. Comme il n'y a presque personne qui y circule, Derek a trouvé plus simple d'y marcher que d'être coincé l'un derrière l'autre sur les trottoirs. Lorsqu'il arrive à la hauteur de son caillou, Derek le projette à nouveau devant lui.

— T'es obligé de le botter à chaque fois ? Lexi se tourne vers Derek, les sourcils froncés.

Derek lui fait la grimace et court pour balancer la chose plus loin. Lexi soupire et continue de parler avec Alex. *Est-ce qu'il se trompe ou bien Lexi a une dent contre lui ?* Malgré qu'il ne puisse pas lui en vouloir; lui-même s'en veut. *Pourquoi n'est-il pas gentil comme Alex ?* Derek se sent pris dans son ombre car avec Alex à ses côtés, il est difficile de se faire remarquer. On ne peut difficilement être plus gentil qu'Alex. C'est impossible. C'est Alex qui a proposé d'aller offrir un gros morceau du gâteau à Vieille Branche... ou plutôt Marguerite. C'est aussi Alex qui a finalement accompagné Bella sur la piste de danse. Élisabeth a réussi à convaincre Guillaume de l'accompagner et il est resté seul avec Lexi, ne sachant pas quoi faire. Il déteste la danse, alors il n'a rien fait. *Peut-être espérait-elle qu'il lui propose ?* Alex l'aurait probablement fait. Il renvoie un coup dans le caillou.

Ils arrivent bientôt devant la maison verte de Marguerite. C'est une des seules à avoir de la lumière aux fenêtres du salon. Derek l'imagine devant la télévision avec une tasse de thé. *C'est bien ce que boivent les vieilles dames, non ?* Alors qu'Alex appuie sur la sonnette, le dos bien droit et sa surprise entre les mains, Derek et les autres patientent derrière lui. Ils ne sont cependant que cinq, Markus étant resté sur la piste de danse avec sa dulcinée. Derek approuve sa décision : il aurait fait la même chose à sa place. Le jeune garçon tente un regard vers Lexi à ses côtés. Elle frissonne dans sa légère robe d'été sans manche. Derek enlève son veston et lui tend sans un mot. La jeune fille l'accepte et l'enfile. *Dans tes dents Alex !* Derek sourit. *Peut-être devrait-il apprendre la danse comme Markus ? Ou bien s'inscrire au soccer. Lexi a parlé en début d'été qu'elle songeait s'y inscrire. Et si elle ne le faisait pas ? Il aurait l'air stupide.*

Marguerite ouvre la porte et ajuste ses lunettes.

— Oh, quelle belle surprise de vous voir ! s'exclame-t-elle. Vous n'êtes pas à la Fête de Fin d'Été ?

Elle s'écarte pour les laisser passer. Derek entre le dernier et Vieille Branche referme la porte derrière lui.

— Oui, nous y étions. Tenez, c'est pour vous.

Alex lui tend le généreux morceau de gâteau.

— Oh mais vous n'auriez pas dû. Vieille Branche prend tout de même l'assiette et glisse un doigt dans le crémage avant de le mettre dans sa bouche. C'est délicieux. C'est très gentil à vous d'avoir pensé à moi.

— Molly !

Guillaume pose un genou au sol et tend les bars vers l'animal au pelage blanc. Le chat vient vers lui et lui sent les doigts. Un autre chat frôle la jambe de Derek. Ce n'est pas Buster. *Combien y a-t-il de chats ici ?*

Alors que les autres parlent de la fête, Derek remarque les pots de peintures entassés sur le sol de la cuisine. Parmi eux, une seule bouteille de Ketchup ouverte. Derek réprime un petit rire. Il ne voit pas un autre pot de couleur rouge. Est-ce possible que la vieille dame se soit trompée ?

— Oh, Derek ! Que t'es-t-il arrivé, mon petit ?

Marguerite pointe un doigt vers la lèvre de l'adolescent.

— Oh rien, fait-il en posant une main devant sa blessure. Plus d'peur que d'mal.

— Cela me fait penser : j'ai quelque chose pour toi mon garçon.

Marguerite dépose la pâtisserie sur la table basse du salon et disparaît dans l'escalier comme elle l'avait fait plus tôt dans la journée. Guillaume en profite pour donner un coup de coude à Derek en pointant du pouce la fameuse bouteille de ketchup. Les deux se plient en deux et tentent d'étouffer leur fou rire. Alex et Lexi les regardent sans comprendre, les yeux ronds. Élisabeth murmure un « *quoi ?* » du bout des lèvres en souriant malgré tout.

Marguerite réapparait et Derek se redresse en serrant la langue. Guillaume fait semblant de se gratter. La vieille dame tient dans ses mains une enveloppe blanche. Alex et Élisabeth se déplacent pour la laisser passer.

— Voilà, c'est pour toi.

Derek saisit l'enveloppe. Elle n'est pas cachetée et il n'y a aucune écriture dessus.

— Je n'ai pas pu te la remettre tout à l'heure, vu les circonstances, continue Marguerite.

Derek ne comprend pas ce qu'elle raconte. Pourtant, les petits yeux coquins de la vieille l'incite à l'ouvrir. Il rabat le battant et voit quelques billets de vingt dollars. Les yeux ronds, il regarde Marguerite. Est-ce une autre étourderie de sa part ?

— C'est un cadeau des propriétaires des bijoux volés. Ils ont voulu te remercier.

Marguerite a l'air d'avoir toute sa tête. Derek ne bouge pas. Ne sachant pas s'il doit accepter, il fixe Marguerite. Les yeux bleus grossis par les lunettes épaisses lui renvoient un regard doux.

— C'est à toi, mon garçon.

Derek n'en revient pas ! Il n'a jamais eu tant d'argent à lui. Sans compter les billets, il est sûr qu'il y en a plus que le montant qu'il a dérobé dans le coffret bleu.

— C'est vraiment à moi ? demande-t-il d'une petite voix.

— Oui, une bonne action se doit d'être récompensée. Marguerite pose les mains sur les épaules du jeune garçon sous le choc. Les bijoux qu'ils ont volés valaient très cher et avaient une valeur sentimentale pour leurs propriétaires. Ils étaient bien heureux de les récupérer, tu sais.

Le sourire aux lèvres, Marguerite glisse inconsciemment un doigt vers son annulaire gauche. Derek aurait aimé que sa bague de mariage se trouve aussi dans le coffre. Qu'a bien pu faire Will avec ce bijou ? Derek aimerait bien remettre l'argent à Marguerite comme dédommagement pour son voleur de frère mais il réalise qu'il a des dettes envers Alex et Markus.

Après avoir souhaité une bonne soirée à Marguerite, les cinq membres du « *Club des Braves* » décident de rentrer chez eux. Aussitôt dehors, Derek remet l'argent à Alex.

— Nan, c'est à toi. Alex hausse les épaules. De toute façon, c'est ta fête bientôt. Prends-le comme un cadeau.

Un sourire étire peu à peu le visage de Derek.

— J'suis riche ! s'écrit-il en courant dans la rue.

Élisabeth, Lexi, Guillaume et Alex éclatent de rire et regardent leur ami s'exciter avec son enveloppe entre les mains. Guillaume le poursuit.

— Il y a combien là-dedans ? Montre, je veux voir !

— Alors demain, tu nous paies la crème glacée, le taquine Lexi alors que, plus loin, les deux garçons ont le nez dans les billets.

Derek rebrousse chemin, laissant son trésor à Guillaume, et s'immobilise devant elle, les yeux pétillants.

— Pour vous, c'sera même deux m'demoiselle.

Le jeune garçon fait mine de s'incliner et repart en courant et riant aux éclats.

— L'argent, ça rend fou, fait Élisabeth en tournant un index à côté de sa tête.

Alors qu'ils s'éloignent bras-dessus, bras-dessous, leurs rires se perdent dans le grondement des feux d'artifices. En levant les yeux, ils peuvent distinguer quelques couleurs au-dessus des arbres. Derek se demande si Markus est toujours de la fête. Plus qu'une semaine avant le retour en classes. Les vacances d'été sont officiellement presque terminées. *Et quelles vacances ça a été* !

Pour la première fois, Derek se demande à quoi ressemblera la prochaine année. Si cet été a solidifié leur amitié plus que jamais, qu'en sera-t-il du secondaire ? Le « *Club des Braves* » restera-t-il aussi soudé qu'il ne l'est en ce moment ? Se feront-ils de nouveaux amis ?

Derek cesse de regarder le ciel pour fixer Lexi du coin de l'œil. Des petites mèches rebelles se sont libérées de sa queue de cheval et voltigent dans le vent de fin de soirée. La lumière des réverbères éclaire le contour de son visage. Elle serre contre elle le veston de Derek, ce qui lui fait le plus grand bien. Quoi que le secondaire ait à leur apporter, une chose est sûre : il veillera sur elle. Comme il l'a toujours fait.

# À PROPOS DE L'AUTEURE

Je suis une jeune auteure canadienne qui se passionne pour l'écriture depuis quelques années. Depuis toute petite, j'aime inventer des histoires et lire des romans de fiction.

Pour écrire de petites histoires, j'utilise souvent des images ou de petites phrases d'inspiration dénichées çà et là sur Internet. *Le Club des Braves* est mon premier gros projet et découle justement d'une de ces petites séances d'écriture dans laquelle je tentais simplement de pratiquer des interactions entre des personnages aux comportements distincts.

L'histoire se voulait petite mais a rapidement pris de l'ampleur, des personnages se sont créés et d'autres intrigues ont germé. *Le Club des Braves* a pris vie pour enfin devenir mon premier roman.

J'espère de tout cœur que vous avez apprécié le lire et je vous encourage si, comme moi, vous êtes passionné(e) d'histoires et d'écriture, à réaliser votre rêve et sentir la gratification de pouvoir enfin tenir votre livre entre vos mains !